O que você quiser

CB079615

Sara Fawkes

O que você quiser

Envolvida por um bilionário

Tradução
Júlio de Andrade Filho

essência

Copyright © Sara Fawkes, 2012
Copyright © Editora Planeta do Brasil, 2012, 2017
Published by arrangement with St. Martin's Press, LLC.
Todos os direitos reservados.
Título original: *Anything he wants*

Preparação: Gabriela Ghetti
Revisão: Vivian Miwa Matsushita, Flávia Yacubian e Isadora Attab
Diagramação: Anna Yue e Francisco Lavorini
Projeto gráfico: Vivian Oliveira
Capa: Compañía
Imagens de capa: Natalja Kirvele/Shutterstock

CIP-BRASIL. CATALOGAÇÃO NA PUBLICAÇÃO
SINDICATO NACIONAL DOS EDITORES DE LIVROS, RJ

F287q
Fawkes, Sara
O que você quiser: envolvida por um bilionário / Sara Fawkes; tradução Júlio de Andrade Filho. - [2. ed.] - São Paulo: Planeta, 2017.
216 p.; 19 cm.

ISBN: 978-85-422-1085-9

1. Romance erótico 2. Ficção americana. I. Andrade Filho, Julio de. II. Título.

17-42956 CDD: 813
CDU: 821.111(73)-3

2017
Todos os direitos desta edição reservados à
EDITORA PLANETA DO BRASIL LTDA.
Rua Padre João Manuel, 100 – 21º andar
Edifício Horsa II – Cerqueira César
01411-000 – São Paulo – SP
www.planetadelivros.com.br
atendimento@editoraplaneta.com.br

Para os meus primeiros fãs – mamãe e papai!

AGRADECIMENTOS

Não estaria onde estou sem os meus leitores. Sério! Sou muito grata por ter pessoas em minha vida que conheci durante o processo de escrita deste livro, que me ajudaram a moldar a história e me encorajaram ao longo do caminho. Agradeço eternamente pela assistência de tantas pessoas: Carl East, Virginia Wade, Delta e todos os meus EFers; meu editor; meu agente, Steve Axelrod; e tantos outros que contribuíram com seu tempo e experiência, ajudando-me a crescer como escritora. Mas, principalmente, tenho de agradecer aos meus leitores. Vocês são absolutamente incríveis e foram fundamentais para que eu chegasse aqui. Muito, muito, muito obrigada! Continuarei sendo fã de vocês.

I

Ultimamente, o ponto alto de meus dias no escritório era ver aquele lindo desconhecido todas as manhãs.

Eu corria pelo saguão do prédio tão rapidamente quanto o decoro e meus saltos altos permitiam, passando pelas escadas dobráveis e pelas equipes de manutenção que estavam trabalhando no antiquado sistema elétrico daquele antigo edifício. O estranho de cabelos negros chegava ao elevador pontualmente às 8h20 todos os dias, e nessa manhã não foi exceção. Esforcei-me para abrir caminho através da multidão até que consegui chegar perto dele, mas não tanto que ele percebesse, e fiquei olhando fixamente para as portas do elevador, fingindo que o estava ignorando. Aquilo não era bem um jogo, embora de vez em quando se parecesse com um. Homens bonitos como aquele sempre ficavam muitos degraus acima de minha esfera de influência, e ele não era diferente.

Mas isso não significava que uma garota não pudesse sonhar...

As portas do elevador se abriram e eu entrei com uma pequena multidão, certificando-me de que o botão do andar até onde eu iria estava pressionado. Aquele velho prédio, ou "prédio histórico", como algumas pessoas preferem chamar, passava por uma completa renovação. Tudo estava sendo atualizado para novas e mais modernas instalações, mas, por ora, eles ainda mantinham os elevadores de estilo antigo. Menores e mais lentos do que os modelos atuais, a caixa de metal, no entanto, fazia bem o seu trabalho, enquanto resfolegava, esforçando-se para chegar até os andares mais altos.

Rearranjei minha enorme bolsa em meu braço, enquanto deslizava um olhar lateral, que, de repente, encontrou o dele. *Será que ele sabe que eu vivo o observando?* Corei, desviando meu olhar para a frente mais uma vez, no momento em que o elevador abria suas portas para deixar outra torrente de pessoas descerem em seu andar. Minha parada estava ainda a onze andares de distância; eu tinha um trabalho temporário de analista de dados nas Indústrias Hamilton. A empresa tinha eliminado a maior parte dos cargos de escalão mais alto, mas o meu pequeno cubículo ficava escondido em um canto esquecido perto dos níveis médios.

Eu adorava a aparência bem-apessoada dele, e o homem de cabelos escuros estava sempre impecavelmente vestido de terno e gravata, que provavelmente custavam mais do que eu ganhava em um mês. Tudo nele escancarava sua posição de elite, muito longe de meu alcance, mas isso nunca impediu que minha vida de fantasia o incluísse. Aquele belo desconhecido fazia parte de meus sonhos, o rosto que eu via quando fechava os olhos na hora de dormir. Como eu não tivera nada que não fosse movido a pilhas entre as minhas pernas por mais de um ano, minhas fantasias estavam ficando cada vez mais... depravadas... Fiquei pensando nelas por um momento e um lento sorriso se estendeu pelo meu rosto. Não demorou muito para que eu me deixasse levar pelas fantasias, e aquela imagem em minha mente, sendo empurrada contra a parede e sendo devassada... Oohhh...

Os ocupantes continuaram a desembarcar e, no mesmo instante em que as portas do elevador se fecharam, arranquei-me de meu devaneio quando percebi que, pela primeira vez, estava realmente sozinha com o homem desconhecido. Limpando a garganta nervosamente, alisei a saia-lápis com a mão livre enquanto o velho elevador continuava seguindo seu caminho até o andar em que eu trabalhava. *Respire, Lucy, apenas respire.* O desejo se contorcia em meu estômago, alimentado pelos pensamentos de todos os tipos de coisas impróprias que podiam acontecer em elevadores. Fiquei me perguntando se esta antiga caixa de metal estava equipada com câmeras...

Ouvi um suave farfalhar atrás de mim, então um braço musculoso apareceu a meu lado e apertou um botão vermelho no painel. Imediatamente, o elevador se deteve e, antes que eu pudesse dizer qualquer coisa, dois braços surgiram ao redor de minha cabeça e uma voz baixa próxima de meu ouvido murmurou:

— Vejo você todas as manhãs neste elevador, à mesma hora. Não é coincidência, suponho...

Surpresa e em silêncio, eu só conseguia piscar meus olhos arregalados, imersa em total confusão. *Devo me beliscar para ver se acordo? Isto realmente está acontecendo?*

Como estava sendo pressionada contra as portas do elevador por um corpo pesado por trás de mim, o metal frio contra meus mamilos subitamente duros e sensíveis provocou um gemido ofegante:

— Mas o quê...? — comecei a falar e imediatamente parei, esquecendo o que ia dizer quando senti algo duro e comprido apertando-se contra meu quadril.

— Eu posso sentir o cheiro da sua excitação — rosnou ele, aquela voz sexy e baixa fazendo meu estômago se apertar. — Todas as manhãs você entra neste elevador e eu posso sentir o cheiro de sua vontade. — Uma das mãos dele desceu e entrelaçou-se com a minha enquanto ele baixava a cabeça em direção ao meu pescoço. — Como você se chama?

Por um instante, um branco em minha mente me fez esquecer a mais simples das respostas. *Oh, Deus, essa voz é puro sexo*, pensei descontroladamente, erguendo as minhas mãos para me abraçar encostada contra aquela superfície rígida que estava diante de mim. A voz dele era baixa e tinha um tipo de melodia indefinível. Meu peito ficou apertado de tesão:

— Lucy — consegui finalmente responder, esperando que meu cérebro tivesse se recuperado do curto-circuito.

— Lucy... — repetiu ele. Deixei escapar um suspiro trêmulo ao ouvir meu nome sendo dito com aquela voz tão sexy. — Preciso descobrir se você tem um sabor tão bom quanto seu cheiro.

Não havia nem sinal de pedido de permissão em sua voz, apenas uma exigência implacável, e eu inclinei minha cabeça para lhe permitir o acesso. Seus lábios deslizaram suavemente pela pele atrás da orelha, sua língua se movendo para tocar-me, seus dentes beliscando o lóbulo e eu gemi, pressionando-me contra ele. Ele girou o quadril e minha respiração acelerou, meus arquejos ardentes interrompidos no silêncio.

— Deus, você é gostosa demais.

A mão dele se arrastou para a lateral de meu corpo, desceu pelo meu quadril e para baixo de minhas coxas até encontrar a barra de minha saia. Essa mão então refez o caminho de volta, roçando ligeiramente por toda a pele lisa da minha coxa, puxando o tecido para cima até a altura de meu quadril. Sem pensar, abri minhas pernas para lhe dar acesso e ofeguei em voz alta enquanto seus dedos deslizaram ao longo da parte exterior de minha calcinha encharcada, pressionando-se contra o volume inchado no meio das pernas.

Isso está realmente acontecendo? Meu corpo resistia, preso entre as portas metálicas do elevador e aquele corpo quente por trás de mim. Era como se todas as fantasias que eu já tivesse criado estivessem sendo representadas em uma pessoa, e eu não podia fazer nada para deter minha resposta condicionada.

Seus dedos pulsaram, deslizando pelo meu clitóris com frequência crescente, e meus quadris se moveram por vontade própria, desejando mais daquele toque. Gritei baixinho quando seus dentes se afundaram em meu ombro, e então seus dedos deslizaram sob o algodão fino e apertaram e acariciaram minha pele úmida, puxando minha abertura macia de uma forma que me fez gemer bem alto dentro do elevador.

— Goze para mim — murmurou naquela voz baixa e rouca de Vin Diesel, lábios e dentes correndo ao longo de meu pescoço e ombros expostos.

Seus dedos entravam cada vez mais profundamente, o polegar agitando-se sem parar. Com um grito estrangulado gozei. Minha testa descansou contra o aço rígido da porta enquanto eu estremecia inteira, de repente, me sentindo mole e sem energia.

Logo abaixo do painel cheio de números à minha direita, o telefone tocou.

Endireitei-me em estado de choque, aquele tom estridente da campainha atravessando a névoa turva que me recobria. O desejo deu lugar à mortificação. Eu me pressionei contra a porta para me libertar. O estranho de cabelos escuros recuou um passo, dando espaço para eu me mexer, e apertou o botão vermelho novamente. Rapidamente arrumei minhas roupas enquanto o elevador se arrastava para cima de novo, e, alguns segundos mais tarde, o telefone parou de tocar.

— Você tem um sabor ainda melhor do que eu imaginava.

Virei-me, impotente contra o som daquela voz, para vê-lo lambendo os dedos. O olhar que ele deu me deixou de pernas bambas, mas o som do telefone tocando tinha me despertado, então procurei atrapalhadamente os botões do painel e apertei todos aqueles que estavam a meu alcance. Isso só pareceu diverti-lo ainda mais. Quando as portas se abriram para um corredor vazio dois andares abaixo do meu, eu tropecei para fora. Nenhuma pessoa estava à vista, para meu alívio... Não estava muito certa de que poderia receber mais algum tipo de atenção naquele momento.

Um assobio rápido atrás de mim me chamou a atenção e me virei para ver o estranho pegar minha bolsa do chão e entregá-la para mim. Ela havia escorregado de meu braço e caído, esquecida no piso do elevador enquanto nós dois... Limpei minha garganta e a peguei com toda a dignidade que pude reunir.

Ele sorriu, a simples expressão transformando seu rosto inteiro. Eu olhava fixamente, muda por sua magnificência absoluta, enquanto ele piscava para mim.

— Nos veremos outra vez, em breve — disse ele, enquanto as portas do elevador se fechavam, deixando-me temporariamente encalhada no andar inferior.

Respirei profundamente e me perdi em pensamentos arrumando minha roupa, colocando a camisa para dentro da saia com os dedos trêmulos. Minha calcinha era uma causa perdida, eu ficaria com uma mancha de umidade em minha roupa se continuasse a usá-la. Centrando minha atenção nisso e não no constrangimento crescente de minhas ações, procurei e encontrei um banheiro nas proximidades onde poderia me limpar.

Poucos minutos mais tarde, já recomposta, mas vulnerável sem minha roupa de baixo, subi os dois lances de escada até meu andar. Os corredores que levavam até meu setor estavam abarrotados com pessoas atrasadas, porém consegui chegar até minha baia sem grandes problemas. Estava um minuto atrasada de acordo com a hora mostrada no computador, mas ninguém pareceu se importar com isso, então comecei meu dia, afogando-me em meu trabalho para tentar esquecer minha exibição escandalosa de algum tempo atrás.

2

O dia transcorreu em uma confusão mental completa. Não importava quanto eu tentasse me concentrar em meu trabalho, simplesmente não conseguia. Fui obrigada a checar tudo duas vezes, e depois três, para me certificar de que tinha feito as coisas certas. Minha tarefa, de fazer a entrada de dados, era um trabalho tedioso e que não exigia o uso do cérebro, mesmo assim, eu devia continuar inserindo todos eles. Minha mente de vez em quando me dava alguns *flashes* do elevador, daquele belo desconhecido e do primeiro orgasmo público que eu tivera, mas, quando me obrigava a voltar aos eixos, não conseguia me lembrar do que eu havia digitado no computador.

Isso que eu fizera no elevador era tão diferente de mim... Eu sempre fui uma criatura sexual, mas nunca do tipo que soubesse o que fazer com relação a isso. Os rapazes nunca me chamavam para sair; eu não costumava ser convidada para festas ou algo semelhante, mesmo na faculdade. Os poucos namorados que tive, se é que eles poderiam ser chamados assim, não tinham ficado comigo por muito tempo. Minha vida naquele momento era chata, mais por causa da necessidade, afinal, os empréstimos para quitar a faculdade não se pagavam sozinhos, e o fato de viver perto da cidade só fazia com que as coisas fossem ainda mais apertadas, mas eu não conseguia manter muitas relações com a maioria dos homens. Eles queriam sair para ir a festas, eu queria ficar quieta, lendo; eles liam revistas de esportes, eu preferia a *National Geographic*.

Namorar, além de ser a menor das minhas preocupações no momento, definitivamente não era um de meus pontos fortes.

Apesar de minhas tentativas para esquecer toda a situação no elevador, na hora do almoço eu queria desesperadamente meu vibrador e um chute no traseiro. Minhas ações e minha resposta instantânea para aquele desconhecido eram muito problemáticas, independentemente daquilo que eu fantasiasse em minha vida. Esse era o tipo de coisa que jamais poderia acontecer novamente, não importava quanto eu desejasse. Eu precisava desse emprego, mesmo sendo monótono, e não podia me dar ao luxo dessas distrações. O problema é que meu trabalho não era algo que exigisse muito esforço intelectual, para início de conversa, e eu não conseguia parar de lembrar como os lábios dele eram suaves, e como os dentes mordiscando a pele de meu pescoço causavam arrepios em minha espinha. Suas mãos enormes traziam uma promessa dupla de força e de ternura que meu corpo se recusava a esquecer.

Aquele foi um longo dia.

Ao final do expediente, assim que consegui cumprir minha cota diária mínima de processos finalizados e arquivados, estava contemplando a ideia de descer os catorze andares pela escada até o térreo quando finalmente optei pelo elevador, verificando antes se estava livre do desconhecido. Atravessei o estacionamento do subsolo enquanto a maior parte da multidão se dirigia para correr atrás dos táxis na frente do prédio. Poucas pessoas podiam pagar o estacionamento; e certamente não uma temporária novata, mesmo se eu tivesse um carro. Mas cruzar pela garagem era uma rota bem mais rápida até a estação do metrô que ficava a duas quadras de distância, e ninguém jamais havia me alertado de que pegar atalhos era algo fora dos limites.

Desci depressa o último lance de escadas até sair para o ar frio da tarde que preenchia a garagem. O guincho de pneus veio de algum lugar naquele complexo de vários níveis, mas não vi mais ninguém, apenas as fileiras de carros. Esfregando meus braços, a chicoteada do ar gelado prometendo temperaturas mais baixas assim que o sol se pusesse, eu me virei em direção à guarita, desejando que tivesse trazido algum casaco para cobrir meus ombros. Era o fim da primavera, mas o tempo de repente tinha ficado mais frio nos últimos dias e eu não estava vestida apropriadamente.

Alguém agarrou meu braço e me empurrou para o lado, para dentro das sombras atrás de mim. Antes que eu pudesse emitir algum som, uma mão se fechou sobre a minha boca e fui arrastada para um pequeno recanto meio escondido do restante da garagem, que era reservado para as motocicletas. Lutei, mas os braços que me prendiam eram implacáveis, como ferro atravessando meu corpo.

— Eu disse que nos veríamos de novo em breve.

A voz era profunda e familiar, e eu a reconheci imediatamente. Estivera dando voltas dentro de minha cabeça durante todo aquele dia, fazendo parte de fantasias que tentei, em vão, bloquear.

Assim que ouvi aquela voz, uma onda de alívio se apoderou de mim, seguida rapidamente por uma raiva confusa. Por que diabos eu iria confiar naquele homem? Frustrada por minha própria estupidez aparente, pisei tão forte quanto pude sobre o peito do pé do desconhecido. Ele gemeu, mas não me soltou, ao contrário, girou-me e pressionou-me contra a parede de concreto frio. Seu corpo moldou-se às minhas costas, as mãos segurando meus pulsos contra o concreto.

— Você consegue lutar — murmurou ele, passando os lábios ao longo da parte posterior de minha orelha. — Gosto disso.

A indiferença relaxada daquele homem me incomodou. Joguei minha cabeça para trás, tentando bater em seu rosto, mas ele saiu do caminho com uma risadinha impertinente. Outra tentativa de pisar no pé dele com meu salto foi frustrada quando sua perna começou a serpentear entre as minhas, deixando-me incapaz de lutar. Os dedos em torno de meus pulsos, mais suaves do que algemas de ferro, mas não menos firmes, atearam fogo em minha pele sem me dar qualquer espaço para me movimentar.

— Me larga ou vou gritar — exigi em uma voz abafada, tentando virar a cabeça para chamar atenção.

Fiquei louca da vida ao perceber que não estava nem irritada nem com medo do jeito que eu sabia que deveria estar; aquele homem estava uma vez mais provocando os sentimentos errados para a situação. Eu devia ter algum problema na cabeça se pensava que poderia confiar em um sujeito cujo nome nem mesmo sabia!

Ele se inclinou para frente, pressionando o rosto contra o meu cabelo e inspirando profundamente. O ruído agradecido ressoando no fundo de sua garganta reverberou por todo meu corpo.

— Eu não consegui parar de pensar em você durante o dia todo — murmurou, sem dar sinais de que dera alguma importância à minha ameaça. Seus polegares faziam círculos suaves em meus pulsos e meu corpo se tencionou com aquele movimento quase terno. — A rapidez com que se excitou, seu cheiro, seu sabor.

Eu engoli saliva, tentando ignorar a agitação súbita que crescia na minha barriga. Não, eu pensei desesperadamente, não posso ficar com tesão por isso. Mas a visão dele pairando sobre mim... Seu corpo quente e rijo pressionando minhas costas... Isso estava fazendo com que minha cabeça começasse a girar em um turbilhão e minhas pernas quisessem se dobrar ao redor dele. Droga.

— Me solta — eu disse entre dentes cerrados, tentando ignorar as reações traidoras de meu corpo. — Isso é errado, eu não quero...

Ele deu um beijo suave atrás de minha orelha que me acalmou, um contraste marcante com o aperto inquebrantável que mantinha em meus pulsos. Minha respiração ficou presa na garganta enquanto lábios e dentes se arrastavam para meu pescoço; seus quadris rolavam contra os meus, seu membro enorme e duro deslizando ao longo do vinco de minha bunda.

— Eu jamais tomaria uma mulher que não me quisesse — murmurou ele, movendo-se para sussurrar em meu outro ouvido. — Diga "não" e deixarei você em paz para sempre.

Ele correu os lábios para o outro lado de meu pescoço, dando uma mordiscada suave em meu ombro enquanto esperava pela resposta.

A essa altura eu estava tremendo, mas não por causa de medo ou angústia. Quando uma de suas mãos soltou meu pulso e deslizou ao longo de meu antebraço, eu não me mexi, desfrutando das sensações produzidas por aquele contato. Sua mão se moveu até a parte de trás de minha coxa, por baixo da saia, as unhas raspando a pele, e um dedo deslizou entre as partes carnudas e firmes de meu traseiro. Ele deu um gemido, apertando minha bunda com as mãos e abrindo as nádegas, para em seguida pressionar entre elas o volume rígido ainda escondido por suas calças. Um gemido escapou de meus lábios enquanto eu arqueava meus quadris para trás, usando a parede como alavanca para chegar mais perto.

As mãos largaram minha bunda e fui virada para encará-lo. Tive um vislumbre fugaz daquele rosto bonito e familiar com olhos verdes, e então seus lábios se apertaram contra os meus no que foi o beijo mais quente de minha vida. Eu respondi, arqueando-me mais, e assim me vi encostada a seu corpo. Deslizei minhas mãos pelo seu tronco, movendo-as para cima através de seus cabelos, mas ele as agarrou e estendeu-as acima de minha cabeça. A perna entre as minhas coxas me empurrou mais para cima e eu encaixei meus quadris, esfregando-me contra aquela coxa firme como rocha. Gemidos entrecortados escaparam de meus lábios enquanto ele movia seus lábios para baixo, sugando e mordiscando a pele sensível de meu pescoço.

— Quero sentir sua boca em mim — murmurou o desconhecido, deslizando seus lábios até meu pescoço e a linha da mandíbula. — Eu quero ver você de joelhos, essa boca perfeita ao redor do meu pau...

Dessa vez, quando tentei me libertar, ele não me deteve, ao contrário, deu um passo atrás e me firmou sobre meus pés. Minhas mãos foram imediatamente para sua cintura, baixando o zíper da calça com agilidade. Ele estendeu a mão para me ajudar, e quando puxou seu membro para fora, libertando-o das calças, deixei-me cair sobre meus calcanhares e dei uma pancadinha na cabeça do pênis com minha língua. O sabor estava agradável. A inalação brusca acima de mim me disse que ele estava gostando do que eu fazia. Sua necessidade era a minha. Senti uma nova onda de calor entre minhas pernas quando movi minha cabeça para frente, chupando a cabeça do pau profundamente.

— Deus...

O corpo dele estremeceu e, de repente, mais ousada, envolvi a mão ao redor da base grossa e puxei-o mais para dentro de minha boca. Minha língua rodou ao longo da base e brincou com a ponta do pau. Então comecei a sugar ritmicamente aquele pênis grosso. Seus quadris se sacudiam, movendo-se ao mesmo tempo em que minha boca; uma mão pousou por trás de minha cabeça, puxando insistentemente, mas eu controlei o ritmo. Abri o botão de sua calça e enfiei a mão lá dentro, pegando suas bolas. Ele se sacudiu por cima de mim, seu pau saltando em agradecimento, e logo ambas as mãos cravaram em minha cabeça, me puxando para mais perto e silenciosamente pedindo mais, mais profundo. Dessa vez obedeci, liberando a base e puxando-o para dentro o máximo que eu podia, balançando e movendo a cabeça e a língua. Minha mão livre desceu até o meio de minhas pernas, deslizando através das dobras molhadas e pressionando contra o clitóris latejante.

— Você está se tocando? — eu o ouvi ranger acima de mim.

As estocadas dentro de minha boca ficaram mais frenéticas ao mesmo tempo que eu acelerava meus próprios movimentos, aquele enorme membro na minha boca abafando meus gritos. O desconhecido ficou em silêncio pela maior parte do tempo, mas os poucos gemidos que deixou escapar enquanto eu girava minha língua ou massageava a cabeça do pau dele com a parte de trás de minha garganta eram gratificantes de ouvir.

Parte de meu cérebro, uma parte muito pequena, se perguntou o que diabos eu estava fazendo, mas me desliguei disso rapidamente. Já tinha passado tempo demais sem que ninguém prestasse atenção em mim; até mesmo meus colegas de trabalho me ignoravam. Assim, o fato de um homem tão bonito quanto esse me notar, e ainda se aproximar de mim dessa forma, era mesmo algo inebriante. Não me permiti saber por que ele me escolhera ou o que poderia acontecer a seguir, o que eu queria exatamente naquele instante era *sentir*. Dedos se cravavam em meu couro cabeludo e meu orgasmo se precipitou enquanto suas bolas se contraíam, perto de seu próprio gozo.

As mãos me empurraram, costas contra a parede de concreto, e me soltei com um estalido de surpresa. O homem diante de mim se inclinou e passou os braços em volta de meu tronco, me levantou no ar e me empurrou contra a parede, um corpo duro se ajustando entre as minhas pernas. Virei meus olhos assustados para o belo rosto do estranho, a apenas alguns centímetros do meu, e então senti seu membro sondando a minha entrada. Ele pressionou a cabeça do pau para dentro e eu contive um grito de prazer intenso. Os músculos que não viam ação havia muito tempo relaxaram, a própria umidade lhe dando fácil acesso. Seus lábios se esmagaram contra os meus, tragando meus gritos quando me golpeou de novo na parede de concreto.

O orgasmo que eu vinha persuadindo com meus dedos disparou para a superfície com todo aquele roçar e retesar e esfregar. Meu grito foi capturado pelos lábios do desconhecido quando gozei com força, as ondas de prazer rolando pelo meu corpo. Beijei-o violentamente, mordendo os lábios e arranhando com as unhas a parte de trás do paletó do terno. Minha resposta trouxe uma selvageria semelhante nele e o desconhecido martelou dentro de mim, liberando minha boca e fechando seus dentes em meu ombro. Meus gritos, mais débeis após o orgasmo, ainda ecoaram pelas paredes na pequena alcova.

Ele ofegou contra minha pele, logo retirou o pênis e gozou no chão debaixo de mim, com a mão livre esfregando os últimos fluxos de orgasmo. Presa entre seu corpo quente e o concreto duro, só então percebi o frio da pedra e, nas profundezas do complexo de garagens, o som dos carros percorrendo seu caminho até a saída. O vento gelado contra minhas coxas molhadas serviu como uma chamada de atenção para aquilo que eu tinha permitido que acontecesse; eu apertei debilmente meus ombros rígidos, meu corpo ainda mole depois do orgasmo.

Ele se afastou, ainda apoiando meu peso com suas enormes mãos sob meu traseiro, e então lentamente me baixou ao solo. Vacilei por causa dos saltos altos, segurando os braços dele para me firmar antes de dar um passo para trás. A enormidade daquilo que eu acabara de fazer de novo provocou rodopios em minha mente. Eu tremia, só em parte por causa do frio, e então dei um pulo de susto quando alguma coisa quente e pesada cobriu meus ombros. Olhei rapidamente para o desconhecido, sem o paletó, mas fui incapaz de pronunciar qualquer palavra de agradecimento. Ele ajudou a segurá-lo para mim, enquanto lentamente vestia. Apesar de não ser um daqueles casacos de inverno, ainda estava quente com o calor do corpo dele e afastou o pior do vento gelado, o que já ajudava muito.

— Deixe-me levá-la para casa.

No momento em que ouvi aquelas palavras, balancei a cabeça, afastando-me dele. Meu corpo ardia de vergonha e eu não conseguia nem mesmo olhar para o homem.

— Preciso... Pegar o metrô — murmurei.

Um dedo apareceu por baixo do meu queixo e forçou minha cabeça para cima até que eu estivesse olhando para as linhas marcantes daquele rosto bonito. Mesmo depois de andar no elevador com ele tantas vezes, eu nunca tinha estado assim tão perto, e aquela visão me tirou o fôlego. A pele morena, seja por causa da genética ou por ter sido acariciada pelo sol, servia apenas para acentuar os profundos olhos verdes emoldurados por cílios negros e sobrancelhas escuras. Seus cabelos espessos eram quase negros, caindo em mechas por toda a testa, e naquele momento despenteados graças ao trabalho feito por minhas mãos. Uma leve sombra ao longo de sua mandíbula e a pele áspera ao tato pareciam completar o quadro, e meu coração deixou de bater por alguns milésimos de segundo. Sua expressão dura não combinava muito bem com a preocupação em seus olhos lindos enquanto me encarava, o polegar acariciando a pele de meu queixo.

— Por favor — disse ele em voz baixa.

Meu corpo ainda respondia ao seu toque; eu queria encostar meu rosto contra a pele áspera de sua mão. Lágrimas picaram meus olhos com aquele tolo sentimento... Será que eu estava assim tão desesperada? Então dei mais um passo para trás, afastando-me de seu toque. Limpando minha garganta e me forçando a não agir como uma garota tonta de sorriso afetado, olhei-o nos olhos.

— Preciso pegar o metrô — mantendo a cabeça erguida, mesmo coberta de vergonha que fazia desejar me arrastar para longe e me enfiar no primeiro buraco no chão, comecei a caminhar em direção à saída e parei. — Seu casaco — murmurei, e comecei a tirá-lo.

Ele levantou a mão para me impedir.

— Fique com ele — um sorriso um pouco confuso cintilou em seus lábios e pareceu, por um momento, que eu tinha sua total atenção... E aprovação. — Você precisa mais dele nesse momento do que eu.

O ar estava frio e eu sabia que minha aparência era um desastre com aquele casaco muito maior que eu, mas naquele momento eu precisava daquilo. Murmurando meus agradecimentos, andei rapidamente para fora daquele recanto nas sombras e me encaminhei para a saída. Levantei uma mão trêmula até minha cabeça; meu cabelo estava solto, mas parecia estar em ordem. Eu precisava encontrar um espelho em algum lugar rapidamente, porque tinha certeza de que estava um espanto.

Ouvi o som de um carro se aproximando por trás de mim e parando. Agindo de uma forma muito pouco sensata, olhei para trás e vi um motorista sair de uma limusine preta comprida e abrir a porta do passageiro, e então o belo desconhecido se abaixou e entrou no carro. Fiquei ali de pé, olhando a cena como uma idiota, enquanto o motorista fechava a porta e arrancava em direção à saída. As janelas do carro eram escurecidas, de forma que não pude enxergar dentro quando passou por mim, e fiquei assistindo enquanto meu fugaz amante passava pelas guaritas do estacionamento e mergulhava no pesado tráfego lá fora. *Mas quem diabos é esse homem?* Fiquei me perguntando durante algum tempo, depois afastei o pensamento e saí da garagem vazia.

Entrei num café nas proximidades e me tranquei no banheiro para me arrumar um pouco. Minha saia e minha blusa até que não estavam tão ruins e logo voltaram a alguma aparência de ordem. Alisar meu cabelo se mostrou impossível, as escuras mechas loiras se recusando a cooperar depois de terem sido tão deliciosamente maltratadas, então vasculhei dentro de minha bolsa em busca de um elástico de cabelo e fiz um rabo de cavalo frouxo. Eu não me incomodei em reaplicar a maquiagem, mas pelo menos limpei as manchas ao redor de meus olhos azuis, de forma que minha aparência voltasse a ficar apresentável. Quinze minutos depois, saí do café de volta para a rua, com a bolsa pendurada pela alça em um braço nu e o casaco dobrado sobre ela. Apesar do frio, eu me sentia estranha vestindo aquilo. Peguei o metrô mais tarde do que o habitual, mas na maior parte do tempo me senti imersa em uma névoa, meu cérebro repetindo sem parar um único pensamento:

O que diabos eu estava fazendo?

3

NA MANHÃ SEGUINTE, CHEGUEI AO TRABALHO MEIA HORA MAIS CEDO E me assegurei de que o desconhecido não estivesse no elevador que tomaria. Nervosa como estava de que alguém pudesse comentar sobre minhas atitudes do dia anterior, foi um alívio ser ignorada como de costume pelas pessoas que me rodeiam. O edifício a essa hora da manhã tem apenas uma fração de seus ocupantes habituais, e então corri para minha mesa a fim de evitar confrontos indesejados com certas pessoas de olhos verdes.

Passei a maior parte da noite tentando descobrir se eu devia ou não ir trabalhar na manhã seguinte. A franca estupidez e imprudência de minhas ações me perseguiram durante toda a noite, fazendo-me chegar tão longe a ponto de começar a questionar a minha sanidade. Essa não sou eu. Nunca havia sido alguém que agisse de forma tão impensada, e uma libido desesperada não foi uma resposta convincente para mim.

Comecei a procurar novas oportunidades de trabalho, algo a que eu poderia recorrer se minha situação atual azedasse de vez, mas o mercado estava tão complicado como sempre. A metade apropriada de meu cérebro exigiu que eu deixasse esse emprego, mas a parte lógica dele sustentou que eu precisava do dinheiro. Minhas contas estavam ficando atrasadas, e eu não tinha nenhuma poupança que me permitisse um tempo sem trabalhar enquanto procurava uma oportunidade melhor.

Veja só, Lucy, em que ponto você chegou...

Passei um tempo fazendo algum trabalho que não precisasse de *login* no computador, porque não queria que minha chegada antecipada fosse notada pela administração. Meus colegas chegaram, conversando entre si enquanto passavam pela minha baia minúscula, mas fiquei em meu cantinho na maior parte do dia, contente por não ser notada. O dia passou sem incidentes até quase quatro horas da tarde, quando minha chefe colocou sua cabeça por cima de minha mesa:

— Venha comigo, por favor, Srta. Delacourt.

A presença dela me assustou. Eu a via quase que todos os dias, mas depois de minha entrevista inicial, ela praticamente ignorou minha presença no escritório. Naquele momento, ela havia decidido falar comigo, fazendo minha cabeça girar e meu estômago dar nós. Seu tom de voz não admitia contestações, então, com um apressado "sim, senhora" e uma breve pausa para me recompor, levantei-me com as pernas trêmulas e segui atrás dela.

Ela contornou a porta de sua sala e caminhou para fora de nossa seção, em direção ao saguão externo. Fui atrás dela em silêncio, com medo de perguntar do que se tratava tudo aquilo, temendo descobrir que o prédio inteiro já sabia de minhas aventuras sexuais do dia anterior. Não conseguia pensar em nenhuma outra razão para ser chamada assim daquele jeito, e duvidei que fossem me tirar de minha seção apenas para me demitir.

Entramos no elevador em silêncio. Minha apreensão aumentou enquanto nos aproximávamos do topo do edifício. A gerente não conversou comigo nem uma única vez e era impossível ler o que se passava em sua expressão... Não que eu tivesse tentado muito, porque estava com medo do que poderia descobrir... No momento em que as portas do elevador se abriram, sabia que estava em um mundo completamente diferente. Os corredores estreitos e sem vida sumiram no momento em que pisei em uma passagem bem larga, forrada com painéis de madeira escura e que tinha o nome da empresa, HAMILTON, em letras garrafais por toda a parede. Aquela ampla entrada levava em direção a uma recepção em uma grande sala aberta. Portas de escritórios se alinhavam na parede e duas grandes salas de reuniões envidraçadas se posicionavam em cada um dos cantos daquele enorme espaço. Havia uma sensação de luxo do velho mundo em tudo aquilo: madeira escura e detalhes em ouro misturados com arte e iluminação modernas.

— O Sr. Hamilton está nos esperando — disse minha chefe para a senhora na recepção, que assentiu com a cabeça e pegou um telefone assim que nós passamos.

Literalmente tropecei naquelas palavras, as minhas pernas de repente se recusando a trabalhar. Quer dizer que estávamos na área administrativa do edifício? Eu nunca tinha lido nada sobre a empresa, afinal aquele era apenas um emprego temporário, mas eu sabia que aquele não era um andar qualquer. O lugar tinha aquele ar de Donald Trump, mais uma área de recepção do que um escritório. Não havia nenhuma maneira, no entanto, de eles terem me enviado até ali se soubessem o que eu tinha feito.

A confusão e a agitação continuaram a aumentar enquanto eu seguia a gerente a uma distância cautelosa. Ela dirigiu-se para um dos escritórios e bateu antes de colocar a cabeça dentro da sala.

— O Sr. Hamilton vai ver você agora — disse ela, sinalizando para que eu entrasse.

Eu fiquei ali, encarando-a em silêncio por um momento e então caminhei lentamente em direção à porta. Lancei-lhe um último olhar confuso enquanto entrava na sala. Estaquei quando um horror renovado tomou conta de mim. *Oh não, não, não, não...*

— Obrigado, Agatha, isso é tudo por enquanto.

Assentindo com a cabeça uma vez, a gerente fechou a porta enquanto eu, horrorizada, fiquei dentro de um gigantesco escritório. Minha boca se moveu sem fazer ruído à medida que eu encarava a figura familiar sentada atrás da mesa. Meus olhos pousaram na placa de identificação que vi sobre ela. "Jeremiah Hamilton", anunciava ao meu corpo entorpecido pelo choque.

O homem de cabelos escuros atrás da mesa levantou olhos calmos para me avaliar.

— Srta. Delacourt — disse ele em resposta, apontando para uma cadeira colocada à sua frente. — Sente-se, por favor.

Meu pulso acelerou ao ouvir aquela voz, o que confirmou meus piores temores. Incapaz de emitir uma única palavra, encaminhei-me para a cadeira que ele apontara, com movimentos hesitantes e espasmódicos, e sentei-me. Ele me ignorou, correndo os olhos através de alguma coisa que lia no *tablet* que segurava. Ficamos sentados em um silêncio tenso. Aproveitei para examinar a sala. Janelas cobriam do teto ao chão a parede atrás da mesa do executivo, oferecendo uma visão panorâmica das ruas abaixo. A mesa era feita de uma madeira escura e resistente, coberta esparsamente por um *notebook*, a placa com o nome, e um berço de Newton, as esferas de aço imóveis. A cadeira em que me sentei era luxuosa e de um tecido grosso, com rodízios na parte inferior.

— Srta. Lucille Delacourt — disse o desconhecido, assustando-me. Jeremiah Hamilton, lembrei a mim mesma, todavia ainda não conseguia fazer com que meu cérebro abrangesse toda aquela situação. — Atualmente funcionária temporária para inserção de dados, indicada pela agência de empregos Management Solutions, contratada há um mês por Agatha Crabtree. Correto até agora? — Depois de meu aceno espasmódico, ele continuou. — Eu vejo que você usou seu passaporte como identificação. — Ele olhou para mim. — Passaporte?

Era difícil falar com a de repente boca seca, mas, ainda assim, tentei:

— Sempre carrego eles comigo.

Vi a sobrancelha dele se levantar.

— Eles? — perguntou o executivo, sua expressão sondando em busca de mais informações. Mas eu apenas dei de ombros, as palavras me faltando.

Houve um momento de silêncio antes que ele voltasse a falar:

— Cresceu em Nova York, frequentou a Universidade de Cornell por três anos antes de sair. Empregos humildes e subalternos desde então e se mudou para a cidade há três meses. Por que você saiu?

Aquele resumo de minha vida era frio e breve, as palavras perfurantes me atravessando. A pergunta no final da frase navegou diretamente para mim, e a pausa generosa me fez olhar para seu rosto em expectativa.

— O quê? — perguntei, amaldiçoando-me internamente por não ter ouvido.

— Por que... — repetiu ele, pausadamente — você largou a faculdade, Srta. Delacourt?

O tom da voz dele deixava claro que exigia uma resposta, mas aquele era um assunto complicado e pessoal, trazendo à tona lembranças com as quais eu lutava já havia quase três anos. A pergunta era uma invasão de minha privacidade e eu sabia que, legalmente, não era obrigada a responder, mas me pareceu que meus lábios se moviam como se tivessem vontade própria:

— Meus pais morreram...

Houve uma longa pausa dessa vez, enquanto eu olhava para minhas mãos, tentando não chorar... Uma tarefa difícil, tendo em vista a situação estressante em que havia me metido. *Será que eles teriam vergonha se vissem onde estou agora?* Me perguntava, engolindo as lágrimas. Eles tinham sacrificado tanta coisa para me colocar sempre em primeiro lugar, a maioria das quais só fui descobrir depois que morreram. Perder a casa em que eu cresci, aquela que estivera na família por duas gerações, porque não dava mais para pagar a enorme hipoteca que fizeram para pagar meus estudos, havia sido um golpe revoltante. Eu tentei de tudo para evitar que a casa caísse nas mãos do banco, mas... Engolindo o nó que estava em minha garganta, lutei para recuperar a compostura.

— Sinto muito pela sua perda — disse Jeremiah depois de um longo momento de silêncio. Ele limpou a garganta, e ouvi-o inclinar-se para trás em sua cadeira de couro. — O que a trouxe até Nova York?

Pensei ter detectado uma nota de preocupação em sua voz, mas ainda não conseguia me levar a olhar para o rosto dele. Ainda que todo aquele assunto representasse uma questão pessoal e não fosse da conta dele, mesmo assim eu respondi:

— Perdi a casa de minha família e tive que me mudar; uma velha amiga da faculdade que vive em Jersey City me disse que eu poderia morar com ela.

— Entendo — Jeremiah coçou o queixo por um momento. — Você sabe por que eu lhe pedi para vir, Srta. Delacourt?

Essa era a pergunta que eu temia e que não poderia responder. Engoli em seco, ergui a cabeça de forma que pudesse encontrar seus olhos verdes, mas a coragem me falhou.

— Não... — respondi, mais como pergunta do que como resposta.

Ele abriu a boca para dizer alguma coisa, fez uma pausa, depois tentou de novo:

— Deixe-me dizer como o seu dia teria sido hoje antes dessa nossa reunião. — Ele cruzou os braços sobre a mesa antes de continuar. — Você teria trabalhado até meia hora antes do fechamento do expediente, quando teria sido chamada à sala de sua supervisora. Ela teria lhe explicado que seu contrato de trabalho temporário havia sido rescindido e que hoje foi seu último dia. Você teria recebido o seu último salário e seria escoltada para fora do prédio.

Pela segunda vez naquela manhã, o chão sumiu sob meus pés.

— Você está me despedindo? — perguntei com uma voz débil, incapaz de acreditar em minhas próprias palavras. A ira brotou diante da injustiça de minha vida. — E isso é porque nós...

Jeremiah levantou a mão para deter minhas palavras e balançou a cabeça.

— A decisão sobre as demissões foi tomada há um mês. Nós já não precisamos mais da maioria dos temporários de seu departamento. — Seus olhos se estreitaram quando ele acrescentou, mais para si mesmo: — Eu assinei as diretivas no início desta semana, antes de saber quem era você.

— Nenhuma empresa está contratando neste momento... — sussurrei, esquecendo que minha busca por outro emprego deveria ser um segredo.

Mas não havia mais razão para ocultar. A raiva ficou difícil de sustentar quando percebi que teria que enfrentar mais um duro golpe depois de tantos que havia recebido recentemente.

— Avaliei seu arquivo e você fez um bom trabalho — continuou Jeremiah enquanto eu olhava, entorpecida, para o tampo de sua mesa. — Nós lhe daríamos uma excelente recomendação para seus futuros empregadores.

Sem outras palavras para usar, incapaz de pensar no que dizer, levantei os olhos e encarei o executivo.

— Por que você está me contando tudo isso? — murmurei. — Por que mandou me trazerem até aqui?

— Porque eu tenho outra oferta para você. Um trabalho, se estiver interessada. Estou precisando de uma assistente pessoal.

Pisquei várias vezes, tomada de surpresa com a oferta. Olhei para o rosto dele, mas era como uma máscara de granito, eu não conseguia perceber nada sobre o que ele poderia estar pensando. Mas uma suspeita alojou-se em meu estômago enquanto perguntei:

— Que tipo de assistência pessoal?

— Tudo o que eu quiser.

Respirei profundamente com essas palavras, minha mente me levando para todos os lugares dentro dessa frase. Ele não estava querendo dizer que... *Certamente ele não está insinuando o que estou pensando.* Mas em algo nos olhos dele, apesar daquele comportamento empresarial casual, estava implícito exatamente aquilo que eu estava imaginando. Seu olhar prometia todos os tipos de coisas perversas... Ou talvez fosse minha mente brincando comigo de novo, tentando fazer com que minhas fantasias se transformassem em realidade. Eu precisava ter certeza:

— Sobre ontem, quando nós... Hã...

Jeremiah se inclinou para a frente e apoiou um queixo forte sobre seus dedos.

— Sim — disse ele simplesmente, essa única palavra respondendo a todas as minhas perguntas.

Tentei me mostrar indignada com essa proposta. Estava procurando descobrir alguma forma de protestar e de manter algum pingo de dignidade, mas eu era uma pessoa muito prática. Naquele momento, precisava desesperadamente de um emprego e ali estava uma oferta de trabalho, e eu não podia me dar ao luxo de abrir mão dela sem saber quando receberia outra. Meu coração ficou apertado quando relembrei como, e durante quase dois anos, dediquei cada centavo ganho a manter a casa de minha família, apenas para acabar perdendo-a e ficar sem nada. Sem qualquer membro da família capaz ou disposto a me ajudar, se não fosse pela oferta daquela antiga colega de classe para dividir a sua casa comigo, eu teria acabado morando na rua. E aquilo que tinha sido planejado para ser uma solução temporária, porém, havia se estendido por mais tempo do que qualquer uma de nós planejara; pressionada entre as cobranças constantes dos credores e o alto custo de se viver em uma cidade grande, nunca consegui guardar um centavo do que ganhei.

Isso não queria dizer, porém, que eu iria simplesmente responder sim.

— O que você está oferecendo? — exigi, levantando meu queixo e esperando que ele não notasse o rubor que cobria meu rosto.

Não posso acreditar que eu esteja realmente considerando essa proposta!

Um sorriso lento marcou o canto de sua boca.

— Benefícios, um aumento de salário e todas as despesas de viagem pagas. — Ele anotou alguma coisa em um pequeno *post-it* e passou-o para mim. — Acho que isso deve ser suficiente para um salário inicial.

O montante que estava anotado no *post-it* quase me fez desmaiar... Eu poderia pagar em apenas alguns meses os empréstimos que tinha feito para cobrir meus estudos e teria dinheiro mais do que suficiente para voltar a estudar em um ano. Minha mandíbula não funcionava direito quando comecei a procurar as palavras, incapaz de pensar no que dizer. *Isso é uma oportunidade*, uma parte de mim insistia em me dizer, enquanto a outra parte, aquela que normalmente soava como meus pais, gritava para mim: "FUJA DAÍ!". Sentei-me em silêncio por um momento, ponderando minhas opções, em seguida, dei um suspiro:

— Eu quero isso por escrito.

Algo me dizia que não tinha sido a resposta que ele esperava; inclinou a cabeça para o lado e seus olhos se apertaram, o único sinal que vi de alguma emoção. Aquele lindo rosto permaneceu imutável enquanto ele assentia com a cabeça.

— Muito bem — disse Jeremiah — mas primeiro preciso fazer uma entrevista adicional para essa posição. — Ele se inclinou para a frente e apoiou o queixo sobre os dedos juntos. — Levante-se, curve-se e ponha seus cotovelos sobre a mesa.

4

Congelei, a frase anterior, "tudo o que eu quiser", ainda ecoando em minha cabeça. Depois de um momento de tensão, durante o qual lutei comigo mesma e perdi, levantei e aproximei-me da mesa, inclinando-me para colocar os cotovelos ao longo da borda da madeira escura. Nervosa, fiquei observando enquanto Jeremiah se levantava e dava a volta na mesa.

— Fique assim até que eu diga para você se mover de novo. Quantas palavras você consegue digitar em um minuto?

A pergunta me pegou de surpresa, mas como andava preparando meu currículo ultimamente para procurar um novo emprego, sabia a resposta:

— Oitenta.

— Quais são os pontos fortes que você traria para essa posição?

Ele desapareceu atrás de mim, quebrando minha concentração. Eu poderia virar a cabeça para vê-lo, mas mantive meu olhar sobre a mesa enquanto respondia àquela pergunta comum de entrevistas de emprego:

— Sou muito detalhista e dedicada para realizar o trabalho, não importa o que aconteça.

Uma risadinha surgiu atrás de mim por conta daquela resposta obviamente ensaiada.

— E onde você se vê daqui cinco anos?

Comecei a responder, mas fiquei em silêncio, surpresa, enquanto uma mão deslizava para cima em minha coxa, esgueirando-se debaixo de minha saia e sobre a minha bunda antes de se afastar. Engoli em seco, a respiração irregular, mas ainda consegui responder:

— Terminando a faculdade de Direito, de preferência, ou fazendo um trabalho de que goste.

Isso causou um "humm" baixo, mas depois silêncio. Minha pulsação aumentou e eu fechei os olhos, tentando me manter sob controle. Era exatamente como no elevador, apenas um toque e eu estava perdida, meu corpo desejando seu contato.

— O que você considera o emprego dos sonhos?

Dedos deslizaram entre minhas coxas, correndo ao longo do fino algodão da calcinha, e um gemido escapou da minha boca. Meus quadris pressionaram, buscando mais contato, mas novamente a mão desapareceu, e eu contive outro gemido. A trégua permitiu-me reunir meus pensamentos para responder, embora fosse difícil:

— Em algum lugar onde eu fizesse diferença, onde eu pudesse ajudar as pessoas.

— Boa resposta — murmurou ele.

Então, a mão estava de volta, pressionando a carne macia entre as minhas pernas, me fazendo estremecer de tesão. As palmas de minhas mãos queriam se afundar na mesa, as unhas cravando-se na madeira fria ao mesmo tempo em que eu sentia subir uma onda de calor pela barriga. Uma das mãos alisou minhas costas e desceu pelo quadril enquanto os dedos continuavam a me provocar e a me atormentar. Mantive meus braços trêmulos na mesa enquanto algo duro pressionou contra meu traseiro. Os dedos finalmente se moveram sob a calcinha e penetraram em mim, deslizando facilmente ao longo das dobras molhadas. Engasguei com outro grito, tentando manter o silêncio.

— Meu escritório é à prova de som e a porta está trancada — murmurou ele, respondendo a uma pergunta que eu não tinha pensado em fazer. Dedos penetraram mais fundo dentro de mim, fazendo meu corpo tremer. — Antes de irmos mais longe, no entanto, é preciso nos livrar disto aqui.

A fina calcinha de algodão que eu usava foi puxada para baixo até as pernas e, sem pensar, saí dela assim que tocou o chão. Um sapato apertou-se contra a parte interior de meu pé, ampliando a minha postura enquanto seus quadris empurravam os meus. Os dedos entre minhas pernas nunca deixaram de fazer sua exploração; minha respiração estava ofegante enquanto Jeremiah levantava a saia para prendê-la na minha cintura, seu volume empurrando minha bunda.

O polegar, que tinha até então massageado com força meu clitóris, deslizou de volta para minha abertura traseira. Fui lançada adiante em choque, estando prisioneira entre a mesa e seus quadris enquanto o polegar procurava abrir o buraco apertado. A ideia de que um homem pudesse estar interessado lá atrás nunca tinha me ocorrido; não que eu fosse tão ingênua a ponto de ignorar totalmente o fato, mas é que realmente nunca tinha passado pela minha cabeça. No entanto, parar para pensar nisso era difícil, pois ele continuou a manipular meu corpo até eu ficar tremendo de desejo.

Lábios encostaram-se em meu pescoço.

— Em breve — ronronou com sua voz profunda, as palavras uma promessa, enquanto acariciava a abertura uma vez mais, e logo levou seu polegar de novo ao meu clitóris.

A essa altura, cada respiração era como um gemido, então levantei meus quadris, precisando desesperadamente ser preenchida. Seus dedos provocavam e atormentavam, mas nunca me deixavam cair no orgasmo.

Alguma coisa mudou por trás de mim. Jeremiah baixou seu corpo ao longo de meu traseiro nu, e então dentes roçaram a pele sobre uma nádega enquanto as mãos abriam mais as duas. Antes que eu pudesse compreender o que estava por vir, senti pela primeira vez na vida uma língua contra meu lugar mais íntimo, lambendo o vinco, e em seguida empurrando-se contra a abertura. Eu avancei contra a mesa com outro grito e não consegui impedir mais outro enquanto ele controlava as respostas de meu corpo com sua língua e seus dedos. Aquela sensação exótica e desconhecida, diferente de tudo que eu já tinha experimentado em minhas atividades limitadas, foi demais para mim. Eu gozei com força, as unhas arranhando a dura superfície da mesa e meu corpo se contorcendo incontrolavelmente.

Descansei a cabeça nas mãos assim que ouvi o ruído da embalagem do preservativo sendo rasgada, e então, no momento seguinte, o comprimento duro de seu pênis deslizou entre minhas nádegas. Os dedos foram retirados apenas para serem substituídos por uma presença espessa, que forçou caminho dentro do espaço apertado. Eu gemi de novo quando ele empurrou seu pênis para dentro, enquanto seu braço grosso chegava até minha cintura e me puxava, apertando-me contra seu corpo. Ele me pressionou contra a mesa quando deslizou para fora e, em seguida, para dentro, eletrificando e alargando a pele macia. Ainda mergulhada na onda do orgasmo, seus movimentos me deixaram ofegante e frenética, empurrando minha bunda de volta contra ele descontroladamente.

— Porra, você é um tesão... — murmurou ele em meu ouvido, sem parar de enfiar forte, ganhando outro grito de mim.

Eu me apoiei contra a borda da madeira escura enquanto ele continuava, suas estocadas sacudindo meu corpo inteiro. Uma mão levantou meu pescoço, inclinando a cabeça para trás contra seu ombro e parcialmente restringindo minha respiração, mas isso não impediu os entrecortados gemidos que emiti quando outra onda se apoderou de mim e meu corpo estremeceu pela segunda vez em minutos.

Minha cabeça caiu para o lado e senti dentes arranharem meu pescoço, correndo ao longo da linha de meu ombro, enquanto a mão dele afastava o tecido de minha blusa. O toque suave de seus lábios em toda a minha pele era um contraste direto com as estocadas fortes de seus quadris, mas eu me deleitava com a experiência, o que lhe permitiu definir e controlar o ritmo. Dois orgasmos deixaram meu corpo mole, com a energia totalmente drenada pela experiência, mas Jeremiah me segurou facilmente com seus braços fortes. Arqueei-me de volta contra ele, mesmo que minha pele estivesse um pouco sensível demais para suas investidas, porque o prazer era extremo.

Assim como antes, seus dentes se afundaram em meu ombro quando ele estremeceu, seus duros golpes quase me levantando do chão.

Ele soltou um gemido áspero e, com uma última estocada, sacudiu-se contra minha bunda e gozou para dentro de mim. A mão que segurava meu pescoço afrouxou e o sangue correu para a cabeça novamente, deixando-me tonta. Ele me colocou cuidadosamente em cima da mesa, descansando seu corpo pesado em cima do meu, enquanto ambos lutavam para recuperar o fôlego.

Depois de um momento, ele retirou seu pênis e afastou-se, deixando-me sozinha contra a madeira fria. Demorou um pouco antes de eu finalmente tomar consciência do quanto estava exposta, mas ainda passei um minuto buscando retomar a respiração antes de baixar a saia. Eu estava molhada o suficiente para saber que, se me sentasse na cadeira, mancharia a roupa, então procurei me equilibrar sobre meus sapatos de salto, usando a mesa como apoio.

— Isso conclui a entrevista. A propósito, você está contratada.

Ainda respirando com dificuldade, virei minha cabeça e pude ver Jeremiah Hamilton parado perto de uma pequena bancada onde havia bebidas e café, situada em um canto de seu escritório. Seu terno e suas calças estavam de volta no lugar, tão impecáveis como se nada tivesse acontecido. A expressão em seu rosto era curiosa e investigativa, mas eu não conseguia definir o que procurava descobrir. Eu tentei sentir vergonha, raiva, indignação com minhas ações lascivas e com a atitude dele de se aproveitar de minha situação, mas tudo que me ocorreu foi um profundo cansaço e uma sensação de segurança.

Estou tão ferrada...

Uma mão em meu cotovelo me girou com suavidade, um copo de água foi colocado em minhas mãos.

— Vá se limpar — disse Jeremiah enquanto eu sorvia aquele líquido gelado, com uma voz mais suave do que eu havia escutado até então. — Vou fazer os arranjos necessários e podemos partir assim que você voltar.

Meu cérebro não estava funcionando completamente, por isso pensei que tivesse deixado passar alguma coisa.

— Arranjos para quê?

— Você disse que sempre carrega seu passaporte, certo?

Pisquei, ficando confusa de novo. Uma pergunta estranha.

— Hum... Sim, isso mesmo.

Ele acenou com a cabeça, como se isso respondesse tudo.

— Perfeito. Então, você virá comigo hoje e pode ser minha acompanhante.

Eu tomei um gole da água, ainda perplexa com a direção que a conversa vinha tomando.

— Sua acompanhante para onde?
— Paris. Partimos em uma hora.

5

As limusines eram bem mais espaçosas do que eu me lembrava. É claro, a última vez em que embarcara numa delas fora para ir ao meu baile de formatura no colégio e o veículo estava lotado até o teto com as minhas amigas e seus respectivos acompanhantes.

Deixei escapar uma olhada furtiva ao belo homem sentado perto de mim no banco traseiro do carro. Ele me ignorou nesse momento, concentrado no *tablet* pousado sobre suas pernas e me deixou à minha própria sorte. Minha bolsa de couro estava colocada em meu colo e eu a segurei mais apertada, ainda me recuperando dos acontecimentos daquele dia. Eu estava realmente a caminho de Paris?

Os dois últimos dias foram uma loucura. Eu ainda não podia acreditar que Jeremiah Hamilton, diretor-geral das Indústrias Hamilton, um conglomerado empresarial multinacional que rivalizava com qualquer coisa que Donald Trump já tivera produzido, estava sentado perto de mim na limusine escura. Eu ainda não tinha absorvido totalmente o fato de que estava a caminho do aeroporto para voar com ele para Paris. Como sua assistente pessoal. Com um contrato que em breve estaria pronto e cujas cláusulas giravam em torno da frase "o que ele quiser".

Se eu fizesse um ranking dos piores dias de minha vida, este certamente estaria entre os cinco primeiros. Definitivamente, um forte candidato ao Mais Inacreditável e Confuso Dia de Todos os Tempos.

Não prestei muita atenção à nossa rota, uma vez que Manhattan na hora do rush era aquele emaranhado normal de pedestres e de veículos, além de me encontrar presa como estava em meus próprios pensamentos. Dei-me conta da diminuição do tráfego, no entanto, quando saímos de Manhattan e tardiamente percebi que estávamos indo em direção a Nova Jersey. Quando a limusine começou a passar pelos aviões que estavam atrás de um muro alto, olhei pela janela e vi com alguma surpresa a placa para o Teterboro Airport. O aeroporto de Nova Jersey não era tão grande quanto seu homólogo da cidade de Nova York e, embora jamais tenha voado por lá, sabia que ele atende a um grande número de voos e aviões particulares. Eu só tinha estado no JFK, então aquele aeroporto pequeno era uma novidade para mim. Vi um grande número de aeronaves fretadas estacionadas ao longo do asfalto, do tipo normalmente alugado para viagens e pelos muito ricos.

Bem, suponho que hoje seremos nós. O pensamento enviou uma onda de arrepios através da minha espinha e eu tremi, esfregando os braços. *Oh, Deus, em que eu estou me metendo?*

— Tem certeza de que eu não vou precisar de roupas? — perguntei pela terceira vez, assim que entramos no terminal do aeroporto.

Ele não me tinha permitido trazer nada comigo, além dos pertences pessoais que já estavam no escritório, ou seja, o que estava na minha bolsa e as roupas que vestira para ir ao trabalho. A saia e a blusa estavam limpas, mas dificilmente seriam suficientes para qualquer tipo de viagem ao exterior.

— Elas serão fornecidas — assegurou Jeremiah. — Seu contrato vai especificar tudo isso.

Era a mesma resposta que eu recebia a qualquer momento que eu lhe fazia uma pergunta sobre essa viagem-surpresa. Nesse ritmo, meu contrato será mais longo do que uma obra de Tolstói. Esse pensamento irreverente não fez nada para acalmar meus nervos. Eu não tinha assinado nada ainda. Então, ainda podia sair dessa, encontrar outro emprego.

A imagem repentina de eu fritar hambúrgueres numa lanchonete para ganhar a vida me fez estremecer. Uma onda de tristeza tomou conta de mim. *É lá que eu vou acabar? Isto aqui é realmente a minha última chance?* Eu olhei para cima e pude ver Jeremiah me observando. Não havia nenhuma emoção em seu rosto impassível, mas seu olhar penetrante me fez sentir como se ele pudesse ler minha mente. Frustrada, e nem um pouco disposta a permitir que ele notasse minha indecisão, cerrei meu maxilar e me recusei a desviar o olhar primeiro.

A porta se abriu, interrompendo nosso concurso de olhares. Agarrei minha bolsa com força e saí do carro antes dele, mas pensei ter visto uma expressão divertida em seu rosto assim que passei. *Então, ele gosta de conflitos*, pensei enquanto éramos conduzidos para dentro do edifício. *Ótimo, porque não vou rastejar implorando por um pouco de respeito.*

Uma imagem surgiu na minha cabeça: eu de joelhos na frente dele, olhando para aquele rosto lindo. Senti uma vibração na barriga. *Ah, caramba.*

A rapidez com que passamos pela segurança foi uma experiência nova. A parte mais inconveniente do processo foi a funcionária fuçando em minha bolsa e encontrando a calcinha do dia anterior, que eu tinha esquecido que ainda estava lá. Meu corpo inteiro enrubesceu com essa descoberta, mas ela se manteve profissional. Uma vez que nos liberaram, atravessamos a pequena sala de espera e fomos levados pela pista até o voo que nos esperava.

Longo e elegante, mas ainda bem menor do que os aviões nos quais estava acostumada a viajar, a aeronave não era nada parecida com os jatos comerciais comuns. Eu nunca havia tido a oportunidade de voar em algo como aquilo; garotas normais como eu nunca estariam no interior de um desses aviões, a menos que fizessem parte da tripulação. O interior era tão elegante quanto o exterior prometia, com bancos de couro duas vezes maiores que qualquer um que eu já tinha visto antes. O piloto permitiu-nos tomar nossos lugares antes de fechar a porta e recuou para sua cabine. Impressionada com o ambiente que me rodeava, comecei a brincar com os vários dispositivos e instrumentos ligados ao meu assento. Tinha inclusive um telefone acoplado sob um largo descanso de braço, coisa que me pareceu divertida.

Um *tablet* muito fino deslizou sobre a mesinha que eu acabara de desdobrar do assento dianteiro. Era o mesmo no qual eu tinha visto Jeremiah trabalhar mais cedo. Surpresa, lancei um olhar para ele, que estava sentado em um assento próximo.

— O que é isso? — consegui pronunciar, meu divertimento se desvanecendo rapidamente.

— Preparei seu contrato na limusine, mas você terá que assiná-lo antes de o avião decolar. — Quando hesitei, ele se inclinou para capturar meu olhar. — Você sabia que isso iria acontecer.

— Não diga... — A resposta sarcástica desmentia minha tensão nervosa.

O que era aquilo? Eu estava assinando minha sentença de morte?

— Um carro a levará para casa se decidir pular fora. — Ele puxou uma caneta de prata do bolso do casaco e estendeu-a para mim. — A escolha é sua.

Segurei firmemente a caneta entre os dedos, apertando-a em meu punho para não trair minha agitação enquanto percorria o documento com os olhos. Eu tinha me especializado em decifrar o juridiquês durante a faculdade, mas aquela redação era bastante simples. O papel dava um arcabouço mais legal àquela frase "o que ele quiser", mas a mensagem continuava a mesma, e previa inclusive um acordo de confidencialidade. Ao chegar perto do final, no entanto, acabei tropeçando com uma cláusula que não havíamos discutido.

— Cinquenta mil dólares? — guinchei, olhando para ele, surpresa.

Ele assentiu com a cabeça.

— Se você ainda continuar a meu serviço daqui a seis meses, terá direito a um bônus — respondeu ele, citando o contrato quase que literalmente. — Isso, juntamente com quaisquer salários semanais que lhe forem devidos, não será retirado de você caso rescinda esse contrato após esse período.

Quer dizer, mesmo se eu vier a desistir, ainda vou conseguir tirar alguma coisa disso tudo. Ver tudo isso por escrito ajudou minha mente a entrar em acordo com a decisão absurda. O contrato, embora um tanto vago com relação a meus deveres específicos, deu um aspecto profissional a toda a situação e me fez sentir, como direi... menos piranha. *Quem sabe? Talvez este seja um modelo de contrato padrão entre os ricos e famosos. Como eu posso saber?*

Ainda assim, hesitei. *Eu ainda posso cair fora*, pensei, encarando a caneta em minhas mãos. *Posso acabar com esta farsa idiota, pegar um táxi e voltar para meu apartamento...*

E depois?

Uma de minhas maiores preocupações depois que me mudei de minha cidade natal para viver com minha antiga colega foi o alto custo de vida de Nova York. A execução da hipoteca da casa de minha família havia me deixado praticamente sem recursos, e eu não tinha opção de viver em outro lugar. Poupar dinheiro, apesar de meus melhores esforços, tinha se provado ineficaz. Meus atuais arranjos de vida haviam sido projetados para serem temporários, e eu sabia pelas atitudes recentes de minha amiga que eu estava consumindo rapidamente o que restava de uma boa acolhida. Minha única esperança era pagar um pouco mais de minha dívida dos empréstimos estudantis e entrar em condições de começar a pagar aluguel. Até então, estaria perigosamente perto de viver em um abrigo, um pensamento que fazia meu sangue gelar.

Jeremiah me olhava pacientemente, sua expressão indiferente a meus sentimentos quase se mostrando uma mudança bem-vinda. Desde que meus pais morreram, eu lutava não só para pagar as contas, mas também contra a opinião das pessoas com relação à minha situação, e eu estava cansada de ser aquela "pobre menina órfã" aos olhos de todo mundo. O diretor-geral tinha deixado muito claro o que esse contrato implicava, com minha "entrevista" sendo realizada sobre a mesa dele, ocasião na qual tomou liberdades com meu corpo que me deixaram gemendo de prazer. A lembrança do ocorrido me fez querer me encolher e me esconder no primeiro buraco que encontrasse, porque eu nunca tinha sido esse tipo de garota e, ainda mais, me permitindo ser seduzida por um desconhecido não uma, mas três vezes em um período de 24 horas. O contrato diante de mim representava a independência financeira, mas apenas se fosse em troca de outra forma, mais pessoal, de liberdade.

Eu não tenho escolha.

Li inteiramente aquele contrato por duas vezes, a enormidade da decisão pesando sobre mim e, então, com dedos trêmulos, assinei meu nome digitalmente na parte inferior e devolvi o *tablet*. Jeremiah estendeu a mão para pegá-lo e apertou o botão de atendimento.

Imediatamente os motores começaram a se preparar para levar o avião adiante, e me assegurei de que meu cinto de segurança estivesse afivelado. Agarrei a poltrona com força e tentei ignorar minha própria inquietação sobre o voo e sobre o homem sentado à minha frente.

— Você não gosta de voar?

Eu mantive meus olhos fechados e fingi dormir quando os motores nos impulsionaram pela pista. O processo foi suave e o ruído não tão forte quanto eu tinha imaginado que seria para um avião tão pequeno, mas não respirei com mais tranquilidade até que estivéssemos no ar.

Nós ainda estávamos subindo quando Jeremiah desafivelou seu cinto de segurança e se dirigiu para a área principal que ficava bem atrás de mim. Mantive meus olhos em linha reta, determinada a ignorar sua presença, até que uma mão segurando um copo com um líquido claro apareceu diante de mim.

— Eu não bebo — disse eu.

— Nem mesmo água?

Não achei nem um pouco charmoso seu ar divertido, mas peguei o copo de sua mão com um resmungo:

— Obrigada.

— Tem comida no bar, caso você precise de algo mais substancial.

— Não estou com fome, obrigada. — Meu estômago escolheu esse exato momento para reclamar em voz alta, revelando minha mentira. — Hã... Er... Tudo bem, talvez com um pouco de fome — completei.

Os lábios dele se comprimiram e fiquei com a sensação de que estava tentando não rir.

— Você não tinha nem ideia de quem eu era, não é mesmo? — perguntou ele.

De repente, percebi que não estava com disposição para conversar. Deixei escapar um suspiro e encolhi os ombros antes de responder:

— Aparentemente, você não é tão popular quanto pensa...

Ele encarou minhas palavras sarcásticas com bom humor.

— E quanto eu sou popular?

Retorcendo-me na poltrona, olhei para cima a fim de ver a diversão enrugando os cantos de seus olhos. Ele fingia muito bem não sentir nenhuma emoção, exceto pelos olhos. Eles eram do verde mais lindo que eu me lembrava de ter visto em um homem, vibrante contra a pele cor de oliva e o cabelo escuro. Ao me dar conta de que o admirava, limpei a garganta e lutei para encontrar uma resposta. As réplicas espirituosas me escaparam, no entanto, e dei de ombros uma vez mais, tomando um gole rápido da água.

Não fiz caso de sua risadinha.

— Talvez seja bom descansar — disse ele, porque este vai ser um longo voo.

Quando ele foi para a parte traseira do avião, fiquei em meu assento, reclinando-o e me aconchegando naquela enorme poltrona. Infelizmente, meu estômago, consciente de que existiam alimentos nas proximidades, não me dava descanso. Eu consegui enganá-lo por talvez meia hora, ocupando-me com aqueles diversos botões e outros dispositivos ao redor de onde eu estava, antes de finalmente me ver obrigada a levantar para verificar o que havia para comer.

Quando passei, meu chefe estava sentado em uma das largas poltronas do fundo, um copo com um líquido escuro em sua mão. Pude sentir seus olhos em mim assim que entrei no espaço reservado para a cozinha e peguei uma laranja antes de avaliar as comidas disponíveis. Escolhi um sanduíche de frango previamente preparado com ingredientes que me fizeram concluir que era feito com cuidado e comi ali mesmo.

Aquele homem me deixava nervosa e eu não confiava em mim mesma com ele por perto. Cada vez que ele se aproximava de mim, ficava imaginando cenas eróticas que só havia lido nos romances baratos e que via em minhas fantasias. Isso fora perfeito enquanto ele era apenas um desconhecido em um elevador e que eu via uma vez ao dia. Agora, eu tinha de tirá-lo de meus pensamentos. Mas era mais fácil dizer do que fazer, uma vez que esse homem se tornara uma figura proeminente em minha vida de fantasias e meu corpo não me permitia esquecê-lo. Mesmo a situação desesperançada de minha vida atual não conseguia deter minhas reações à sua presença, as mesmas reações que, por acaso, tinham me metido nessa confusão.

Peguei uma garrafa de água, virei para sair daquela minúscula área e parei de repente quando o vi de pé ao lado da porta. Ele se aproximou de mim e eu recuei um passo, somente para me chocar contra a bancada.

— Eu... — gaguejei — tenho que voltar para meu assento e...

Seus dedos estavam brincando com o botão da camisa.

— Você poderia me ajudar com isso? — perguntou ele, indicando a camisa e ignorando minha declaração. — Parece que ficou preso.

Soltei um suspiro incrédulo. Sério? Suas palavras formavam uma frase quase absurda, dada a situação, mas outra frase que eu tinha ouvido naquela mesma tarde me veio à cabeça: *tudo o que eu quiser*.

Eu bufei. Quer dizer que agora eu teria de ajudá-lo a se vestir também? Não foi isso que pensei que teria que fazer quando assinei o contrato, mas com outro pequeno resfolegar de impaciência, estendi a mão e peguei o botão. Seus dedos tocaram os meus e eu tentei ignorá-los apesar do aperto que contraía minha barriga.

Surpreendentemente, o botão da camisa estava realmente preso, mas levei apenas alguns segundos para desprender. Soltei a camisa quando terminei, deixando o botão aberto, mas ele capturou minhas mãos antes que eu pudesse me afastar.

— E se você verificasse os outros botões, quem sabe...?

Olhei em seus olhos e então, rapidamente, para baixo de novo. *Isso é estúpido demais*, pensei, tentando ficar com raiva enquanto minhas mãos eram puxadas de volta para sua camisa. Supunha-se que eu deveria ser uma advogada, alguém que defendesse os mais fracos, foi para isso que peguei empréstimos pesados, para ajudar nos estudos e não para ser uma costureira ou...

Jeremiah olhou para mim e eu procurei ignorá-lo... Mais fácil falar do que fazer. Dando-lhe um olhar breve, que foi a maior valentia de minha parte, comecei a desabotoar a camisa. O tecido era fino, mas resistente, não era seda, mas algo igualmente caro. Não tinha chegado ao terceiro botão e as minhas mãos já haviam começado a tremer, não de medo, mas por causa da proximidade. Não levou muito tempo para que eu percebesse que não havia nada por baixo da camisa, a não ser a pele. Quanto mais botões eu abria, mais se revelava aquele peito de pele morena contra a camisa branca que se negava a permanecer fechada por conta própria. Ele deu um passo adiante, pairando acima de mim, e todo meu corpo começou a tremer. *Oh, meu Deus.*

Minha vida até aquele ponto não envolvia muitos homens exceto os da família e de uns poucos colegas de estudo. A escola secundária e depois a faculdade tinham sido totalmente voltadas para a vida acadêmica, e eu sempre estivera mais interessada nos livros e em estudar do que em formar qualquer tipo de relacionamento com o sexo oposto, mesmo que houvesse interessados. Só que a vida depois da morte de meus pais não foi mais do que um borrão, e eu nunca tive tempo para fazer outra coisa exceto trabalhar em vários empregos e me preocupar com meu futuro. Se alguém tinha se interessado por mim, certamente não notei. Mas, naquele momento, eu definitivamente percebia aquele homem que estava diante de mim.

A luta contra a tentação de tocar na pele suave debaixo de meus dedos era uma batalha perdida. Ele deu um pequeno passo para o lado e eu me movi também, inconscientemente, girando lentamente com ele, quando tirou a camisa e a jogou sobre a poltrona ao lado. Eu já estava sem fôlego, enquanto meus olhos percorriam o corpo que a camisa havia coberto previamente, e então a vibração em minha barriga se converteu em faíscas quando seus dedos deslizaram até meus braços. Eu nem sequer percebi que estávamos em movimento, muito presa por causa de sua proximidade e de seu contato, até que minhas costas foram empurradas contra algo muito rígido, uma parede. Minhas mãos se apertaram contra os músculos firmes de seu abdômen quando levantei os olhos e notei que ele estava me observando com uma intensidade que deixava meus joelhos amolecidos. Não havia nenhum pensamento de resistência quando ele pressionou seu corpo contra o meu e abaixou a cabeça para beijar meus lábios.

O que começou suave, apenas um leve roçar de nossas bocas, se transformou rapidamente em algo muito mais apaixonado. Impotente contra seu ataque, eu gemia em sua boca e deslizava minhas unhas por seu corpo rígido, respondendo ao seu beijo com um fogo que eu não sabia que possuía. Meu toque serviu apenas para inflamá-lo, já que ele apertou mais, sua língua saindo brevemente e deslizando sobre meus lábios e provocando minha boca aberta. Suas grandes mãos passeavam pelo meu corpo, fixando-se em minha cintura, seus dedos cavando em meus quadris e em meu traseiro, me puxando mais contra seu corpo teso.

Minhas mãos subiram ao redor de seu pescoço, enredando-se no cabelo escuro e grosso, tão desesperada eu estava por seu toque, como ele parecia estar pelo meu. Uma perna se prendeu firmemente entre as minhas e eu fiquei ofegante e quase sem fôlego quando ela se apertou contra partes de meu corpo que estavam inchadas e sedentas por mais. Aquelas mãos que agarravam meus quadris me apertaram mais e de repente eu me vi levantada do chão, sendo pressionada contra a parede e apoiada apenas por seu corpo e por seus braços. Enrolei as pernas ao redor de sua cintura enquanto seus lábios deixavam os meus, os dentes roçando para baixo ao longo da pele macia de minha garganta ao mesmo tempo em que empurrava seus quadris contra os meus. Um pequeno grito brotou de minha garganta, e logo outra vez, quando seus dentes se aferraram ao meu ombro através da minha blusa e depois de fazer revirar seus quadris novamente.

Minhas mãos buscaram seu rosto e eu o beijei de novo, fazendo-o soltar ofegantes gemidos de sua boca, enquanto continuava a esfregar-se contra mim. Minha saia estava quase na cintura e seus dedos se arrastaram até o meio de minhas pernas, apertando-se contra a delgada barreira de minha calcinha em direção ao meu clitóris inchado. Gemi em sua boca, mordendo seu lábio e arqueando meus quadris em sua mão, desesperada por mais.

— Será que você pode ajudar com meu botão da calça também?

As palavras ditas em voz baixa levaram um momento para serem processadas, mas conseguiram ultrapassar a névoa da luxúria que obscurecia meus pensamentos. Interrompi o beijo, percebendo o que quase permiti que acontecesse de novo e olhei nos olhos dele. A necessidade ainda quente fazia minhas entranhas derreterem, mas quando eu o empurrei levemente pelos ombros, ele deu um passo atrás, baixando-me suavemente para o chão. Minha saia se ajustou ao redor de meus quadris, e eu me apressei para arrumá-la enquanto deslizava para fora de seu alcance.

— Você realmente devia descansar um pouco, é um longo voo até Paris.

Olhei de volta para ele. Ele ficou lá de pé, gostoso o suficiente para ser devorado, aparentemente tão confortável nu quanto se estivesse usando um daqueles ternos caros. *Por que diabos eu estou me afastando dele outra vez?*

Princípios. Moral. Ah, claro. Caramba.

Acenando-lhe de forma brusca, me obriguei a voltar ao meu assento. Agarrando um travesseiro de um armário perto, sentei-me no meu lugar e empurrei a poltrona, de forma que pudesse ficar totalmente reclinada. Não pensei que conseguiria dormir, mas finalmente caí em um sono agitado enquanto o sol passava pelo horizonte, o brilho laranja se extinguindo terra abaixo.

Em algum momento, acordei para descobrir que estava escuro do lado de fora das janelas e que um cobertor tinha sido colocado sobre mim, as pontas dobradas em volta de meu corpo. Franzi a testa, certa de que isso não estava lá quando me sentei, e olhei para o assento atrás do meu, onde Jeremiah dormia profundamente. Ele estava novamente vestido com a camisa, o paletó dobrado cuidadosamente sobre uma poltrona perto da sua. Ele ocupava mais espaço do que eu, de forma que não fora capaz de dobrar-se sobre si mesmo como eu fizera, mas parecia confortável reclinado como estava. O sono tinha suavizado a expressão dura de seu rosto, e ele parecia diferente, mais jovem, mais relaxado.

Eu gostaria muito de poder odiá-lo, mas não havia raiva em meus pensamentos. Aquele homem dormindo simplesmente me chantageara para que eu assinasse um contrato que lhe permitia tomar todas as liberdades que quisesse, mas havia momentos de ternura que se sobressaíam. *Ele nunca fez nada que eu não quisesse*, pensei, tocando o cobertor ao redor de meu corpo. *Eu gostaria de saber qual dos dois é o verdadeiro Jeremiah: o executivo sério que me entrevistou enquanto eu estava inclinada sobre sua mesa ou o homem que me cobriu com esta manta.*

Eu engavetei essa conversa, deixando-a para outro dia, uma vez que a exaustão tornava meus olhos pesados. Bocejando discretamente, puxei o cobertor até o queixo, aninhada na poltrona confortável, e entrei novamente em um sono profundo.

6

— Você tem algum objeto a declarar?

Considerando que eu não tivera permissão para trazer nada comigo, respondi:

— Não.

O homem verificou meu passaporte uma vez mais, então o devolveu para mim, chamando a pessoa seguinte enquanto eu passava pelo guichê. As letras em negrito colocadas acima de mim mostravam a minha localização em diversos idiomas e eu parei para olhar. *Então, estou mesmo na França.*

Jeremiah estava a meu lado, interrompendo meu sonho acordado ao colocar a mão na parte de baixo de minhas costas e me guiar em meio àquela pequena multidão. Vi uma fila de pessoas esperando os recém-chegados enquanto nos dirigíamos para o terminal principal. Um homem corpulento e calvo, com um cavanhaque loiro, aguardava de pé junto a uma parede ao fundo, e se adiantou ao nosso encontro quando estávamos a meio caminho das portas.

— Lucy — disse Jeremiah — este é Ethan, meu chefe de segurança. Ele vai levar você ao hotel.

Apertamos as mãos, mas estava claro que minha presença não era a prioridade do homem, porque seus olhos permaneceram fixos em Jeremiah.

— Celeste ainda está aqui. — A voz de Ethan tinha um sotaque do sul, leve, mas perceptível. — Ela não vai partir por pelo menos três horas.

Jeremiah assentiu.

— Perfeito. Faça com que a Srta. Delacourt chegue ao hotel.

— E você? — perguntei, quando ele começou a se afastar.

— Eu tenho que lidar com os abutres. — Para Ethan, ele acrescentou: — Tente não ser visto.

Eu assisti enquanto ele caminhava para as portas de vidro que levavam para fora. *Isso é tudo?*, pensei, aturdida. *Estou sendo entregue ao motorista para ser levada para fora do aeroporto?* Ocorreu-me que eu deveria estar contente por me ver longe de sua presença, mas, de repente, a sós com outro desconhecido em um país estranho, me dei conta de que sentia falta daquele homem sem emoções.

— Muito bem. Vamos lá.

Segui Ethan em silêncio, lançando olhadelas furtivas para meu chefe. Assim que Jeremiah saiu pelas portas de vidro, vi um alvoroço do lado de fora quando várias pessoas se precipitaram em sua direção.

Os *flashes* das câmeras fotográficas e o estrondo confuso das vozes fluíram para mim no momento em que saíamos por uma porta bem longe do tumulto, ignorados pela multidão.

— Mas do que se trata tudo isso? — perguntei, lutando para acompanhar os passos largos de Ethan.

— *Paparazzi*. — Ethan segurou a porta para mim enquanto eu saía do terminal bem distante da turba. — Sua presença na festa de gala neste final de semana é assunto suficiente para ganhar a cobertura da imprensa.

Gala? Entrei na parte de trás da grande SUV que me esperava no meio-fio. Outro homem, que aguardava atrás do volante, saiu do veículo para que Ethan pudesse tomar o lugar, e fomos embora.

— Será que ele vai ficar bem? — perguntei, olhando através da janela traseira para o enxame de repórteres.

Ethan bufou.

— Isso não é nada, e ele fez isso principalmente para desviar a atenção para que pudéssemos sair sem sermos molestados. Ele não vai estar muito distante de nós.

De fato, eu o vi se movimentar no meio daquela multidão enquanto uma limusine se detinha ao lado da calçada. Respirei de alívio. *Eu nunca poderia fazer isso,* pensei, agradecida pela dianteira que tínhamos. O pensamento de ter todas aquelas câmeras em frente ao meu rosto, me seguindo para onde quer que eu fosse... Estremeci só de imaginar.

Havia um milhão de perguntas atravessando minha mente, mas o homem atrás do volante não parecia ser do tipo conversador, então guardei todas para mim e passei a desfrutar de minha primeira visão real de Paris. A cidade europeia sempre fora um lugar que eu desejava visitar; meus pais eram apreciadores de história e isso havia me contagiado também. Paris sempre me parecera um lugar distante e exótico, um mundo totalmente diferente, no qual eu poderia perfeitamente submergir. Quando estava no colegial, tinha recebido uma promessa de meus pais de que, quando tivesse meu diploma em mãos, eles pagariam uma viagem para cá. Esse desejo nunca se materializou, pois a morte deles em meu terceiro ano na faculdade tirou minha vida dos trilhos, forçando-me a tomar um caminho radicalmente diferente daquilo que eu sempre imaginei, mas meu amor pela cidade permaneceu. Os vislumbres da Torre Eiffel através dos edifícios me fez sorrir, um pouco do estresse dos últimos dias sendo afastado para longe.

Eu era tão jovem naquela época, incapaz de ver quão sobrecarregados meus pais estavam em suas finanças. Com aquela história de "a cavalo dado não se olha os dentes" em mente, nunca me ocorreu perguntar a eles de onde tinham tirado dinheiro para me colocar em uma faculdade de primeira linha, como fizeram. Nunca soube disso até o dia em que eles morreram subitamente, deixando-me de joelhos para juntar os cacos, e só então percebi quanto tinha sido comprometido. Eles tinham um seguro de vida, mas que mal foi suficiente para cobrir as despesas do funeral e os honorários do advogado; depois disso, cada centavo que ganhei foi guardado para tentar salvar a casa, mas, no fim das contas, acabei perdendo-a mesmo assim. Essas lembranças eram agulhadas doloridas em meu coração, mas ver Paris, finalmente, serviu como um bálsamo para um pouco dessa dor. *Queria que vocês estivessem aqui para ver a cidade comigo...*

Não tinha a mínima ideia de para onde estávamos indo, mas quando a SUV finalmente parou e um criado veio abrir a porta, fiquei boquiaberta enquanto olhava o hotel, em estado de choque.

— Nós vamos ficar aqui?

Não recebi nenhuma resposta e, honestamente, a pergunta era retórica. Olhei para o magnífico Ritz Paris. Era inconcebível admitir que eu dormiria lá. Este era outro dos locais da cidade que eu só tinha visto na internet e nas revistas, mas as imagens que vira não faziam justiça a ele. Embora não fosse *tão* enorme quanto imaginara, era grande e imponente como nos meus sonhos, e eu estava ansiosa para ver o interior.

Uma ruiva vestida em um terno pálido bem ajustado caminhou em nossa direção, os saltos dos sapatos batendo no piso de pedra. Ela parecia satisfeita em ver Ethan, mas se deteve quando me viu. O enorme motorista deu um beijo na mão da mulher, um gesto romântico que parecia em desacordo com seu comportamento rude.

— Celeste, esta é Lucy Delacourt, a nova assistente pessoal do Sr. Hamilton.

A confusão se dissipou na mesma hora do rosto da mulher, embora ela ainda parecesse genuinamente surpresa com a notícia.

— Prazer em conhecê-la — disse ela com um sorriso, estendendo a mão em cumprimento. — Eu sou Celeste Taylor, chefe de operações das Indústrias Hamilton. — Seu aperto de mão era firme e sério, e seu sorriso, um alívio após o estoicismo que eu tinha experimentado até então. — Fazia algum tempo que Remi não arranjava uma nova assistente.

Remi?

— Sim, bem, eu sou nova. — Era difícil saber quanto eu deveria falar sobre isso, portanto, decidi manter tudo estritamente profissional. — Fui contratada ontem à tarde.

As sobrancelhas de Celeste subiram quase que até a linha do cabelo.

— Bem, certamente ele agiu rápido dessa vez... — Seu olhar se suavizou. — Isso tudo deve ser tão estranho para você...

Esse primeiro sinal de verdadeira simpatia quase me fez chorar. Eu queria agradecer a ela, mas consegui me abster de jogar meus braços em torno dos ombros de Celeste e, em vez disso, engoli minha emoção.

— Ontem eu era apenas uma funcionária temporária passando pela empresa. E agora, estou... — Fiz um gesto abrangendo o hotel em volta de mim. — Isso tudo é um pouco assustador...

— Sim, imagino que sim. — Ela olhou para dentro do carro. — Você trouxe bagagem?

— Eu...

Não conseguia encontrar palavras para explicar esse pequeno detalhe. Que tipo de pessoa cruza o Atlântico sem trazer nenhuma roupa nem uma bagagem de viagem? Eu, ao que parecia, mas não sabia o que dizer sem escancarar detalhes embaraçosos.

Celeste inclinou a cabeça para um lado, diante daquele meu incômodo silêncio, estreitando os olhos. Deu um passo para trás, examinando-me dos pés à cabeça, depois assentiu.

— Ah, eu vejo o porquê — disse ela com um sorriso.

Olhei para minha roupa, sem entender o significado daquela observação. Ela ainda estava impecável, embora um pouco amarrotada da viagem e do fato de eu ter dormido no assento do avião.

— Ora, o que há de errado com o que estou vestindo?

Isso provocou uma risada em Celeste.

— Não é com a *minha* opinião que você deve se preocupar — disse ela, balançando a cabeça e sorrindo. — Se Remi não gosta de alguma coisa, ele vai fazer de tudo para mudá-la. Ele é um rolo compressor, acostumado a ter todas as coisas do seu jeito. Você não precisa me contar nada, já posso perceber o que foi que lhe aconteceu. — Ela fez um gesto em direção à porta do hotel. — Vamos entrar, está um pouco frio aqui fora.

Eu a segui até o saguão enquanto Ethan permaneceu na calçada, atendendo a uma chamada em seu telefone celular.

— Quando você conheceu o Sr. Hamilton? — perguntei.

Celeste me lançou um olhar divertido quando notou que eu estava usando o título formal para o homem.

— Nós estudamos juntos anos atrás, embora eu tenha me mudado para o oeste quase imediatamente após a formatura na faculdade. Passei por um divórcio, mudei-me de volta para começar de novo, não consegui encontrar nada. Quase perdi a esperança, então Remi me encontrou. — Ela encolheu os ombros. — Comecei como gerente, e quando ele reestruturou toda a empresa depois que seu pai morreu, eles me deram uma escolha: ou eu assumiria a posição de diretora de operações ou estaria demitida. Como eu disse... — acrescentou ela, revirando os olhos para mim — um rolo compressor.

— Conheço essa história. — As portas foram abertas para nós por funcionários do hotel e eu olhava com admiração todo o saguão a partir da entrada. — Este lugar é ainda melhor do que eu imaginava.

— Espere até você ver as suítes. — Ela olhou para o relógio. — Meu avião vai partir em menos de três horas. Quer que eu lhe mostre? — Quando eu sorri, ela segurou meu braço. — Você tem que ver a piscina primeiro. Sempre me tira o fôlego.

— Então você e Ethan... — eu parei, não querendo insinuar nada, mas Celeste assentiu.

— Eu já estava trabalhando como diretora de operações quando Jeremiah chamou o Ethan para tocar a equipe de segurança, até então incipiente. Eu estava acostumada com um pouco de liberdade, portanto, quando de repente havia mais obstáculos para ultrapassar apenas para entrar no edifício, eu me ressenti. Toda aquela proteção me parecia um exagero, e eu provavelmente fui a pessoa a reclamar com mais veemência de tudo aquilo. — Celeste sorriu. — Depois, há o fato de que Ethan estava sempre pegando no meu pé, perguntando se eu precisava de ajuda ou de um acompanhante. Quando o novo chefe de segurança insistiu em me acompanhar até meu carro a qualquer hora que eu precisasse, nem que fosse apenas para buscar minha bolsa, tentei me colocar em uma posição mais firme, mas fui rechaçada.

— Parece que ele estava perseguindo você — comentei com a voz seca.

— Não, não, não era assim. Ethan manteve tudo em um nível estritamente profissional e, bem, realmente deixei de pensar em suas ações. Você sabe, esse trabalho me mantém ocupada 24 horas por dia, sete dias por semana, então nunca achei que teria tempo para um relacionamento, por isso tal coisa nunca me ocorreu... — A ruiva revirou os olhos. — Honestamente, talvez eu nunca notasse Ethan como alguém mais do que o irritante chefe da equipe de segurança se ele não tivesse salvado minha vida.

Meus olhos se arregalaram.

— Sério?

Celeste assentiu.

— Eu contrariei um pouco a tradição por preferir dirigir eu mesma meu carro, em vez de ter um motorista. Em uma noite bem tarde, estava saindo do escritório e fui atacada por um grupo, que tentou me jogar em uma van. Como eu disse, era muito tarde e eu tinha quase certeza de que não teria ninguém por perto para me ajudar. Então, de repente, esse grandalhão careca estava lá, surrando meus agressores até transformá-los em pasta. Foi essa a primeira vez que realmente prestei atenção nele. — Ela encolheu os ombros, um sorriso triste no canto dos lábios. — Ele, então, atribuiu a si mesmo o posto de meu motorista permanente, e o resto é história.

— Uau — murmurei. — Que romântico!

— Sim, talvez... — ela objetou e dirigiu um olhar para mim. — Então, como você conseguiu o emprego mais cobiçado do país? Sempre que as Indústrias Hamilton emitem sua convocação para os estagiários, temos candidatos saindo pelo ladrão.

Nesse ponto, chegamos à piscina coberta, um espetáculo extravagante cercado por pilares e um teto rebaixado.

— Isso é lindo — suspirei, momentaneamente ignorando a pergunta e compartilhando um sorriso com Celeste. — O resto do hotel é assim?

— Sim — respondeu ela, sorrindo. — Os quartos são ainda melhores, não há dois iguais. Espere até você experimentar a comida, é excelente!

O que eu fiz para merecer isso?, me perguntava, olhando para a opulência extraordinária. Os arredores esplêndidos serviam apenas para acentuar minha situação de peixe fora d'água. Eu não conseguia acreditar na minha sorte, ou que estava ali, olhando para aquelas demonstrações de luxo e de acessórios sofisticados que refletiam minha insegurança. O mundo havia sido tão diferente apenas uns poucos anos antes, e então tudo aquilo que eu amava e dava como certo tinha desaparecido. Olhando para a grandeza em torno de mim, senti um medo semelhante rastejar em meu coração. Será que essa chance também seria arrancada de mim tão rapidamente?

Celeste olhou para o relógio.

— Eu preciso ir — disse ela, uma nota de pesar tingindo suas palavras. — Até mesmo os aviões particulares têm um horário a cumprir.

Meus ombros caíram ao ouvir aquelas palavras. Eu mal conhecia a mulher, mas de fato estava decepcionada por vê-la partir. Os dois últimos dias tinham sido agitados e estressantes, e a presença de Celeste, embora tão breve, fora um bálsamo bem-vindo. Estendendo a mão, eu disse:

— Espero que tenha um voo seguro.

Ela pegou minha mão em um aperto firme, então se inclinou para perto.

— Olha, seja legal com o Jeremiah, tudo bem? Ele pode parecer um babaca às vezes, mas tem um coração grande para aqueles com quem se preocupa ou decide proteger.

Suas palavras me deixaram sobressaltada. *Seja legal com ele?*

— Ele é meu chefe — respondi com firmeza, sem saber como responder sem ser petulante. — Eu tenho de respeitá-lo.

Ela começou a sacudir a cabeça, parou para pensar por um momento, depois assentiu com tristeza.

— Acho que isso é suficiente para começar... — Inclinando-se para mim, Celeste acrescentou em voz baixa: — Já se passaram quase dois anos desde que ele arranjou uma assistente pessoal. A última... Humm... Saiu em maus termos. Como sua assistente, no entanto, você vai acompanhá-lo em suas funções e servir como acompanhante. A maior parte da imprensa está acostumada a essas disposições e pode ser que a deixem em paz, mas esteja ciente de que você irá receber alguma atenção. É inevitável.

Será que ele tratou todas elas como a mim? Fiquei surpresa ao descobrir que a menção de assistentes anteriores me irritou. Então o aviso de Celeste sobre receber atenções indesejadas me fez lembrar daquele enxame de *paparazzi* do lado de fora do aeroporto. Minha pele se arrepiou com o pensamento de estar cercada por fotógrafos. De repente, todo esse empreendimento no qual me envolvi pareceu uma ideia muito ruim. Por acaso houve algum momento em que pensei que essa situação fosse algo diferente do que apenas um estranho truque do destino?

— Ah, por falar no diabo...

Eu me virei e vi a alta figura de Jeremiah entrar no hotel. Ele trazia uma pequena caixa embrulhada debaixo do braço e foi falar em particular com Ethan perto da entrada. Eles tinham um jeito semelhante que achei interessante e comentei com Celeste.

— Bem, eles serviram no exército juntos, talvez seja isso.

— Militar? — Eu nunca havia vinculado a sua imagem à de um soldado.

Parecia que havia muita coisa que eu não conhecia sobre o homem para quem estava trabalhando.

Celeste assentiu:

— Os dois eram *rangers* do exército até que o pai de Remi morreu e deixou-o no comando dos negócios da família. Foi tudo muito complicado. Eu entrei logo em seguida e o ajudei a lidar com as consequências.

Eu queria perguntar mais, mas os dois homens caminharam em nossa direção e o momento se perdeu. Celeste sorriu e deu um passo à frente, tomando a mão estendida de Jeremiah.

— Parece que eu não sou mais necessária esta noite...

Jeremiah levantou a mão de Celeste para um breve beijo antes de deixá-la ir, mas a seu lado vi quando Ethan titubeou diante do gesto. A ruiva deu um passo atrás, então olhou para o homem alto e calvo ao seu lado.

— Pronto para ir, querido?

Pisquei quando o rosto impassível de Ethan suavizou-se em um sorriso. Celeste me saudou com a mão e se afastou, a mão do homem enorme envolvendo a parte baixa das costas da diretora de operações. Só então me dei conta da aliança de ouro na mão esquerda dele.

— Eles estão casados há quase um ano — disse Jeremiah em resposta ao meu olhar de assombro, arqueando uma sobrancelha. — A pergunta estava estampada na sua cara.

Baixei minha cabeça diante de seu tom sarcástico, limpando a garganta.

— E agora? — perguntei, lançando uma última olhada ao casal que se retirava.

A tensão estava de volta quando me dei conta de que não tinha ideia do que ele queria.

— Celeste lhe mostrou o hotel?

— Um pouco, sim. — Não pude deter o sorriso que iluminou meu rosto. — Ele é absolutamente incrível. As fotos não fazem justiça.

Ele deu uma risada divertida.

— Então espere até ver os quartos...

7

Deixei-me afundar na água quente, agarrando os lados da enorme banheira de porcelana para evitar deslizar por baixo da superfície. Montes de espuma borbulhante me faziam cócegas no nariz enquanto eu me ajeitava em uma posição mais cômoda e sorria, soprando a espuma para que ela dançasse em pequenos jatos pelo ar. A banheira profunda era supreendentemente confortável e eu me acomodei, soltando um suspiro de alívio e brincando com as torneiras de água com os dedos dos pés.

Jeremiah tinha me mandado subir para o quarto, dizendo que teria que cuidar de algumas coisas antes de juntar-se a mim. Eu estava seguindo o funcionário do hotel, que me conduziu a meu quarto. Quando ele abriu as portas, eu me vi sem palavras. O interior da suíte era o lugar mais opulento, berrante e exagerado que eu já tinha visto, com seus espelhos dourados e pinturas, painéis brancos adornados com candelabros de ouro, lâmpadas de cristal, molduras rococó e filigranas ao longo de cada canto e de cada painel. Tapeçarias cobriam as paredes e cada centímetro do quarto gritava "Olhe para mim! Sou caro!". Golpeavam-me a cabeça com sua elegância exagerada e sua decoração extravagante e escabrosa.

Eu absolutamente adorei tudo.

Enquanto o funcionário do hotel me mostrava os aposentos, eu mal o escutava, ocupada demais em explorar por conta própria os detalhes. A suíte continha diversas salas de estar e era mobiliada com móveis que pareciam muito caros, mas também muito desconfortáveis. Todas as comodidades que alguém poderia pensar estavam lá, e muitas mais que eu jamais teria considerado, tudo fornecido gratuitamente. Cheguei a pensar que morrera e subira aos céus quando vi o banheiro, com seu teto alto e seus espelhos, bancadas e piso de mármore, e uma banheira quase tão grande quanto uma hidromassagem bem no meio de tudo. O funcionário teve tempo de me apontar o armário onde ficavam as roupas de cama e os roupões antes que eu conseguisse enxotá-lo para fora o mais educadamente possível, a fim de preparar eu mesma o banho de espuma. Minha mãe costumava colecionar velhos frascos de perfume e fiquei encantada ao notar que o hotel utilizava esses mesmos frascos para colocar seus óleos de banho. Escolhi um aroma de lavanda antes de me despojar de minha roupa de trabalho, pegando um roupão e trancando a porta.

Eu me permiti desfrutar da temperatura e do aroma suave da água por um tempo antes de tomar um banho de verdade. Usando os dedos dos pés para mexer com o registro da água quente, mantive a temperatura no nível ideal enquanto esfregava a pele e lavava os cabelos. O banho foi demorado, mas finalmente meus dedos enrugados me convenceram a sair da banheira, observando que as bolhas de espuma eram então apenas uma fina película branca boiando na água. Deslizando para dentro do roupão de banho e enrolando o cabelo em uma toalha, aventurei-me a investigar as bancadas e as gavetas em busca de outros tesouros que pudessem estar escondidos naquele banheiro.

Três batidas cortantes contra a porta trancada me fizeram pular de surpresa:

— Gostaria de ver você aqui fora.

A voz profunda de Jeremiah atravessou a espessa porta de madeira, suas palavras contendo um tom de comando que esperava ser obedecido.

Eu congelei, a tensão que eu tinha conseguido lavar durante o banho voltava de uma vez, como uma vingança. Uma rápida olhada ao redor do aposento ornamentado me fez perceber com crescente horror que eu não tinha roupa, além do roupão e da toalha; eu as tinha deixado no quarto ocupado pelo meu chefe.

Engolindo em seco, dei uma olhada para mim mesma no espelho. Meu rosto estava livre de toda a maquiagem, brilhante e limpo, mas completamente nu sem minha máscara habitual. Debaixo da toalha enrolada ao acaso em torno da cabeça, meu cabelo estava uma bagunça e ainda muito molhado para que pudesse ser penteado e escovado.

Eu não posso deixar que ele me veja assim, ele vai me chutar para fora do hotel!

Eu apressadamente puxei a toalha da cabeça e gritei "só um minuto", para que ele não pensasse que eu o estava ignorando. *Por que você se importa com o que ele possa estar pensando?* Um lado racional de meu cérebro tentou perguntar isso enquanto eu me atrapalhava toda tentando arrumar o cabelo úmido e alisava as sobrancelhas que precisavam desesperadamente de um lápis... *Você não quer ficar longe dele, afinal?*

Talvez, mas eu gostaria pelo menos de ter uma aparência decente quando estiver indo embora.

Deixando meus longos cabelos com alguma aparência de ordem e alisando o roupão, certificando-me de que a faixa na cintura estava amarrada de um jeito bem firme, caminhei até a porta. Fazendo uma pausa por um momento, dei uma última olhada no espelho para checar minha imagem — *sério, você nunca foi vaidosa desse jeito antes!* — e então destranquei a porta e saí para o quarto.

Jeremiah estava do outro lado do quarto, perto de um pequeno carrinho de prata com alguns pratos cobertos por redomas. O leve aroma da comida flutuava até meu nariz, me enchendo a boca d'água. Ele levantou a vista enquanto eu me aproximava, seus olhos avaliando meu roupão e meus cabelos molhados.

— Gostou do banho?

Resisti ao impulso repentino de responder com sarcasmo, encolhendo os ombros ao dizer:

— Não é bem o que estou acostumada...

Seu olhar firme me deixou agitada, como se tivesse me apanhado em uma mentira, o que exigiu um grande autocontrole para me manter quieta. Ele se virou e empurrou o carrinho até a mesa e, de repente, fui capaz de respirar de novo. *Pare de permitir que ele a afete dessa maneira.* Minhas respostas eram sempre uma bobagem atrás da outra, mas eu não conseguia evitar me sentir ameaçada, como se eu fosse a presa, e ele, o predador.

— Eu tenho algo para você.

Isso chamou minha atenção.

— O café da manhã? — Meus olhos pousaram sobre os pratos ao lado dele. Meu estômago roncou em antecipação.

— Daqui a pouco, talvez. — Ele se endireitou e me olhou fixamente nos olhos. — Tire o roupão e venha até aqui.

Tudo dentro de mim esfriou. Abracei o roupão que cobria meu corpo, tentando adiar o inevitável.

— Por quê?

Ele não disse nada, e eu olhei para cima a fim de ver se ele estava me observando. Não havia nenhuma emoção em seu olhar; naquilo que lhe dizia respeito, eu devia me despir e caminhar até ele simplesmente porque me ordenara a fazer isso. Por conta de ter assinado um documento dizendo que faria tudo o que ele mandasse. Naquela ocasião, eu achara que ele tinha me dado uma escolha, mas agora sentia como se tivesse sido empurrada a um estratagema cuidadosamente orquestrado. Aqueles adornos brilhantes ao meu redor não faziam nada para dissimular o que realmente eram: uma gaiola, projetada para me manter fora de equilíbrio e à sua mercê.

Finalmente, fiquei louca da vida.

— Por que eu? — Fiz um gesto que abrangia o quarto todo. — Para que tudo isso?

Ele inclinou a cabeça para o lado.

— Por que não você?

Ele estava devolvendo minhas perguntas e isso me irritou profundamente.

— Eu não era nada em sua vida, apenas um par de mãos para digitar seus dados, e então seria jogada na rua quando já não fosse mais útil. Então, por que estou aqui?

Seus lábios cerraram, ele não disse nada. Movendo-se através do quarto espaçoso em direção a uma grande mesa de mármore, ele pegou uma jarra de cristal e se serviu de um líquido âmbar, que despejou lentamente em um copo.

— Meu trabalho consiste de sair à procura de potencial — disse ele, agitando o líquido no copo enquanto me olhava friamente. — Consiste em encontrar negócios, empreendimentos que eu possa comprar ou patrocinar, arrumar e então vender para conseguir lucro.

— Então, o que eu sou, um projeto?

Um meneio de sua cabeça confirmou minhas suspeitas.

— Você era ambiciosa e inteligente quando estudante universitária, acostumada a certo tipo de existência. A vida a tratou com mão pesada, levou você ao ponto mais baixo que achou que seria possível. — Ele me saudou com o copo antes de tomar um gole da bebida. — Você nunca teria rejeitado a chance de voltar a ter as rédeas da própria vida, não importa quanto isso lhe custasse.

— Então me dê um emprego — retruquei, o sarcasmo pingando de minha língua. — Você não precisava me arrancar toda a dignidade, me fazer... O elevador, a garagem...

O golpe do copo de vidro na bandeja me surpreendeu e me arrancou de minha ira.

— Você embarcava no elevador todas as manhãs — disse Jeremiah em voz baixa, olhando fixamente para a jarra de cristal. — Lançando-me aqueles olhares, chegando perto, mas nunca perto demais. — Seus olhos se encontraram com os meus, respirei fundo ao notar o fogo que residia lá. — Eu conhecia seu cheiro, sabia quando aquela necessidade rodava por todo seu corpo. Aqueles pequenos sorrisos secretos, sem saber o que estava se passando pela sua cabeça...

Minha respiração ficou suspensa quando ele parou de falar, os dedos apertando com força a parte superior do vidro branco. *Eu não acredito em você.*

— Eu não sou ninguém — retruquei, minhas próprias palavras atirando punhais em meu coração.

Sua mão livre apertou-se em um punho contra a perna rígida, e sua mandíbula se contraiu, mas logo seu corpo relaxou. Aproximou-se de mim, e eu dei um passo atrás, tentando em vão manter meus últimos resquícios de ira como um escudo entre nós. Ficar tão perto dele era intimidante demais, e meu coração deu um salto dentro de meu peito enquanto eu olhava para o lado, incapaz de resistir por muito mais tempo.

Um dedo pousou debaixo de meu queixo e forçou minha cabeça para cima até eu ficar olhando para seu rosto, que continuava implacável como sempre, mas a voz era suave quando repetiu seu pedido anterior. Pedido, não. Ordem.

— Tire o roupão.

As palavras reverberaram pelo meu corpo, a proximidade daquele homem provocando coisas estranhas em minha mente. De repente eu me vi obrigando minhas mãos a desatar a faixa do roupão de banho. O tecido macio deslizou por meus braços e caiu no piso, acumulando-se ao redor de meus calcanhares. Totalmente exposta a ele pela primeira vez, fechei os olhos enquanto ele certamente me avaliava, uma lágrima se espremendo entre meus cílios.

Quando Jeremiah colocou os braços em volta de mim, fiquei rígida, mas suas mãos permaneceram nos meus ombros enquanto ele me girava.

— Quero que veja uma coisa — disse ele e, quando percebeu que eu não abri os olhos, insistiu: — Olhe.

Havia um grande espelho ovalado diante de mim, e eu me encolhi com a visão de meu reflexo.

— O que você está vendo? — perguntou ele.

Eu via uma barriga flácida, coxas e quadris largos, seios que precisavam de um sutiã para manter uma boa aparência.

— Eu — respondi.

Sempre fui minha pior crítica: meu cabelo loiro estava muito capenga depois daquele extenso voo cruzando o oceano, minha pele clara fazia um contraste ridículo com a tez mais escura de Jeremiah. Nunca em minha vida me senti confortável completamente nua, e naquele momento, certamente, não seria exceção. Olhar-me no espelho se mostrou tão difícil quanto a comparação com a beleza morena e masculina de Jeremiah. Minha normalidade me deixava infeliz.

Notei que ele franzia a testa ao olhar para o espelho.

— Você sabe o que eu estou vendo? — perguntou, inclinando a cabeça para estudar meu reflexo com mais cuidado. — Eu vejo um rosto bonito — murmurou, passando um dedo pelas linhas de meu rosto e ao longo de meu pescoço. — Vejo pele suave, as curvas certas. — Ele se inclinou até perto de minha cabeça e respirou fundo. — Também tem um cheiro gostoso, bom o suficiente para comer — acrescentou, suas palavras quase um rosnado.

Minha respiração ficou presa, suas palavras fazendo meu ventre se contrair. Uma grande mão cobriu meu peito, com os dedos beliscando um mamilo. Dessa vez ofeguei em voz alta. Ele pressionou a mão em meu ombro enquanto a outra circulava pelo meu seio e descia roçando meu ventre, deixando um rastro de fogo por onde passava.

— Tão bonita — murmurou Jeremiah, e minha cabeça caiu para trás sobre seu ombro enquanto a mão espalmava sobre meu quadril, os dedos escavando profundamente minha pele. Eu vi o reflexo dele no espelho, meu batimento cardíaco soando forte em meus ouvidos, ao mesmo tempo em que sua mão alisava meu monte púbico, sem descer mais baixo, mas sentindo sua forma.

Abruptamente ele se afastou e me deixou ir, deixando-me confusa e totalmente sem equilíbrio.

— Não se mova — disse ele, sua voz um chicote, e eu congelei.

Minha obediência instintiva me perturbou, mas eu fiquei de pé, enquanto Jeremiah pegava a caixa que eu o tinha visto carregar no lobby do hotel e entregava-a para mim.

— Eu ia guardar isso para mais tarde — disse ele —, mas agora é um momento melhor.

Desconfiada, peguei o pacote e o abri, tirando o papel de seda. Meus olhos se arregalaram enquanto eu corria um dedo ao longo de um par de meia-calça de náilon e, por baixo delas, as tiras de cetim de um espartilho branco. Sem palavras, olhei para ele e depois de volta para o conteúdo da caixa, sem ter muita certeza de como responder àquilo.

Jeremiah pegou suavemente a caixa de minhas mãos quando fiquei sem reação por alguns segundos.

— Vire-se — ordenou.

Eu fiz o que ele disse. Jeremiah então retirou os diminutos artigos da caixa e logo, para minha surpresa, começou a me vestir. Em primeiro lugar, o espartilho branco, que ele atou por trás de mim, cobrindo meus seios e meu ventre, com tiras que pendiam sobre minhas coxas. Entrei em uma calcinha minúscula, e então na meia-calça que subiu pelas pernas e que ele prendeu às tiras do espartilho. Havia algo de extremamente sensual em tudo aquilo, apesar do comportamento profissional que ele adotou o tempo todo. Eu nunca em minha vida vestira lingerie daquela maneira, certamente não para um homem, e aquilo foi uma experiência bastante interessante. *Sou loira demais para usar branco,* uma parte de mim pensava cinicamente, mas guardei essa observação.

Quando terminou, ele me pegou pelos ombros e me girou, de forma que fiquei de frente para o espelho novamente.

— E agora, o que você está vendo? — perguntou, inclinando-se perto de meu ouvido.

Pisquei meio descontroladamente. *Uau, então é assim que você fica com essas lingeries elaboradas...* O tecido branco conseguiu esconder o que eu sempre odiei e acentuar aquilo que nunca me dera conta que possuía. Minhas mãos percorreram minha cintura, desceram ligeiramente pelas cintas ao longo de minha coluna e correram pelos meus quadris, os dedos alisando as tiras que prendiam as meias às pernas. O conjunto todo não era demasiado restritivo, mas o suficientemente apertado para empurrar algumas partes para dentro e puxar outras partes para cima, a saber, o meu peito, que eu nunca considerei particularmente expressivo. *Agora sim vocês estão bem*, pensei, deslizando os dedos sobre cada um dos seios firmes.

Lembrando de repente que ele havia feito uma pergunta, eu limpei a garganta para dar a resposta, mas não sabia o que dizer. Cruzei os olhos com os dele no espelho e ele acenou com a cabeça, obviamente vendo minha resposta neles.

— Fico feliz que tenhamos nos entendido olho no olho — murmurou, passando as mãos em meus braços e subindo até os ombros. — Agora que já resolvemos isso...

Uma mão retorceu meu cabelo e minha cabeça foi puxada para trás. Deixei escapar um pequeno grito, minha mão cobrindo a dele por causa da surpresa, quando olhei para Jeremiah. Seu rosto tinha ficado impenetrável como granito, os olhos de um verde intenso, mas a voz estava suave como seda:

— Não gosto de ser contrariado. Quando eu disser para você fazer alguma coisa, espero que seja feita imediatamente ou haverá consequências. — A mão no meu cabelo se apertou. — De joelhos.

8

Ajoelhei-me rapidamente no chão, pois a pressão adicional da mão na minha cabeça me obrigava a me deixar cair sobre meus joelhos. A cinta-liga contra minhas coxas e contra minha bunda ficou mais apertada, o que era uma sensação interessante, mas ainda eclipsada pelo desconforto da mão puxando meu cabelo. Com a cabeça inclinada para trás, vi como Jeremiah examinou-me do alto.

— Você gosta disso, não é? — ele murmurou.

Deus, sim, eu gosto! Essa parte traidora de minha alma estava em chamas novamente, deleitando-se com a submissão forçada a que eu me entregava, mesmo enquanto eu me perguntava no que tinha me metido. Sua mão esquerda largou meu cabelo e viajou pela minha bochecha.

— Tão bonita, de joelhos diante de mim. Você tem de ver por que eu estou pensando tanto em ter sua boca ao redor do meu pau.

Eu tremi ao ouvir aquela palavra chula, vendo como seus dedos deslizaram sobre a protuberância em suas calças, que estavam a apenas alguns centímetros do meu rosto. Girando a cabeça para o lado, olhei para nosso reflexo no grande espelho oval. Nós ainda não estávamos fazendo nada, mas a maneira como ele se posicionava de pé diante de mim, o queixo alto e o corpo ereto enquanto eu me ajoelhava a seus pés... Minhas entranhas estavam derretendo, escorrendo por entre minhas pernas e me deixando pronta para recebê-lo. Desejando seu toque, eu esfreguei meu rosto contra sua mão, como uma gata, e fui recompensada com seu polegar acariciando a minha testa.

— Sonhei com você agachada a meus pés, essa boca linda me chupando... — Um dedo correu pela minha testa novamente, alisando para trás meu cabelo ainda úmido. — Você gostaria de me ajudar a gozar, minha gatinha?

— Sim — ofeguei, e então gemi pelo choque quando ele agarrou meus cabelos de novo.

— Sim, o quê?

— Sim... — vasculhei meu cérebro rapidamente em busca de uma resposta adequada — ... senhor?

Ele fez um ruído que encarei como sendo de aprovação e então suas mãos me largaram, movendo-se para desapertar as calças e puxando ele para fora, livre.

— Não vou prometer que serei gentil — falou entre dentes, a voz áspera por causa do desejo —, porque tenho pensado muito sobre isto, mas prometo que vou terminar aquilo que começar.

Eu passei as mãos em torno de sua expansão rígida, deslizando até a base e depois subindo até a ponta, experimentando. Seus quadris se sacudiram, então fiz isso de novo com resultados semelhantes, antes de me inclinar para frente e passar minha língua sobre a cabeça. Segui com a língua até o cume, onde se encontrava com o veio, antes de sugá-lo com minha boca, rolando a cabeça com a língua. Movimentei meu punho de novo, deslizando pela ponta intumescida com a língua e chupando a cabeça macia, e então tirei a mão de cima e puxei-o mais fundo.

Jeremiah colocou suas mãos sobre minha cabeça, não me forçando a nada, mais como uma lembrança de sua presença. Eu balançava a cabeça em cima dele, a mão acariciando suas bolas, enquanto o atraía mais e mais. Os sons que vinham de cima, gemidos baixos e respiração truncada, eram gratificantes de se ouvir. *Eu posso fazê-lo perder o controle*, pensei, a ideia me enchendo de motivação para redobrar os esforços. Quando achei que podia dar conta de meus movimentos, liberei a base de seu pênis e puxei-o para dentro da minha boca o máximo que podia.

Um grito abafado veio de cima, dedos cravando no meu crânio. A cabeça grossa daquele pau fez cócegas no fundo de minha garganta, me obrigando a retirá-lo ou me arriscar a engasgar. Envolvendo minha mão em torno da base do pênis, comecei meus esforços de novo, mas as mãos de cada lado da minha cabeça me puxaram, seus quadris empurrando mais fundo em minha boca quente.

— Mãos atrás das costas.

As palavras eram uma ordem áspera. Parei apenas um momento antes de cumpri-la, torcendo os braços atrás de mim e segurando meus pulsos. Rezei para que ele fosse gentil comigo.

Eu não deveria ter caído nessa.

Sua primeira estocada atingiu a parte de trás de minha garganta; meus olhos lacrimejaram imediatamente.

— Mãos atrás das costas — gritou ele de novo quando eu instintivamente trouxe as mãos para a frente —, ou você não vai me dar outra escolha senão amarrá-la!

Reuni cada grama de força de vontade que ainda possuía e forcei minhas mãos a voltarem à posição anterior, prendendo meus dedos uns nos outros e esperando suportar. Ele repetiu a estocada, mas dessa vez não tão profundamente e permitindo-me algum espaço para respirar. Ele continuou fazendo isso, empurrando para dentro e puxando para fora de minha boca, e eu lentamente comecei a me acostumar com esse movimento. De fato, logo me senti capaz de improvisar, ficando familiarizada com aquele ritmo a ponto de poder usar minha língua. Apertava-a contra a base quando ela passava. As estocadas começaram a ficar mais rasas, permitindo-me mais espaço para manobrar e para brincar. Os sons baixos que vinham de cima, gemidos apertados e claras respirações profundas, eram sexy como o inferno e um bom indicador de que eu estava fazendo a coisa certa. Quando movimentei a ponta de minha língua, formando um selo hermético e chupando-o profundamente, o suspiro que ouvi acima de mim fez os cantos da minha boca curvarem-se para cima.

Seus dedos cravaram-se em meu crânio, direcionando minha cabeça enquanto seus quadris empurraram profundamente em direção à minha boca. Toda vez que eu sentia algo como engasgos ou tinha dificuldade de respirar, ele abrandava o ritmo, e eu agradecia-lhe o melhor que podia. Meus olhos espiaram de lado para tentar nos observar no espelho, e a necessidade crua que vi no rosto de Jeremiah — *sou eu que estou fazendo isso* — era um poderoso afrodisíaco. A palpitação entre minhas pernas cresceu, minha minúscula calcinha demonstrando não ser páreo para o mel que escorria pelas minhas coxas. *Eu preciso dele dentro de mim, e logo, ou isso vai ser demais.*

Aparentemente, ele pensou a mesma coisa, porque puxou para fora e deu um passo atrás. Minha saliva brilhava sobre a pele tensa na frente do meu rosto.

— Levante-se.

Não tendo muita certeza se ele queria dizer que já poderia movimentar minhas mãos, me ajeitei até que consegui ficar de pé, com os braços ainda presos às minhas costas. Pode ser que tenha existido algum sinal de aprovação em seu rosto, mas ele agarrou meu pescoço, de modo firme mas não apertado, e me levou até uma mesa redonda de mármore com uma espessa base de madeira.

— Deite-se de atravessado e agarre-se nas bordas até que eu diga que você pode sair.

Olhei para aquela enorme mesa com um pouco de dúvida. Ela parecia bastante sólida, mas a pedra devia estar fria e eu não estava vestindo muita roupa. De algum lugar lá no fundo de minha alma, uma vozinha gritou: *Você ainda pode dizer não, não é tarde demais.* Mas meu corpo estava impregnado de desejo, e eu fiz a minha escolha, então deitei-me sobre a pedra, agarrando as bordas firmemente e fiquei aliviada quando ele não se mexeu um centímetro. A mão de Jeremiah largou meu pescoço, desceu pelas minhas costas e foi até minha bunda, dando um apertão firme nas nádegas:

— Abra bem as pernas.

Fiz o que ele disse e sua mão desceu mais, seguindo a linha do fio dental entre minhas nádegas. Tremi quando senti seus dedos acariciarem a fina calcinha e a mim por baixo dela, e ergui meus quadris em busca de mais contato.

— Você está tomando pílula ou fazendo algum tipo de controle?

A pergunta inesperada me puxou para fora da névoa de luxúria por um momento e eu assenti. A menstruação irregular era a razão de eu tomar as injeções, mais do que qualquer tipo de vida sexual; eu nunca realmente tinha precisado disso, exceto por razões médicas.

Em recompensa pela minha resposta, seus dedos deslizaram por baixo da minúscula calcinha, pressionando-se contra a pele úmida, e eu gemi. Com dedos ágeis, ele fez círculos pela minha entrada e depois contra o clitóris, que palpitava a cada batida de meu coração. A minha respiração vinha em golpes, mas ele não foi mais longe, deixando sua mão explorar apenas a superfície.

— Você quer que eu faça você gozar, gatinha?

Assenti com a cabeça vigorosamente, seus dedos fazendo a minha respiração dar solavancos. Uma risadinha veio de trás de mim, e os lábios dele pressionaram minhas costas, logo abaixo da alça do espartilho.

— Você vai ter que se esforçar para conseguir isso... Está disposta?

Antes que eu pudesse pensar em alguma resposta, seu polegar deslizou pela minha bunda e se apertou firmemente contra o botão entre minhas nádegas. Eu me lancei adiante em estado de choque, mas a mesa impedia qualquer fuga daquela invasão estrangeira. Eu tremia enquanto sua mão acariciava as duas entradas, essa sensação estranha de um quebra-cabeça que meu corpo não conseguia solucionar.

— Muitas mulheres preferem as brincadeiras nos lugares menos esperados — murmurou Jeremiah atrás de mim, seus dedos continuando suas explorações superficiais. — Algumas realmente preferem isso, porque o proibido as deixa loucas. — Ele se aproximou, seu corpo se moldando ao meu. — Alguns homens também preferem essa entrada, o ajuste apertado e o tabu oferecendo tanto tesão quanto o próprio sexo em si. — Seus lábios estavam bem atrás de minha orelha quando ele acrescentou: — Adivinha que tipo de homem sou eu?

Eu gemia impotente, presa entre a fria mesa de mármore e seu corpo quente. Seus dedos continuaram trabalhando na protuberância entre minhas dobras, fazendo com que meus quadris sacudissem sem parar e minha respiração ofegante escapasse de meus lábios. As duas sensações sentidas ao mesmo tempo me impediram de diferenciar qual delas dava mais tesão; o polegar esfregava sobre ambas as aberturas e eu ansiava por mais, cada vez mais. A confusão era difícil de sustentar enquanto as sensações ameaçavam me oprimir. Então, quando Jeremiah empurrou o polegar para dentro, esticando os músculos tensos de uma forma que eu nunca teria remotamente considerado sexy, gemi intensamente e inclinei meus quadris para trás, pressionando sua mão.

Seu riso era profundo e sexy, derramando-se sobre mim e fazendo minha pele formigar. Aqueles dedos redobraram o ritmo, encontrando lugares dentro de mim que me deixavam tremendo e resistindo contra ele; meus gemidos altos e descontrolados.

— Você é tão gostosa — sussurrou em meu ouvido, revirando seus quadris contra meu traseiro.

Ainda nu da cintura para baixo, ele deslizou seu membro rígido por entre minhas coxas ao lado de sua mão, antes de repetir o movimento. O interior de minhas pernas estava úmido com meus próprios líquidos. O movimento de seu quadril contra minha bunda era insuportavelmente sexy. Eu segurava a borda da mesa com tanta força que os nós de meus dedos ficaram brancos. Meus gritos eram longos gemidos; as sensações e a urgência cada vez mais crescente deixavam meu corpo tenso com a antecipação.

— Você vai gozar quando eu disser, e só quando eu disser.

Eu gemi, desta vez em protesto, e sua mão caiu. A ausência repentina foi como um balde de água fria, uma interrupção inoportuna que, sem dúvida, era uma punição pela minha reclamação. Para minha alegria, no entanto, o espaço foi rapidamente preenchido por outro vaivém de seus quadris enquanto ele deslizava seu membro duro entre minhas coxas e uma mão surgiu para se prender atrás de meu pescoço. Ele não empurrava o pau para dentro, apenas o fazia deslizar pelas dobras molhadas.

— Por favor — gemi, levantando meu quadril para ele tivesse melhor acesso.

— Por favor, o quê?

Sua voz tinha um tom de divertimento, e, embora eu não pudesse ver seu rosto, dessa vez eu tinha certeza de que conhecia a resposta.

— Por favor, senhor — completei.

— Do que você gostaria, gatinha? Você me quer dentro de você, essa sua bunda maravilhosa se abrindo completamente para que eu vá bem fundo? Devo montar em você, obrigar você a gozar enquanto meu pau mete profundamente?

Aquela voz intensa, grave e rica, bem próxima ao meu ouvido, ela poderia derreter pedra. Ele deslizou por entre minhas coxas e tudo desapareceu, eu estava tão perto, não iria demorar muito...

Senti a cabeça inchada cutucar minha entrada dolorida ao mesmo tempo que suas mãos abriam minhas nádegas, e os dedos correndo ao longo da pele enrugada. Ele empurrou para dentro das duas aberturas e eu quase chorei de tesão, a pressão e o estiramento dando um alívio bem-vindo. Ele não perdeu tempo, seus quadris se movendo em um ritmo constante, inclusive quando seus dedos trabalhavam em minha abertura traseira. Dentro de um minuto, eu estava gemendo a cada investida, meus gritos ressoando para fora da mesa de mármore e pelos espelhos ornamentados daquela suíte.

Enquanto suas estocadas se tornavam mais fortes, golpeando a parte superior de minhas coxas repetidamente contra a borda da mesa de mármore, olhei para o grande espelho de parede por cima da cômoda de mogno que estava bem à frente. Ele deu uma visão clara do homem que estava atrás de mim, e, embora ouvisse muito pouco dele, pude enxergar a urgente necessidade em seu rosto. Sua boca se abria em suspiros suaves, os longos braços esticados para alcançar meu pescoço lutando contra o tecido da camisa branca. O espartilho com suas cordas e rendas brancas estava lindo, era impossível acreditar que era meu corpo refletido no espelho.

Muito rapidamente, no entanto, tudo se transformou apenas em variadas sensações, a explosão construída que eu buscava desesperadamente. Ele estava me golpeando seguidamente, cada estocada me fazendo bater na mesa, a qual, apesar de todos os abusos, ainda se mantinha estável. Eu choramingava, meu orgasmo correndo para me encontrar.

— Por favor, eu não posso parar. Senhor, por favor!

A mão entre nossos corpos desapareceu e Jeremiah aumentou seus golpes, empurrando com tudo para dentro de mim. Os dedos que estavam na parte de trás de meu pescoço se apertaram, gritos e gemidos guturais vinham de algum lugar bem atrás de minha cabeça enquanto alguns dedos deslizavam pela parte da frente de meu corpo, procurando a abertura latejante que ficava entre minhas pernas.

— Então goze, quero sentir a reação de seu corpo ao meu redor.

Não havia como eu me segurar. Meu orgasmo me inundou como uma onda de luz, e eu gritei, minhas mãos segurando as bordas da mesa como se fosse um torno, o corpo todo tremendo. A penetração de Jeremiah golpeava lugares dentro de mim que faziam as ondas continuarem a sair, então ouvi um grito rouco e gutural vindo de cima e ele se dobrou sobre mim com apenas suas últimas e erráticas investidas. Fiquei ali deitada por um momento, ofegante e grata pela superfície fria do mármore sob meu corpo tão quente. Jeremiah deixou sua testa apoiada em meu ombro e ficou assim por um momento, lutando para recuperar o fôlego.

Por fim, ele saiu de dentro de mim e se afastou, correndo a mão ao longo de minha espinha conforme recuava.

— Você pode sair da mesa agora.

Era mais fácil dizer do que fazer. Minhas mãos estavam rígidas e foi difícil soltá-las, e, enquanto me erguia, flexionei-as um pouco para que as sensações retornassem. Encostada à mesa para conseguir um ponto de apoio, dei a mim mesma um tempo para recuperar o fôlego enquanto Jeremiah arrumava sua roupa e caminhava até uma cadeira próxima. Ele pegou um pequeno saco de papel impresso com um enorme nome em espiral que não reconheci e o trouxe até mim, colocando-o com delicadeza sobre a mesa a meu lado. Inclinando-se para mais perto, ele deu um beijo surpreendentemente suave na minha testa e então me empurrou com gentileza em direção ao banheiro.

— Vá, limpe-se e vista isso. Mantenha a lingerie por baixo, porque eu quero saber que ela está debaixo da roupa.

Minhas pernas estavam como geleia, mas peguei o saco de papel e cambaleei até o banheiro, lembrando-me de pegar minha bolsa antes de me trancar lá dentro. Coloquei os volumes no chão, fiquei de pé em frente ao espelho da pia e avaliei meu reflexo naqueles altos espelhos. Meus cabelos loiros estavam uma bagunça, ainda úmidos por causa do banho, mas o visual despenteado parecia encaixar-se com o resto de minha roupa. Corri minhas mãos pelo tecido branco engomado, virando para poder ver o espartilho em toda a minha volta. Eu nunca tinha usado uma lingerie tão fina quanto essa... Pelo amor de Deus, na verdade eu nunca tinha usado lingerie adequada antes... Mas olhar o reflexo de minha bunda por baixo daquela roupa tão branca e rendada, as ligas mal cobrindo o fio dental minúsculo que não tinha sido de muita proteção...

Eu estava bonita. Aquele era um conceito novo para mim e eu admirava meu reflexo no espelho. Mas logo fiquei séria. *E não pretendo acabar com essa farsa, não é verdade*? Sejam quais forem os jogos que esse Jeremiah Hamilton estava jogando, eles tinham ido longe demais; eu me permiti demasiadas liberdades para bancar a inocente nesse jogo por muito mais tempo. Então, em que isso me transforma, numa assistente bem paga ou numa amante embelezada?

Essa pergunta me perturbou e tentei bloqueá-la em minha mente. Levando alguns minutos a mais para me limpar completamente, descartei as calcinhas minúsculas antes de me virar para ver o que estava dentro da sacola que ele tinha me dado. Um par de calças da moda, uma simples blusa de seda e um par de sapatos vermelhos completavam o visual, enquanto uma escova e outros artigos de toalete estavam alinhados na parte inferior. As roupas, à primeira vista, eram do tamanho certo, mesmo que eu soubesse que minha figura curvilínea não era exatamente o padrão na Europa. Ele obviamente já tinha feito isso antes, por isso sabia exatamente o que seria necessário. Não me preocupei em explorar por que esse pensamento me incomodava. A revelação trouxe mais perguntas que eu não queria fazer naquele momento, então afastei essas questões e me apressei em me tornar apresentável.

Vinte minutos depois, surgi completamente vestida e arrumada, para vê-lo esperando ao lado da mesa com os pratos que eu tinha visto antes no carrinho. Eles continham uma seleção simples de frutas e crepes, com chantili de verdade sobre um prato de metal gelado. Olhando para o relógio, vi que ainda era de manhã e agradeci aos deuses por ter conseguido dormir no avião.

— Quais são os planos para hoje? — perguntei, lembrando-me de que Ethan tinha mencionado alguma coisa sobre uma festa de gala.

Ele pegou minha mão e levou-a aos lábios antes de colocar um punhado de uvas em sua boca.

— Coma enquanto pode — disse ele, observando-me colocar as frutas no crepe. — Hoje, seu trabalho começa de verdade.

9

Paris era tão deslumbrante à noite quanto à luz do dia, mas eu estava nervosa demais para perceber.

Alisei o caro vestido com as mãos, observando através das janelas da limusine enquanto os prédios da cidade passavam. A agitação dentro de mim naquele momento tinha mais a ver com o medo de onde estava me metendo e menos com o homem que estava ali sentado a meu lado, com uma mão enorme mantendo um aperto possessivo em minha coxa.

Há apenas 48 horas, eu estava lutando para sobreviver, preocupando-me com o fato de que não ter onde morar estava a apenas um salário de distância. Então, toda enfeitada com um vestido e um par de sapatos que custavam pelo menos três de meus salários e a caminho de uma festa de gala beneficente na companhia de um dos homens mais ricos do mundo, aquela pessoa parecia a anos-luz de distância.

Fiquei me beliscando para ter certeza de que não estava sonhando, mas, depois de fazer isso durante todo o dia, confirmei que o que acontecia era mesmo real.

— Você parece nervosa.

Aquelas palavras suaves me fizeram engolir em seco. Olhei para a mão pousada em minha perna, assistindo enquanto um polegar espesso acariciava preguiçosamente o tecido, mas não consegui manter meu olhar muito tempo assim.

— Estou apavorada — admiti, mas não consegui dizer mais nada porque minhas emoções confundiram todos os pensamentos em minha mente.

Jeremiah emitiu um murmúrio baixo, como sinal de reconhecimento pela minha resposta, e voltamos a ficar em silêncio. A Torre Eiffel resplandecia no horizonte escuro, como um farol brilhante sobre a cidade ainda atarefada, mas nem mesmo essa visão conseguiu afastar-me de meu abatimento atual.

— Que lugar você mais gostaria de conhecer na França?

A pergunta me surpreendeu. Levantei os olhos e notei seus olhos verdes me encarando, pensativos.

— Perdão...? — indaguei.

Jeremiah apontou para a cidade que passava pelas janelas do carro.

— A maioria das pessoas quer ver a Torre Eiffel ou visitar as vinícolas, entre tantas outras opções. E você, qual seria a coisa que mais gostaria de fazer?

Não considerei a questão relevante naquele momento em particular, mas eu sabia qual era a resposta. Sabia disso desde minha infância.

— Conhecer as praias da Normandia.

Ele piscou lentamente. Fiquei com a impressão de que eu tinha conseguido surpreendê-lo.

— Sério? — replicou.

Sorri diante da perplexidade confusa que notei em seus olhos.

— Meu bisavô foi piloto de caça da RAF, e meu pai sempre amou as coisas relacionadas Segunda Guerra Mundial; eu cresci assistindo a filmes e documentários, qualquer coisa sobre o assunto. Acho que seu amor pelo assunto me contagiou...

— RAF? — perguntou Jeremiah, o interesse acendendo em seus lindos olhos. — Seu bisavô era britânico?

Neguei com a cabeça.

— Canadense. Ele morreu antes de eu nascer, mas meu pai sempre me disse que ele contava as melhores histórias. — Percebi que falar sobre meu pai era uma coisa dolorosa, mas estranhamente catártica. Por quase três anos, eu tinha evitado até mesmo pensar em meus pais, mas agora essas lembranças me permitiam até sorrir e relaxar. — Ele adorava assistir a maratonas de documentários nos canais de história durante os festejos militares. Mamãe sempre o chamava de inútil durante aqueles fins de semana, mas ela o deixava assistir aos filmes sem problema. Ele tinha uma foto na prateleira acima de nossa lareira, tirada muito antes de eu nascer, quando ele estava na Utah Beach, fazendo pose ao lado de alguns destroços da guerra que permaneciam presos na areia.

Olhei para cima e vi Jeremiah me observando com uma expressão estranha, como se estivesse ansiando por aquilo... Mas seu rosto se fechou imediatamente, adotando sua máscara neutra normal, deixando-me refletir sobre o que exatamente eu tinha visto. Por que um bilionário iria invejar aquela minha vidinha insignificante e trivial?

— E você? — perguntei, rezando para não parecer que estava bisbilhotando. — Alguém de sua família lutou na guerra?

Jeremiah balançou a cabeça.

— Meu pai era muito jovem e duvido que tivesse ido, de qualquer maneira. Nossa família fez seu primeiro milhão a partir do movimento da guerra, no entanto.

Eu inclinei minha cabeça, detectando uma pitada de amargura naquela declaração.

— Eles construíram navios e armas?

— Não, eles venderam as matérias-primas necessárias para o governo e com um lucro enorme. Quando a guerra acabou, minha família estava mais rica do que nunca.

A raiva na voz dele me deixou confusa. Será que ele estava envergonhado pela conduta da família?

— Bem, nem todo mundo podia lutar na guerra — disse eu. — Meu avô paterno era um piloto de caça, mas o meu avô do outro lado não passou no exame físico e teve que ficar para trás. Ele acabou montando navios e barcos torpedeiros.

Algo cintilou em seus olhos.

— Não foi a minha intenção...

Coloquei a mão em sua perna.

— Eu sei. O que eu tentei dizer é que sua família ajudou na guerra também, não importa qual tenha sido a motivação. Não é algo por que deva se sentir culpado...

Algo me disse que o executivo nunca havia considerado a situação sob esse prisma. *Como deve ter sido difícil sentir-se envergonhado da própria família*, pensei, porque foi essa a impressão que tive a partir de nossa breve conversa. Ergui os olhos e vi que Jeremiah estava me olhando silenciosamente, seus olhos me sondando. De repente, consciente de mim mesma, limpei a garganta e comecei a brincar com a bolsa que estava sobre o colo. A mão sobre meu joelho deslizou pela minha perna e se colocou ao redor de minha cintura. Então, subitamente, me arrastou para o lado até que fiquei sentada cara a cara com ele. Engoli em seco diante do olhar penetrante que me deu quando seus dedos empurraram uma trança artisticamente enrolada de cabelo loiro que pendia em meu pescoço.

— Você está linda esta noite.

Aquela voz profunda ressoou através de mim, colocando meu corpo em chamas. Eu enrubesci e dirigi meus olhos para o lado, apenas para que ele tomasse meu queixo e puxasse suavemente minha cabeça, para que mais uma vez eu o enfrentasse. Seus olhos percorreram meu rosto e então sua mão seguiu levemente adiante, traçando a borda de minha testa e da mandíbula.

— Serei invejado por todos os homens que estiverem na festa.

Engoli em seco, a respiração sôfrega em minha garganta diante daquele olhar apaixonado. A mão por trás de mim submergiu, abrangendo todo o meu traseiro através do tecido verde do vestido, enquanto seus dedos e olhos percorriam todo meu corpo pelo decote. Suspirei, o corpo cedendo às suas exigências não ditas, deleitando-se com o momento.

Aquele dia tinha passado voando como um sonho louco, impossível. Meu chefe havia me levado a algumas das mais modernas (e mais caras) lojas de roupa da cidade em busca de um vestido para mim.

Já havíamos visitado três dessas butiques antes de encontrar o que eu achei que seria o perfeito. Aparentemente Jeremiah concordou, porque ele o comprou no ato, assim que saí do provador. Aquela peça verde sem mangas me fez sentir muito sexy, acentuando minhas curvas de uma maneira que eu jamais tinha imaginado. Então, fui levada a um salão de beleza para sofrer o restante da transformação. Os assistentes usaram um aerógrafo para aplicar a maquiagem, algo que eu nunca havia experimentado antes. Embora eu tivesse gostado de ver o processo, eles me negaram o espelho da parede, deixando-o longe de mim durante todo o procedimento. Mais tarde, no entanto, me fizeram girar ao redor dele, e, apesar de eu nunca ter me importado muito com maquiagem, o resultado de fato me impressionou. Eles tinham suavizado meus longos cabelos loiros em vários tons, e a maquiagem fez com que minha pele parecesse impecável.

A mão nas minhas costas subiu para meu pescoço, segurando apertado. Ele me puxou para perto num movimento que eu pensei que seria de um beijo, mas ele parou bem perto.

— Diga-me — disse ele, sua outra mão deslizando por baixo da fenda alta que havia na lateral do vestido. — Você já está molhada para mim?

Sempre. Engoli em seco, o coração acelerado enquanto seus dedos se arrastaram em direção à minha coxa. Ele brincou com a parte superior de minhas meias até as coxas e, em seguida, novamente em direção ao meio de minhas pernas.

O vestido verde-escuro exigira lingerie diferente daquele conjunto branco que Jeremiah havia me dado de presente pela manhã. Ele tinha escolhido outro conjunto e então, quando voltamos para o quarto do hotel no final da tarde, insistira em me despir de minhas roupas e me ajudar a colocar a nova roupa de baixo. A coisa toda parecera incrivelmente erótica, mas Jeremiah não fez nenhuma exigência apesar da ereção que pude ver se manifestando por baixo de suas calças. Sua aprovação, no entanto, havia aquecido outras partes em mim; era uma sensação gostosa sentir-me desejada.

Aquela lembrança em si me deixou mais quente, e eu soltei um gemido apertado, abrindo minhas pernas para seu toque inquisidor. Seus dedos deslizaram ao longo de minha calcinha, pressionando-se contra mim sem realmente me tocar. Estremeci. Escutei sua risada profunda quando ele fez isso de novo, e então levantou o queixo para beijar minha testa.

— Parece que vamos ter que esperar — murmurou, e eu dei um suspiro de decepção quando ele me colocou com firmeza ao lado dele novamente. — Hoje à noite, no entanto, você é minha. — A promessa em sua voz me fez tremer em antecipação.

Viramos na rua, indo em direção a um edifício bem iluminado. Uma multidão de pessoas se aglomerava na entrada, e eu fiquei tensa novamente. Jeremiah apertou minha perna, e eu me forcei a relaxar, pegando minha bolsa, que estava apoiada ao lado dos meus pés. O carro diminuiu a velocidade na frente do edifício até parar completamente, e então ouvi o motorista saindo.

É hora do show, pensei, as mãos se retorcendo ao segurar a bolsa. Embora não tivesse tanta gente na rua quanto eu temia, porque a maioria já tinha entrado no edifício, ainda havia uma quantidade suficiente para fazer meu coração disparar.

A porta se abriu e Jeremiah saiu do carro primeiro, estendendo a mão enquanto eu deslizava para a porta do carro. As luzes piscavam quando saí, muito consciente do vestido justo e dos saltos altos. O sólido braço de Jeremiah me guiava sem esforço através da fila de pessoas, dando-me um firme apoio ao qual me segurei. Embora eu soubesse como andar de salto alto, a atenção que nós recebíamos me fez sentir como uma idiota desastrada. Fui obrigada a me concentrar para não cair ou bancar a tola. Soltei um suspiro de alívio quando chegamos até a entrada do edifício e as câmeras e os repórteres balbuciantes desapareceram ao fundo.

Jeremiah tinha me passado muito pouca informação, talvez deliberadamente, sobre aquela festa de gala. Eu sabia apenas que ocorreria no Port de Versailles e seria um evento beneficente. O grande número de pessoas que já estavam lá, e a forma como elas se movimentavam, me deu a impressão de que ainda não tínhamos chegado nem perto do início das festividades. Uma rápida espiada na agenda de eventos apertada entre as minhas mãos confirmou minhas suspeitas de que havia muitas outras coisas acontecendo além daquilo que eu vi. Passando os olhos pela lista, apontei para um nome.

— Você não me disse que era o convidado de honra.

Jeremiah ergueu os ombros com suposto desinteresse, como se não fosse importante, e nos guiou até a área central. Uma orquestra de música clássica tocava ao fundo, perto do palco, e algumas poucas pessoas estavam na pista de dança, mas a maioria se amontoava em grupos espalhados por todo o salão.

— Ah, meu amigo, fico feliz que tenha conseguido comparecer à nossa pequena *soirée*... — Um homem baixo e calvo veio em nossa direção e segurou a mão de Jeremiah em um aperto vigoroso. Ele estava vestindo um smoking, com gravata-borboleta, e tinha um forte sotaque francês. — Posso imaginar que você acabou de chegar?

— Olá, Gaspard — disse Jeremiah como uma forma de saudação, um pequeno sorriso brincando em seus lábios. Sua aprovação parecia genuína, e ele obviamente tinha um carinho especial pelo francês. — Obrigado pela honra do convite.

Gaspard riu.

— Sempre modesto, quando tantas vezes é você quem financia esses nossos pequenos empreendimentos.

Eu pisquei e desviei um olhar para meu chefe. Ele parecia imperturbável com o elogio, e eu percebi que parecia bastante provável que a história fosse verdade. Eu não sabia que ele contribuía para obras de caridade. Na verdade, existia muita coisa que eu não sabia sobre o homem que estava ao meu lado, e minha própria ignorância começava a me frustrar.

— Quem é sua linda acompanhante esta noite? — perguntou Gaspard, chamando minha atenção de volta para o presente.

— Permita-me lhe apresentar a senhorita Lucille Delacourt, minha mais nova assistente. Gaspard Montrose é o homem responsável por todo este negócio.

— *Enchanté, mademoiselle.*

Gaspard pegou minha mão e depositou um leve beijo sobre meus dedos. Senti a mão de Jeremiah em minhas costas apertar, os dedos cravando no tecido de meu vestido.

— *Enchantée, monsieur* — cumprimentei-o em troca, então fiz um gesto abrangente para o grande salão. — *Cette salle est merveilleuse*. Este lugar é maravilhoso.

O rosto de Gaspard se iluminou.

— *Ah, mais vous parlez en français!* Ah, você fala francês!

— *Un peu; je suis née au Québec avant de déménager à Nova York.* Só um pouco, eu nasci em Quebec antes de me mudar para Nova York.

— Ah, franco-canadense. — Gaspard sorriu para mim, obviamente satisfeito, e eu lhe devolvi o sorriso. — Bem-vinda a Paris, *mademoiselle.*

Eu podia sentir o peso do olhar de Jeremiah, mas o ignorei, fingindo estar analisando a agenda dos festejos. O livreto listava diversas apresentações de caridade durante o dia, mas chegava ao fim pela noite, deixando apenas o jantar e a cerimônia de encerramento.

— Ah, antes de ir, Jeremiah, há uma coisa que você deve saber. — Gaspard inclinou-se perto do homem mais alto e disse em voz baixa: — Lucas está aqui esta noite.

Jeremiah endureceu e, quando eu olhei seu rosto, parecia feito de pedra. Gaspard fez menção de se desculpar por ter dado aquela notícia.

— Eu não sei como ele recebeu um convite, mas era legítimo e então, lhe foi dada a permissão de entrar.

Fingi estar ocupada com meu vestido, curiosa para saber sobre quem eles estavam falando, mas tentei não parecer intrometida. A mandíbula de Jeremiah estava cerrada, marcando um músculo tensionado no queixo, mas então seu rosto suavizou-se:

— Obrigado pela notícia, Gaspard.

O francês assentiu com a cabeça e virou-se para outro casal que parecia estar chegando, já que passou ao largo. Agora que já não estávamos em frente à imprensa, eu me senti muito mais confortável para caminhar normalmente, mas ainda assim tive que me esforçar para manter-me ao lado de Jeremiah. Suas largas passadas nos levaram para o meio do salão. De repente, senti o peso de muitos olhos sobre nós. Cerrei os dentes e tentei ignorar os olhares indiscretos.

— Você nunca me disse que falava francês.

Eu estava esperando algum comentário sobre minha troca de palavras com Gaspard e, apesar de uma vibração nervosa em meu ventre, consegui estampar um discreto sorriso de triunfo.

— Você nunca perguntou.

Minha resposta foi atrevida, por isso olhei para cima a fim de vê-lo contemplando-me, com uma expressão perplexa em seu rosto.

— Então, durante a entrevista, quando disse que tinha passaportes, assim, no plural...

Assenti com a cabeça.

— Tenho dois passaportes. Um canadense e outro americano. Minha mãe era americana, mas se mudou para o Canadá depois que se casou com meu pai. Cresci em Quebec, e então nós nos mudamos de volta para Nova York quando minha avó, mãe de minha mãe, faleceu. Eu tinha catorze anos na época.

— Você teve uma vida interessante, Srta. Delacourt.

Mais uma vez, conseguia perceber a aprovação em seu rosto e isso me aqueceu até a ponta dos dedos. Surpreender aquele homem era uma coisa um tanto difícil e arriscada, provavelmente, mas dessa vez eu consegui sair ilesa.

Eu senti diversos olhos assistindo aos nossos movimentos através do salão, mas ninguém se aproximou de nós, o que achei estranho. Jeremiah parecia saber exatamente para onde estava indo, e eu tentei acompanhá-lo o melhor que podia. Nosso ritmo não permitia muito tempo para alguém se aproximar, e eu me perguntava o que poderia ser tão importante.

Infelizmente, não me foi dada a oportunidade de descobrir. Paramos perto da pista de dança, cercada por grupos conversando e rindo entre si. Ele pegou minha mão, a mesma que momentos antes Gaspard segurara, e deu um beijo suave entre os dedos. Ao contrário do francês, no entanto, esse ato de gentileza enviou um formigamento por todo meu corpo; seus olhos capturaram os meus, e eu soube imediatamente que ele estava ciente de minha reação.

— Preciso conversar com uma pessoa em particular — murmurou, sua voz quase inaudível acima do ruído ambiente. — Eu não vou demorar mais do que um minuto, por isso fique aqui até eu voltar.

Então, sem mais uma palavra, ele se virou e foi embora, desaparecendo em meio ao grupo de convidados.

IO

Quando estava na quinta série, recebi meu primeiro e último papel importante em uma peça da escola. Treinei minhas falas em casa e com outros alunos até conhecê-la de trás para frente. Os ensaios gerais no grande ginásio do colégio ocorreram sem incidentes, até porque a plateia estava vazia, sem os críticos. Eu estava orgulhosa de representar meu papel, que era pequeno, mas crucial. Pelo menos até a noite de estreia... Diante de um ginásio lotado de desconhecidos, eu congelei, minhas falas desapareceram de minha mente, fiquei incapaz de me movimentar e de falar com aquilo que me pareceu uma onda condenatória desabando sobre mim.

De repente, sozinha ali naquela enorme sala de exposição, em uma terra estrangeira e sem ao menos conhecer uma alma sequer, aquele mesmo terror congelante me transformou em pedra.

O lindo salão, com seus convidados bem-vestidos e sua atmosfera de alta classe, assumiu uma qualidade quase sinistra assim que eu ficara sozinha, às voltas com meus próprios recursos. O folheto com a programação do dia estava amassado em minha mão enquanto eu olhava em volta, tentando decidir para onde ir. Ficar ali naquele lugar, como Jeremiah tinha dito, realmente não era uma opção para mim; eu precisava cair fora daquela súbita massa de corpos se apertando da mesma forma que eu tivera que cair fora daquele palco, todos esses anos antes.

— Lucy Delacourt?

Ouvir meu nome desse jeito assustou-me, arrancando-me dos meus pensamentos turbulentos. Olhando em volta para ver quem tinha falado, vi uma mulher de cabelos escuros vestida em um longo amarelo se aproximando de mim. Ela me parecia familiar, e então um sorriso surpreso se estampou em meu rosto quando a reconheci.

— Cherise?

— Oh, meu Deus, é *mesmo* você! — A mulher mais baixa bateu palmas de alegria, sorrindo para mim. — Achei que tinha reconhecido você quando passou pela porta de entrada, mas só tive certeza quando cheguei mais perto!

Ainda espantada por encontrar alguém que de fato eu conhecia, joguei o decoro para o alto e puxei a garota para perto, num abraço apertado. Cherise tinha compartilhado o dormitório comigo durante os nossos primeiros dois anos na faculdade em Cornell e, embora não nos encontrássemos muito em nossas aulas, já que ela queria se formar em Medicina e eu pretendia fazer Direito, saíamos nos fins de semana com os outros alunos. Eu não questionei se fora a providência divina que a levara até ali, apenas agradeci a quem quer que estivesse cuidando de mim a ponto de me arranjar um rosto familiar.

— O que você está fazendo aqui? — exclamei, assim que nos afastamos do abraço.

— Na verdade, estou aqui com David. — Seu amplo sorriso se abriu ainda mais, com orgulho. — Nós ajudamos em uma clínica em Bornéu e ele está aqui tentando levantar doações.

— Quer dizer que vocês dois finalmente se casaram? — Quando ela assentiu com a cabeça, apenas sorri. Cherise e David já eram namorados no colégio quando eu os conheci na faculdade. Ambos tinham sonhos grandiosos de salvar o mundo e aparentemente estavam a caminho de fazer isso. — E os dois são médicos?

— Não, quando David entrou em Medicina eu mudei de curso e fiz Administração. Mas até que deu certo, porque agora eu o ajudo a tocar a clínica cuidando da parte administrativa. Eu o acompanho em campo de todas as maneiras, por isso, funciona muito bem para mim!

Cherise trouxe com ela a alegria e o otimismo contagiantes que seus amigos sempre apreciavam nela. Seu óbvio prazer em me ver levantou aquele meu humor sombrio de alguns momentos antes, e eu finalmente relaxei. A morena borbulhante tinha um olhar travesso nos olhos.

— Então, é sua vez, conte aí: aquele era mesmo Jeremiah Hamilton entrando a seu lado pela porta?

Fiquei corada com a pergunta. *Não há nenhuma razão para as coisas parecerem estranhas, menina,* eu mesma me censurei.

— Sim, ele é meu chefe — respondi, encolhendo os ombros como se isso não fosse nada.

— Então, vocês dois...

— Não — repliquei, balançando a cabeça enfaticamente. — Eu sou sua nova assistente pessoal e descobri apenas há pouco que isso significa acompanhá-lo nessas funções. Mas isso tudo é muito novo para mim... — Eu não menti, mas ainda me sentia mal em deixar de fora todo o resto, especialmente quando vi a decepção no rosto de Cherise com a notícia.

— Mas você não ia estudar para ser advogada? — perguntou ela, parecendo confusa.

Aquela pergunta cutucava uma ferida, mas isso não era algo que ela teria como saber. Quando meus pais morreram, ambas éramos calouras e raramente nos víamos. Eu inadvertidamente cortei os laços com a maioria de meus colegas de faculdade enquanto tentava acertar minha vida, algo que ainda era um processo em andamento.

— Não deu certo — respondi, e então, num esforço para mudar de assunto, olhei por cima do ombro dela. — E o David, onde está?

— Oh, ele está por aí, no meio da multidão, misturando-se com as pessoas ricas e tentando obter mais doações. Nossa apresentação não atraiu tantas quanto precisávamos, então ele está correndo atrás de mais alguns patrocinadores. — Ela revirou os olhos. — Ele é muito melhor fazendo isso do que eu. Acho muito esquisito me aproximar de um desconhecido e, de repente, sem mais nem menos, pedir dinheiro.

— Engraçado — disse uma voz próxima com um forte sotaque —, já que é exatamente isso que vejo diante de mim.

Eu me virei e vi uma mulher loira, alta e magra, parada ao meu lado, olhando para Cherise com uma superioridade presunçosa. Eu não tinha ideia de quanto tempo ela estivera ali, mas quando vi o rosto de Cherise mostrar sua intimidação, minhas mãos se fecharam nos punhos.

— Com licença — disse eu sem rodeios, indignada com o tratamento dado à minha amiga. — Mas quem é você?

Ela virou seu olhar gelado para mim, os olhos azuis me fazendo uma rápida avaliação uma vez mais.

— Meu nome é Anya Petrovski. Soube que você é a nova assistente pessoal do Sr. Hamilton. — Ela estudou suas unhas. — Essa é uma posição com a qual estou bem familiarizada.

A mulher não ofereceu a mão dela, e eu não a teria aceitado, de qualquer maneira. Não gostei da ênfase que ela deu à palavra "posição", nem gostei de seu sorriso de quem sabia de tudo. Aborrecida por ter meu "relacionamento profissional" com meu chefe ridicularizado por essa mulher, usei minha raiva como escudo:

— Se você me dá licença, Sra. Petrovski, eu já estava conversando com...

— Você vai descobrir que, quando se trabalha para os homens ricos, as pessoas vão se aproximar de você de modo egoísta apenas por causa de seu contato. — Anya lançou a Cherise um olhar condescendente. — Você deve proteger-se contra essas investidas desajeitadas...

Ao meu lado, Cherise endireitou o corpo com esse insulto velado.

— Esta é uma festa de caridade, caso não tenha notado — retruquei, vindo em defesa de Cherise. — Se ela quiser que eu a ajude a levantar dinheiro para seu projeto, a escolha de fazer isso ou não é minha.

Anya deu de ombros.

— Este local apenas legitima as tentativas mesquinhas de mendicância...

Todo meu corpo ficou tenso de indignação, eu estava pronta para ir à forra com aquela loira altiva e arrogante quando Cherise se afastou de nós.

— Vocês duas me dão licença... — disse ela com firmeza. — Preciso encontrar meu marido.

Quando ela se virou para sair, peguei o braço dela:

— Cherise...

— Está tudo bem, Lucy, fiquei muito feliz em ver você de novo, mas... — A pequena garota deu uma olhada incomum para a linda russa arrogante. — Quando acabar de conversar com essa... com essa mulher, venha nos procurar — concluiu, antes de sair de cabeça erguida.

— Por que você fez isso? — confrontei a bela mulher loira. — Ela era uma amiga.

Anya deu de ombros, mas seus olhos frios pareciam estar se divertindo com minha raiva explícita.

— Essa mulher não significa nada para mim. Só fui enviada até aqui para buscar você.

Minhas mãos se apertaram de novo. Cercada por pessoas desconhecidas, em um ambiente estranho, eu não queria chamar atenção indevida sobre mim. Mas isso me parecia difícil. O fato de que minha luta para passar despercebida obviamente estava divertindo a russa tornou minha decisão de manter a calma, ao menos externamente, ainda mais difícil.

— Por quem? — eu quis saber.

O sorriso da russa se ampliou.

— Por meu empregador.

Mordi a minha bochecha para não dizer as primeiras palavras que vieram à minha mente.

— Por favor — respondi —, diga ao seu empregador que estou indisposta pelo resto da noite.

— Bem, eu realmente devo insistir — dizendo isso, Anya enlaçou seu braço no meu e me conduziu adiante. — O Sr. Hamilton detesta atrasos.

— O quê? — As palavras dela me surpreenderam, o choque que elas me causaram me fizeram dar alguns passos antes de estacar em meus calcanhares. — Foi Jeremiah quem a enviou?

Ela respondeu com um movimento do queixo atrás de mim, apontando para a frente, e eu girei a cabeça, conseguindo então ver o perfil de Jeremiah em meio aos convidados. *Quer dizer que ele enviou essa ave de rapina para me buscar?* Meus lábios franziram em aborrecimento quando, com relutância, me permiti ser conduzida em meio à multidão, evitando fazer uma cena, mas querendo realmente ficar livre do aperto daquela loira hipócrita.

Várias figuras militares rodeavam nosso alvo, os uniformes de uma cor verde-escura muito parecida entre eles, mas decorados de formas diversas para denotar as patentes diferentes. À medida que eu me aproximava do aglomerado de pessoas, percebi que tinha cometido um grave erro: aquele homem não era Jeremiah, mas agora não havia nenhuma maneira de fugir da situação. Uma cabeça escura e familiar, porém estranha, virou em nossa direção e um par de brilhantes olhos azuis-esverdeados se iluminaram quando viram que nós nos aproximávamos. Longos cabelos penteados para trás emolduravam um rosto meio familiar, de pele cor de oliva dividida por uma pequena cicatriz branca que se desenhava pelo nariz e uma bochecha. Vestido inteiramente de preto e segurando, de forma casual, um copo de vinho entre os dedos, àquele rosto familiar faltava a gélida rigidez com que eu estava acostumada.

No que eu havia me metido?

— Senhores, por favor, me desculpem. Podemos discutir nossos negócios um pouco mais amanhã.

Mesmo sua voz parecia conhecida, mas ela trazia um cinismo intrínseco, muito diferente daquela fala rígida e controlada de Jeremiah. A expressão despreocupada daquele desconhecido quando me analisou de cima a baixo rapidamente me desconcertou, já que eu havia me acostumado ao estoicismo daquele rosto familiar.

— E quem é que temos aqui? — pegando minha mão e levando-a aos lábios.

A forma como ele beijou meus dedos era diferente dos modos de Gaspard. As maneiras do francês tinham sido mais galantes, e este era mais pessoal do que eu gostaria. Seus olhos se prenderam nos meus, seus lábios se demoraram talvez por um pouco mais de tempo do que deveriam e, apesar de minhas melhores intenções, senti uma vibração em meu estômago. Irritada comigo mesma e com a resposta, puxei a mão e pude notar um vislumbre de divertimento nos olhos daquele homem.

— Esta é Lucy Delacourt, a nova assistente de Jeremiah. — A voz com sotaque de Anya tinha o mesmo tom sarcástico de antes, mas sua atitude me pareceu mais respeitosa. Ela se esgueirou para o lado do homem e enredou seu braço no dele, quase possessivamente. — Apresento-lhe Lucas Hamilton, o verdadeiro herdeiro das empresas Hamilton. — Não pude deixar de notar o ar de uma declaração de direitos nessas palavras, e Lucas não as negou.

Então esse era o tal de Lucas sobre o qual Gaspard advertira Jeremiah mais cedo? Franzi a testa entre aquelas duas pessoas magníficas. A natureza predatória de seu olhar fazia com que uma parte de mim desejasse fugir dali, mas eu fiquei, cruzando meus braços em vez de correr. Uma pequena chama ardia em minhas entranhas por ter sido lançada nessa situação em total desconhecimento, sem nenhum respaldo.

Lucas ignorou a linda mulher dependurando-se em seu braço, inclinando a cabeça para o lado e me estudando.

— Você parece tensa, meu amor — disse ele, se dirigindo a mim em uma voz suave. — Eu não quero que uma mulher bonita como você fique desapontada com a minha companhia.

Ao lado dele, Anya se retesou, e o olhar raivoso que ela me lançou dizia muito sobre seu ciúme. Embora fosse bom ver aquela loira fabulosa descer do salto, eu não tinha vontade nenhuma de continuar com a conversa. Algo me dizia que eu estava muito fora de lugar ficando por ali. No entanto, a coisa prosseguiu, muito para meu desalento.

— Desculpe, pensei que fosse outra pessoa — eu disse com frieza, sem me incomodar em mencionar que fora arrastada até ali. — Com licença.

Quando me virei para ir embora, a orquestra atrás de mim começou a tocar uma nova música, um número animado que atraiu inúmeros casais para a pista de dança. Lucas deu um passo adiante, afastando a mão de Anya de seu braço.

— Você gostaria de dançar? — perguntou ele, estendendo a mão para mim.

Anya avançou, obviamente com alguma coisa a dizer sobre aquele convite. No entanto, um olhar penetrante lançado em sua direção pelo homem diante de mim fez com que ela parasse no meio do caminho, fervendo em seu lugar enquanto olhava para mim. *Por que eu, de repente, virei a vilã da história?*, perguntei a mim mesma, irritada com todo esse jogo.

— Não, obrigada — respondi secamente, tentando manter a postura. — Mas eu preciso procurar meu...

— Eu insisto, de verdade.

E antes que eu pudesse fazer alguma coisa, ele já havia colocado uma mão em minha cintura e estava me conduzindo para o meio do salão. Eu me opus imediatamente, cravando meus pés no chão. *Por que todo mundo está insistindo em me obrigar a fazer o que eles desejam esta noite?*, pensei, com meu aborrecimento borbulhando para a superfície.

— Estamos muito visíveis aqui — murmurou ele, se aproximando de meus ouvidos. — Você não vai querer causar um mal-estar nesta festa de gala, não é?

Eu hesitei, subitamente tomando consciência da quantidade de pessoas desconhecidas ao nosso redor, e essa hesitação momentânea deu-lhe todo o tempo de que precisava. Lucas me pegou em seus braços e me arrastou para a pista de dança antes que eu pudesse pensar em dizer não novamente, fazendo-nos deslizar sobre o chão tão suavemente como seda. Eu tentei me afastar dele, mas seu aperto tão forte quanto um torno não me permitia uma fuga.

— Me solta! — disse entre dentes, a raiva crescente escorrendo em minha voz.

— E arruinar uma oportunidade perfeita de poder dançar com uma mulher bonita? Eu acho que não...

Ele parecia se divertir com a minha resistência. Dancei rígida em seus braços, mas minha falta de graça não o deteve nem um pouco. Ele me puxou para mais perto de seu corpo rijo, os braços como barras de ferro; meus pés mal tocavam o chão, e meu peso estava quase inteiramente suportado por seus braços.

— Parece que começamos com o pé esquerdo. Diga-me o que tenho de errado: eu cheiro mal?

O comentário absurdo me pegou desprevenida, e eu lutei para não achar graça naquilo. Involuntariamente, respirei seu cheiro: picante e doce como a canela, e eu não conseguia dizer se aquilo era uma colônia ou sua fragrância natural. Indignada com a minha reação, repliquei:

— Eu não gosto de ver as minhas amigas sendo menosprezadas e depois ser arrastada para conhecer alguém sob falso pretexto.

Lucas inclinou a cabeça para o lado, reconhecendo meus comentários contundentes.

— Anya pode ser tempestuosa e, de fato, isso é parte de seu charme. Talvez a gente possa começar de novo. Sou Lucas Hamilton e você é...?

Olhei para seu colarinho, recusando-me a cruzar meu olhar com o seu, como desafio.

— Você já sabe quem eu sou...

Um dedo sob meu queixo fez meu olhar se erguer.

— Mas eu queria ouvir isso de seus lábios — retrucou ele suavemente, conduzindo-me em um amplo arco pelo salão.

Senti um súbito frio na barriga e minha mandíbula se apertou. *Maldito seja meu corpo e suas reações idiotas*. Suas mãos estavam em brasa sobre a minha pele, os olhos como ímãs. Igual ao seu irmão.

Recordar Jeremiah me permitiu certo controle sobre minhas reações, sabendo que eu não precisava de outro homem que me enfraquecesse as pernas e me jogasse de joelhos, sugando toda a minha força de vontade. Um já era mais do que suficiente.

— O que você deseja? — perguntei com firmeza.

Em vez de ficar desapontado porque suas tentativas de sedução tinham sido todas ignoradas, seu olhar despertou com renovado interesse e nem um pouco de divertimento.

— Além de poder dançar com uma mulher bonita? — Ele encolheu os ombros. — Deixar meu irmãozinho miserável e enjoado se mordendo de ciúmes.

Mordi o lábio, minhas entranhas apertando. Finalmente estava sendo honesto. Acho...

— Eu não estou interessada em participar de seus joguinhos, Sr. Hamilton. — Lutei um pouco para me livrar, empurrando um casal próximo. — Prefiro não fazer uma cena, mas se não me deixar outra escolha...

— E se eu responder qualquer pergunta que você tiver sobre meu irmão? — Diante de minha expressão de surpresa, Lucas deu um sorriso irônico que quase pareceu genuíno. — Meu irmão é daqueles que mantêm seus segredos bem guardados. — Ele balançou-se mais para perto, sua boca quase mergulhando em meu ouvido. — Vai me dizer que não existem coisas sobre seu patrão que está morrendo de curiosidade de saber?

Apertei o salto de meu sapato em seu calçado escocês. Lucas fez uma careta e se afastou um pouco, mas não deixou de me segurar, continuando a me rodar sobre o piso de madeira. Sua boca exasperante inclinou-se nos cantos quando franzi minha testa. Ele sabia que me tinha.

Eu estava curiosa.

Havia tanta coisa que eu não sabia sobre meu patrão e isso me deixava desorientada quando ficava perto dele. O jeito como Jeremiah me observava, seu olhar penetrante atravessando a minha mente, eu tinha a constante sensação de que ele podia ler todos meus pensamentos. A ideia de saber alguma coisa, qualquer coisa, sobre ele poderia desequilibrar a balança um pouco a meu favor, e esse pensamento era tão tentador quanto uma garrafa d'água para alguém morrendo de sede no deserto. Ainda assim, eu não gostava daquele sorriso no rosto de Lucas.

— Anya trabalhava para o Sr. Hamilton? — gaguejei. — O outro. O meu patrão.

Seu sorriso preguiçoso se ampliou.

— Ela foi sua última assistente pessoal — falou Lucas lentamente, seus olhos me observando de maneira atenta.

Eu lutava em vão para dissimular minha reação.

— Aquela ave de rapina? Mas o que ele viu nela?

Eu não me dei conta de que tinha dito em voz alta até que Lucas jogou sua cabeça para trás e riu. Aquele som me sobressaltou, e eu corei instantaneamente. Atraímos alguns olhares dos casais que nos rodeavam, mas o baile continuou.

— Ela não foi sempre assim — disse ele, entrelaçando um pouco de humor em sua voz. — Na verdade, ela era uma menina muito doce, muito parecida com você.

— Mas então, o que aconteceu? — perguntei, determinada a não cair mais em suas armadilhas.

Ele ergueu um ombro.

— Eu a seduzi e a afastei dele, e então a transformei em minha espiã. Quando ele descobriu e a mandou embora, ela veio trabalhar para mim.

A arrogância em sua voz era um fel amargo. Tentei de novo me libertar. Para minha surpresa, ele relaxou, como se fosse me deixar ir, mas em seguida girou-me debaixo de um braço. Ele permaneceu imune a meu olhar agudo, com um sorriso irritante fixado em seu rosto, mas eu ainda tinha sua atenção.

— Próxima pergunta?

Eu estava dançando com uma cobra, mas não conseguia enxergar nenhuma maneira de escapar naquele momento. Um rápido exame do salão não mostrou nenhum alívio vindo em meu auxílio, por isso, segui em frente.

— O que Anya quis dizer quando falou sobre você ser o legítimo herdeiro dos negócios? Você e Jeremiah são irmãos, certo?

— Ah, direto ao cerne das coisas! — Ele girou-me de novo, os olhos azuis-esverdeados profundamente concentrados em seus pensamentos. — O que você sabe até agora?

Não muito além daquilo que Celeste havia me contado mais cedo.

— A versão da Wikipédia. Ele estava no exército, saiu e assumiu a empresa... Passou por momentos difíceis no começo.

Lucas baixou a cabeça.

— Um resumo até que decente, embora omita todos os detalhes pertinentes.

Fiz uma pausa, pensando.

— O que exatamente as Indústrias Hamilton fazem? Como a sua família ganha dinheiro?

Ele arqueou uma sobrancelha, mas ainda assim respondeu minha pergunta.

— Investimentos, principalmente, em outras empresas que, em seguida, nos repassam grande parte de seus lucros. A empresa neste momento serve para manter e fazer crescer o dinheiro que já está lá, mas há muitas companhias e pessoas sob seu proverbial guarda-chuva. Nós sempre... — Ele vacilou, sua voz esmaecendo, e então continuou: — Diga-me uma coisa, como foi seu relacionamento com seu pai, enquanto estava crescendo?

Essa pergunta bizarra foi uma surpresa para mim. Meus lábios se apertaram, e eu procurei no rosto dele algum sinal de segundas intenções, mas a questão me parecia genuína, embora um pouco pessoal demais para meu gosto.

— Foi bom... — respondi cautelosamente —, por quê?

— O nosso não foi. — Aquela expressão jovial de Lucas se encheu de sombras. — Rufus Hamilton era uma pessoa impossível de agradar, especialmente se fosse relacionada a ele de alguma forma. Naturalmente, nós não percebemos isso até que fôssemos mais velhos e suas exigências já tivessem deformado nossa sensibilidade. Vou lhe contar a versão curta da história: eu segui o caminho que se esperava de mim, para assumir os negócios da família, enquanto Remi se rebelou contra tudo da única maneira que ele conhecia e se alistou no exército sem o consentimento de Rufus. Foi a única vez que conseguiu frustrar os planos de nosso pai, e esse êxito corroeu o velho...

Ele fez uma pausa, e o silêncio se estendeu sobre nossa conversa.

— É evidente que alguma coisa aconteceu — disse eu, solicitando mais informações.

Lucas bufou, seu olhar distante e cínico novamente.

— É. O velho morreu. — Ele olhou para mim, com os lábios apertados; outro giro, e eu comecei a perceber que isso dava a ele tempo para pensar. — Rufus não poderia ter programado as coisas de um jeito melhor, nem se tivesse tentado. Um ataque cardíaco o vitimou durante uma reunião do Conselho da empresa, e somente alguns poucos dias antes de Jeremiah voltar a se alistar. Ele me surpreendeu ao aparecer na leitura do testamento, porque meu irmão caçula não tinha partido em bons termos, mas fiquei ainda mais chocado quando nosso amado pai deixou a maior parte de seu patrimônio para seu filho mais novo, Jeremiah.

A fúria controlada que era visível nos olhos de Lucas enquanto falava guerreava com o desprezo que torcia a boca. Ele estava olhando à distância novamente, perdido em lembranças que obviamente não apreciava.

— Jeremiah ficou com tudo, incluindo a maioria das ações da empresa, com a cláusula de que, se se recusasse a assumir, a companhia toda e todos seus ativos seriam liquidados e diluídos. Isso significaria a perda de milhares de postos de trabalho, e o colapso de uma infraestrutura cuidadosamente construída durante décadas, tudo para voltar às mãos do filho que conseguiu passar a perna nele...

A insensibilidade de todo esse assunto confundia a minha mente.

— Quer dizer que entregar a empresa inteira a Jeremiah significou um castigo? — perguntei.

Senti um leve arrepio quando percebi que o som de minha voz tirou Lucas de suas lembranças. A expressão sombria tinha desaparecido, substituída por aquele ar divertido e presunçoso que comecei a compreender ser uma máscara.

— Nosso querido Remi sempre esteve preocupado com as pessoas mais simples — comentou ele, girando-nos animadamente ao redor da pista de dança. — É por isso que ele se juntou ao exército, você sabe, queria ajudar os outros. Então, quando o executor leu o testamento, os advogados e os demais membros do Conselho cercaram Remi, pressionando-o acerca da gravidade da situação, falando sobre quantas vidas seriam arruinadas se ele se recusasse a assumir etc. etc. Dada a predileção de meu irmãozinho por querer ser o herói, não é necessário muito esforço para adivinhar qual seria sua escolha.

— E você? — perguntei, verdadeiramente curiosa.

Se Lucas tinha contado toda a verdade, seu pai o teria despojado de sua herança por algo de que ele não tinha culpa. Embora isso não apagasse toda minha antipatia por aquele homem, pelo menos colocava as coisas em sua devida proporção.

— Eu? Eu sobrevivi... — Seu olhar viajou por cima de meus ombros, e um sorriso malicioso curvou seus lábios enquanto a canção chegava ao fim. — Isso não significa que eu não desfrute de meus pedacinhos de diversão quando a oportunidade surge.

Gemi quando ele trocou de lugar, passando um braço por trás de minhas costas e se inclinando sobre mim até que eu quase ficasse na horizontal. Agarrando seus ombros, eu olhava com os olhos arregalados aquele rosto bonito que estava a apenas alguns centímetros do meu.

— Vamos dar um show a eles, que tal? — murmurou Lucas, e então trouxe seus lábios para perto dos meus.

Fiquei imóvel, meus dedos escavando as costas de seu paletó escuro. Sua boca aproveitou-se totalmente de meu choque, a língua e os dentes brincando com meu lábio inferior. O beijo foi breve, trazendo desconforto e nervosismo, além de ansiedade, mas ainda assim consegui manter meu juízo intacto. Enquanto ele me puxava para que eu ficasse de pé, meu braço já estava em movimento. Minha mão estalou do lado de seu rosto, por causa do impulso da bofetada. O golpe surpreendeu aos dois: eu não podia acreditar que tinha feito aquilo e, aparentemente, ele também não. Vi claramente a surpresa em seu olhar, e talvez um pouco de respeito também, quando me soltou.

— O que está acontecendo aqui?

11

Deixei escapar um suspiro de alívio ao ouvir a voz conhecida de Jeremiah, mas o olhar em seu rosto quando eu me virei não era nem um pouco reconfortante. Tentei caminhar até ele, mas Lucas apertou firmemente a minha mão, me puxando de volta.

— Olá, mano. — A voz dele ressoou anormalmente alta, já que a orquestra havia concluído sua melodia. — Que alegria encontrá-lo aqui. Que tal se juntar a mim e à minha adorável companhia para tomarmos uma bebida?

Tentei mais uma vez me livrar de suas mãos, mas Lucas se manteve firme me segurando. Voltando um olhar de desculpas a Jeremiah, fiquei desapontada com o semblante acusador que recebi em troca. *Por que isso é culpa minha de repente?*, pensei, a indignação borbulhando em minhas entranhas. *Você me deixou sozinha e foi cuidar de sua vida!*

O confronto atraiu a atenção dos convidados nas proximidades. Seus olhos curiosos assistiram ao drama se desdobrar, mas ninguém moveu um músculo para intervir... Deixando-me presa bem no meio da confusão. Os dois homens pareciam mais interessados em si mesmos do que em mim, embora nenhum dos dois me permitisse ficar livre. Lucas ainda segurava minha mão, e Jeremiah bloqueava qualquer rota de fuga.

Vendo os dois juntos, percebi que era muito fácil distinguir quem era quem e não pude acreditar que tomei um pelo outro. Jeremiah parecia-se mais com um touro enjaulado, os ombros curvados como se estivesse pronto para atacar. Sua máscara impassível tinha caído; seus olhos estavam brilhantes como o sol. Em profundo contraste, Lucas, mais magro e ligeiramente mais baixo, estava parado firme sobre seus calcanhares, com um sorriso condescendente no rosto. Havia um brilho malicioso em seus olhos; ele estava obviamente bem decidido a provocar o irmão mais novo.

— O que você está fazendo aqui? — rosnou Jeremiah, os olhos dardejando entre o rosto de seu irmão e as nossas mãos ainda entrelaçadas.

— Talvez eu quisesse ajudar os menos afortunados, ou visitar meu irmão tão distante... Afinal de contas, nosso último encontro foi tão dramático...

— Você roubou trinta milhões de dólares!

Lucas acenou com a mão no ar.

— Foi isso que me contaram — ele comentou alegremente, e então virou os olhos para mim. — Venha, minha cara, as bebidas são por minha conta.

Ele me puxou para frente, apesar de eu resistir, e então Jeremiah se colocou diante de Lucas, bloqueando o caminho de fuga do irmão.

— Eu poderia mandar você para a cadeia em dois minutos. — A voz de Jeremiah trovejava, mas suficientemente baixa para que apenas os mais próximos pudessem ouvir suas palavras. — Mesmo na França, eles não hesitariam em extraditar você, Loki.

— Ah, então quer dizer que meu irmãozinho andou me investigando... — Lucas retrucou sorrindo e abriu bem os braços, porém com um brilho zombeteiro em seus olhos. — Você sente falta de mim.

Acompanhar a conversa entre os dois irmãos era uma tarefa difícil, que provocava mais frustração. Ambos os homens pareciam ter esquecido que eu estava lá, enquanto os problemas que haviam entre os dois, seja lá quais fossem, eram expostos bem na frente daqueles que nos rodeavam. Em um canto da pista de dança, vi Anya nos observando com um sorriso triunfante no rosto duro e me perguntei se tinha sido ela a apontar ao meu patrão que eu me encontrava nos braços de Lucas.

Ao meu lado, Jeremiah parecia crescer a cada instante, e sua expressão se tornava mais e mais sombria.

— Se você não fosse meu irmão...

— Você faria o quê? Bateria em mim até me transformar em uma massa disforme? Arruinaria minha vida? — A provocação na voz de Lucas era clara e forte o suficiente para ser ouvida por aqueles que nos assistiam. — Tarde demais, mano, alguém passou na sua frente e... Ei, espere um minuto! Foi você mesmo!

Jeremiah deu um pequeno passo para a frente; seu irmão se manteve firme.

— Loki, eu...

— Chega!

Minha voz cruzou o ar como um chicote, a palavra perfurando a tensão reinante. Os dois homens, surpresos, voltaram seus olhares furiosos para mim. Eu mesma estava zangada demais para voltar atrás, porém, olhei primeiro para Lucas, levantando minha mão que estava presa quase ao nível dos olhos.

— Solte-me!

Houve um relaxar quase imperceptível de seu aperto, e eu aproveitei e afastei minha mão para trás, saindo de perto dele. Jeremiah pegou meu braço e eu me esquivei, para sua surpresa.

— Não — disse eu, olhando para ele.

Meu patrão franziu a testa, obviamente não gostando de meu súbito desafio.

— Srta. Delacourt... — ele começou a dizer, mas eu balancei a cabeça, dirigindo minha expressão zangada para cruzar com a dele.

— Você me deixou sozinha, para que cuidasse de mim mesma, e é exatamente isso o que vou fazer. — Olhei de soslaio para Lucas, que estava me observando divertido, e, em seguida, voltei a encarar Jeremiah. — Parece que vocês dois têm algumas coisas para discutir, por isso vou deixá-los sozinhos.

Meu chefe claramente não aprovava minha súbita independência, mas naquele momento isso era a coisa que menos me importava. Senti o peso dos olhares curiosos de diversos espectadores, mas endireitei minha coluna e me afastei. Os olhares estupefatos dos dois homens seguiram minha saída, eu podia senti-los queimando buracos em minhas costas. Infelizmente, eu não estava com nenhuma vontade de ficar apreciando aquela minha vitória duvidosa, que, sem dúvida, iria me custar caro mais tarde.

Poucas mulheres naquele evento usavam vestidos amarelos, por isso não demorei muito tempo para localizar Cherise. Ela pareceu surpresa com minha presença ali, mas, antes que pudesse me cumprimentar, eu falei:

— Eu quero ajudar.

David estava ao seu lado e olhou para mim de soslaio.

— Lucy? — perguntou surpreso. Logo me dei conta de que Cherise ainda não havia lhe contado sobre ter me encontrado na festa.

— Conte-me tudo o que puder sobre sua operação. — O fogo ardia em minhas veias e eu não me sentia tão viva havia anos. — Vou conseguir seu financiamento.

Quando eu estava na faculdade, um de meus professores certa vez mencionou de passagem que eu daria uma boa lobista. Embora isso nunca tivesse sido meu objetivo, devo reconhecer a precisão da observação. Descobri que assumir os encargos e os problemas dos outros era muito mais fácil do que lidar com meus próprios problemas; nunca tive dificuldade para me aproximar de estranhos em nome de outras pessoas. Anos se passaram desde a última vez que fiz alguma coisa parecida com isso, mas minhas frustrações precisavam de uma válvula de escape e, então, me joguei de cabeça em fazer campanha pelos meus amigos.

Durante a hora seguinte, procurei encantar e seduzir as pessoas no meio daquela multidão, traduzindo os conceitos do projeto quando necessário e fazendo tudo o que eu podia para ajudá-los. O processo foi surpreendentemente simples: a própria natureza do evento já havia preparado os participantes a ter uma predisposição para preencher cheques, e eu só tinha de convencê-los que uma pequena clínica em Bornéu merecia sua generosidade. Recuperei todas minhas enferrujadas habilidades sociais e passei rapidamente por aquele grupo de pessoas reunidas, enviando-as depois para David e Cherise antes de abordar o próximo doador em potencial. Embora eu tenha sido sempre mais contida do que expansiva, joguei toda a cautela pela janela e de alguma forma consegui fazer com que as pessoas me ouvissem.

Capturei vislumbres da presença de Jeremiah em meio à multidão e pude sentir o peso de seu olhar sobre mim, mas o ignorei da melhor forma que consegui. Claro, isso foi mais fácil de dizer do que de fazer, porque mesmo à distância aquele homem tinha a incrível capacidade de me deixar fora do eixo. Mas, ainda assim, continuei na minha cruzada e ele não se aproximou, dando-me espaço, pelo que fiquei muito agradecida. Nem Lucas ou Anya fizeram qualquer outra aparição, o que também me agradou.

Depois de mais ou menos uma hora pulando de um grupo de pessoas para outro, Cherise aproximou-se de mim e me puxou para o lado. Sorrindo de orelha a orelha, com o corpo todo vibrando de emoção, ela me disse:

— Não consigo acreditar, a gente conseguiu quase cem mil até agora!

Meu queixo caiu com essa afirmação, e eu fui obrigada a me segurar para não dar um grande abraço apertado em minha amiga:

— Puxa, eu... E isso vai ser o suficiente para que vocês se segurem durante algum tempo?

— Por um tempo? — Ela me olhou com incredulidade. — A gente poderia sobreviver com isso durante anos em nossa atual localização, e sem ter que cobrar um centavo dos moradores! Oh, obrigada! — Cherise não parecia se preocupar muito com o decoro, porque ela jogou os braços em volta de mim e me deu um abraço rápido, porém feroz. — Você é incrível!

— Eu teria que concordar com essa avaliação!

Engolindo em seco, virei-me para encarar Jeremiah de pé atrás de nós, olhando para as duas com uma expressão curiosa. Ele só tinha olhos para mim e, quando Cherise me liberou de seu abraço, Jeremiah estendeu a mão em minha direção.

— Posso ter a honra de uma dança?

Minha boca se moveu em silêncio, e eu olhei para minha amiga. Seu sorriso tinha o jeito de quem sabia o que estava acontecendo, e, quando hesitei, ela praticamente me empurrou para os braços de meu chefe.

— O homem lhe pediu para dançar com ele — disse Cherise, com os olhos brilhando. — E eu acho que, a partir daqui, a gente pode cuidar daquele assunto.

Sem ter mais nenhuma desculpa, fiquei encarando a mão que Jeremiah me oferecia. De fato, ele tinha feito um pedido, e não dado uma ordem, e parecia confortável em me esperar decidir. Olhando bem dentro daqueles olhos verdes, percebi que eu o tinha perdoado já havia algum tempo por ter me largado sozinha na festa, mas senti que ele não deveria escapar dessa assim tão facilmente.

— Você não vai me abandonar no meio da pista de dança? — provoquei, aceitando sua mão.

Mais do que o aborrecimento que eu temia ver, Jeremiah parecia quase divertido em responder à minha pergunta:

— Prometo não deixar você fora de vista pelo resto da noite.

Uma promessa em sua voz despertou calafrios por toda minha pele enquanto ele me conduzia até o centro da pista de dança. Seu toque era leve quando ele me tomou em seus braços, um contraste gritante com o jeito rígido de seu irmão.

— Peço desculpas por meu comportamento esta noite — murmurou.

Minhas sobrancelhas se ergueram. *Ele pediu desculpas? Para mim?*

— Desculpas aceitas — respondi e em seguida deixei escapar um suspiro rápido. — Sua família é um pouco disfuncional, pelo que pude entender.

Um sorriso irônico surgiu no canto de sua boca, mas ele não respondeu à pergunta.

— Vocês dois estavam conversando — disse ele à guisa de resposta, com uma entonação de pergunta na frase.

— Ele esclareceu algumas de minhas dúvidas sobre você. — E quando Jeremiah ficou tenso ao ouvir isso, me apressei a explicar: — Ele me disse que seu pai essencialmente o obrigou a assumir as empresas. Isso é verdade?

— Como você disse, em essência é... — respondeu por fim, depois de uma longa pausa, mas não deu mais detalhes.

— E Celeste me contou que você chegou a ser um *ranger* do exército — disse eu, depois de um momento de silêncio. Os lábios dele se apertaram, mas eu insisti: — Como foi?

— Eu diria que foi a melhor coisa que já fiz em minha vida — ele escorregou para o silêncio uma vez mais, mas eu conseguia perceber que Jeremiah estava pensando. — Originalmente, essa ideia de fazer carreira militar foi concebida apenas como uma maneira de ficar longe de minha família, especialmente de meu pai. Uma vez que entrei no exército, porém, todos os aspectos de minha vida se encaixaram perfeitamente. E eu teria feito carreira se...

Se essa escolha não tivesse sido roubada de você. Eu sabia que Lucas tinha dito a verdade, uma verdade tão amarga quanto a discussão que os dois irmãos tinham tido antes. A própria nobreza de Jeremiah o havia forçado a deixar para trás uma vida que ele amava para salvar a empresa de sua família e todas as pessoas que se conectavam a essa empresa. Inclinei-me e coloquei minha cabeça em seu ombro; ele se enrijeceu em meus braços, e eu me perguntei brevemente se ele tinha se afastado de mim, mas então seu corpo relaxou e ele me puxou para mais perto. O cheiro dele era divino, como chocolate com cerejas; a pele de seu pescoço estava tão perto que eu precisaria apenas girar minha cabeça para ver se ele tinha um gosto tão bom quanto seu perfume...

Forçando-me a lembrar que nós estávamos em um ambiente repleto de pessoas, muitas das quais, inclusive, provavelmente nos observavam, ergui minha cabeça dos ombros de Jeremiah, mas não me afastei. Ele devia ter alguma forma de ler as minhas intenções, porque me apertou com mais força contra seu corpo, um corpo duro pressionando-se contra meu ventre. Uma dor surda me preencheu e me fez formigar dos calcanhares à ponta dos dedos das mãos. Engoli um pequeno suspiro. Sua reação a mim agia como uma droga por si só, como se fosse um poderoso afrodisíaco que me fazia querer arrastá-lo para algum lugar mais privado e fazer coisas safadas com ele. Percebi o mesmo desejo refletido em seus olhos quando nossos olhares se encontraram; o aperto de suas mãos na parte inferior de minhas costas se intensificou, me puxando para mais perto a fim de que eu me esfregasse contra seu membro duro, e eu senti uma onda de calor entre as minhas pernas.

Alguém deu alguns tapinhas em um microfone, e então uma voz familiar com sotaque francês saiu pelos alto-falantes:

— Gostaríamos de aproveitar esta oportunidade para agradecer a alguns convidados por suas generosas contribuições feitas nesta noite.

— Acho que eles estão se referindo a você — murmurei.

Os olhos das pessoas se voltaram definitivamente para nós assim que a orquestra terminou a canção, mas Jeremiah não me liberou por mais alguns longos segundos. Finalmente, ele se afastou, mas não me deixou, erguendo minha mão até seus lábios.

Eu engoli, meu coração quase saltando para fora do peito. Celeste tinha me dito que a imprensa e o público em geral acreditavam que ele encarava suas assistentes apenas como acompanhantes, mas seria difícil convencer todos os espectadores de que isso era verdade depois desta noite. *Droga, eu estou ficando confusa, com tantos sinais misturados ricocheteando em minha cabeça. Um dia de cada vez*, pensei assim que ele soltou minha mão e se dirigiu para frente da multidão ali reunida. *Isso tudo pode terminar em um piscar de olhos e eu estarei de volta àquela merda de apartamento em Jersey...*

Mesmo com todo aquele poder que ele exercia em nosso relacionamento, tanto em termos de negócios quanto pessoais, eu sabia que poderia ir embora a qualquer momento. Apesar de não ser algo suficiente para me deixar rica, a opção me dava alguma estabilidade numa ocasional reviravolta em minha vida, mas aquele pensamento fez meu coração doer. Jeremiah não era o tipo de pessoa que gostava de jogar, mas era alguém difícil de entender, às vezes.

— Você está pensando demais, minha querida.

Enrijeci o corpo imediatamente quando a voz de Lucas soou a apenas alguns centímetros de meu ouvido.

— Vá embora — murmurei, sem tirar meus olhos de Jeremiah.

Ele continuava caminhando em direção a Gaspard, que começou a fazer um discurso introdutório em francês. Fiquei nervosa sobre o que Jeremiah poderia fazer se notasse que Lucas estava ao meu lado.

— Tudo a seu tempo. Eu apenas pensei que seria rude demais sair sem antes me despedir de uma dama tão bonita.

Bufei de incredulidade.

— Você devia ir incomodar Anya, eu tenho certeza de que ela já deve estar acostumada com isso agora — respondi rispidamente, com cuidado para manter a voz baixa. Ouvi uma risadinha como resposta. A maioria dos convidados estava nos ignorando, e fiquei grata por isso.
— Se você pretende aborrecer seu irmão — sibilei em voz baixa —, me deixe fora disso.

— Oh, mas é muito mais divertido deste jeito...

Alguns dedos roçaram meu quadril, e eu imediatamente os ataquei, chutando para trás com meu salto, e esfolando um tornozelo. A mão desapareceu rapidamente e eu apreciei um momento de triunfo, até que ouvi a risadinha de novo.

Jeremiah tinha subido ao palco a essa altura, e eu rezava para que ele não olhasse em minha direção.

— Você vai me causar problemas — retruquei.

— Oh, você provavelmente vai gostar — ronronou Lucas, e eu atirei-lhe um olhar sombrio.

Um sorriso satisfeito depositou-se em seus lábios enquanto ele me olhava com interesse descarado. Revirei os olhos, determinada a ignorá-lo, e voltei a olhar para o palco... Só para receber o olhar intenso de Jeremiah me congelando. *Droga!*

— Oh, que triste... Parece que meu irmãozinho percebeu nosso pequeno *tête-à-tête* — Dedos roçaram o cabelo na parte de trás do meu pescoço, e eu me encolhi para o lado. — Gostaria de saber o que pode estar se passando na cabeça dele neste exato momento...

A julgar pelo olhar em seu rosto, meu patrão e sua ex-assistente não estavam achando nada daquilo muito divertido, mas eu sabia que fazer alguma coisa naquele momento só iria atrair atenção indesejada para mim e ainda satisfazer aquela serpente sobre meu ombro. Jeremiah continuou a nos encarar, e Lucas, embora não estivesse mais me tocando, parecia determinado a ficar o mais perto de mim que conseguisse. Eu só podia imaginar o que estava se passando pela mente de Jeremiah.

Lá em cima, no palco, Gaspard apareceu para o resgate, ao menos parcialmente. Percebendo a desatenção de seu convidado e minha situação, o francês colocou um braço sobre os ombros do bilionário e conseguiu distraí-lo brevemente. Dei um suspiro de alívio, um peso momentaneamente suspenso de meus ombros. Os dois homens apertaram as mãos para as câmeras, sinalizando o fim daquele registro.

— Ah, aí está minha deixa para ir embora. — Lucas se inclinou, chegando mais perto, e plantou um beijo rápido em meu rosto. Tentei me afastar, mas, considerando a nuvem escura que cobria o rosto de Jeremiah, percebi que ele tinha nos visto. — *Au revoir, chérie* — murmurou Lucas antes de desaparecer, deixando-me para enfrentar sozinha o touro que avançava em minha direção. Era inútil tentar me defender, então fiquei em silêncio enquanto Jeremiah parava ao meu lado.

— Vamos embora.

Seu tom de voz baixo não admitia discussão, e então sua mão em minhas costas me guiou sem esforço através da multidão. Eu me virei para ver que Gaspard já dominara a atenção do público mais uma vez; poucos dos convidados se incomodaram em assistir à nossa fuga, e eu fiquei profundamente agradecida por isso. Nossa saída daquele grande salão foi o alívio que eu vinha desejando. Já não tinha que me preocupar se ia tropeçar ou não nos saltos altos, fazendo um papelão na frente daquele povo todo. Aquela euforia anterior, de ter podido ajudar Cherise e David, já havia desaparecido, e eu sentia apenas uma tremenda exaustão beliscando as bordas de minha consciência.

Jeremiah fixou seu olhar pétreo nas portas de saída do edifício, e eu tive a impressão de que ele estava me ignorando deliberadamente. Isso foi uma coisa que me deixou nervosa, porque, em última instância, não sabia o que poderia significar. Aquela cumplicidade que havíamos compartilhado enquanto dançávamos tinha desaparecido por completo, por isso fiquei quieta, comprometendo-me mentalmente a mandar um e-mail de despedida aos meus amigos, desejando-lhes tudo de bom, assim que eu pudesse.

A limusine estava esperando por nós do lado de fora, na saída principal. Evitamos os poucos *paparazzi* remanescentes e entramos no veículo de vidros escuros, o motorista fechando a porta atrás de nós. Sentei-me na borda do assento em um dos lados do veículo, em frente a Jeremiah, ao mesmo tempo em que o carro dava a partida e seguia em direção ao nosso hotel. Observei nervosamente enquanto subia a divisória de vidro escuro que separava os passageiros do motorista.

Fiquei olhando para a comprida frente do carro quando, em meu momento de desatenção, Jeremiah mudou de lugar de repente, me empurrando de volta sobre o largo banco. Com um leve gritinho de surpresa, cerrei meus lábios com força enquanto ele se elevava sobre mim, uma de suas mãos sobre meu ombro direito me mantendo pressionada contra o couro do assento. Os olhos dele percorriam meu tronco, depois o meu rosto e eu engoli o fogo que notei em seus olhos.

— Abra suas pernas para mim.

Meus lábios se separaram por causa do choque. A respiração tornou-se difícil porque ele deslizou sua mão livre para o lado de meu corpo, esfregando a palma ao longo do fino tecido do vestido, que separou pela fenda alta que subia pela perna, deslizando um dedo por baixo e acariciando a parte de dentro de minha coxa.

— Sobre seu irmão... — disse eu em uma voz trêmula, o nervosismo súbito me deixando desesperada para me explicar — não aconteceu nada, eu pensei que ele era você e...

— Não.

Fiquei em silêncio com a palavra. Jeremiah fez uma pausa, o corpo tenso.

— Eu não quero ouvir mais nada sobre meu irmão esta noite. Por favor — acrescentou ele, o pedido sendo emitido com dificuldade. Quando assenti em concordância, ele relaxou. — Bem, onde estávamos mesmo?

A palma de sua mão deslizou entre meus joelhos, separando-os mais enquanto ele abria seu caminho subindo pela minha perna. Minha respiração ficou presa e minha barriga, apertada, enquanto os dedos dele puxavam a cinta-liga para baixo de minhas coxas, alisando por baixo até o cinto ao redor de meus quadris. Minhas pernas se fecharam involuntariamente, e a mão se deteve.

— Abra as pernas.

As palavras me cercaram como se eu estivesse presa em uma rede sensual, e engoli em seco. Meu corpo já tinha começado a vibrar, a respiração já vinha em soluços. Parte de mim quase temia o que ele pudesse fazer comigo, não que eu esperasse que fosse alguma coisa dolorosa ou humilhante, mas porque provavelmente eu perderia todo o controle sobre meu corpo. Talvez fosse essa a questão. Com um suspiro trêmulo, forcei os músculos das minhas coxas a fim de relaxar e deixar meus joelhos desmoronarem para os lados.

— Mais.

Engolindo outra vez, novamente cumpri a exigência dele, abrindo-me mais para Jeremiah. Ele mudou de posição em cima de mim, tirando a mão que estava sobre meu ombro para se apoiar no banco. Eu quase solucei quando um dedo pressionou através da linha fina da calcinha que estava cobrindo meu clitóris e arqueei meu corpo. Ele agarrou meu cabelo, me segurando firme enquanto sua mão me esfregava e me provocava. Minha respiração passou a vir em suspiros trêmulos enquanto ele se inclinava sobre mim, seu rosto apertado contra o meu.

— Você é minha — murmurou Jeremiah, com os olhos em chamas. Ele acelerou os movimentos do dedo até que eu me vi gemendo, meus cabelos sendo puxados com mais força. — Eu quero ouvir você dizer isso.

— Eu... sou... sua!

Lutei para fazer essas palavras saírem de minha boca, meu corpo tremia e pulsava no ritmo dos batimentos cardíacos. Meus olhos fechados, todo o meu ser estava concentrado nas sensações provocadas por suas mãos. Por causa do anseio entre minhas pernas, livrei os pés de meus sapatos de saltos altos para conseguir alguma tração, inclinando meu quadril na direção da mão que não parava.

— De novo.

— Eu sou sua, senhor.

O puxão no meu cabelo se intensificou, minha respiração ficou mais ofegante. Os olhos dele procuraram os meus, em busca de que eu não saberia dizer, mas, naquele momento, eu não seria capaz de esconder o que quer que fosse. Tudo o que eu queria era ele e tentei fazer com que ele visse meu desespero. As paredes de minha boceta pulsavam, exigindo atenção, e eu silenciosamente implorei por mais.

Seu aperto em meus cabelos cessou, e ele mudou de posição novamente, seu olhar não mais intenso como antes, mas tão exigente como sempre.

— Quero ver você gozar — murmurou ele, descendo o rosto para mais perto do meu.

Aquelas palavras me fizeram derreter, sua voz profunda fluindo através de meu corpo. Aqueles dedos ágeis lá embaixo se moviam facilmente debaixo da calcinha, e eu gemia alto quando desciam por minhas saliências e acariciavam meu clitóris de modo ansioso. O carro por baixo de mim balançou ligeiramente, lembrando-me de onde eu estava, mas seu movimento só aumentou as sensações. Um dedo espesso mergulhou dentro de mim, enquanto o polegar esfregava o clitóris, forçando-me a soltar gemidos entrecortados.

— Só eu estou autorizado a fazer isso — Jeremiah pontuou suas palavras tocando um ponto dentro de mim com precisão cirúrgica; meus quadris pularam do banco do carro e eu gemi. — Nenhum outro homem pode tocá-la a menos que eu lhe dê permissão. Entendido?

Eu engasguei com a resposta, as ondas de prazer percorrendo meu corpo. Eu estava subindo rapidamente em direção a um orgasmo e não conseguia pensar direito. A mão no meu cabelo ficou mais apertada, e eu consegui responder:

— S-sim.

— Não consigo ouvir você.

Eu gritei, as sensações quase fortes demais para suportar:

— Sim! Por favor, senhor!

— Olhe para mim.

Olhamos intensamente um para o outro, o poder do olhar de Jeremiah prendendo-me firme no assento do carro. Seu polegar esfregava cada vez mais forte enquanto seu outro dedo me fisgava lá dentro, friccionando meu clitóris com precisão de especialista.

— Agora, pode gozar — disse ele, e com um gemido eu, entusiasmada, perdi o controle.

Com meu corpo tremendo incontrolavelmente, apertei o casaco de Jeremiah, sentindo tudo dentro de mim explodir. As últimas gramas de força fugiram de meu corpo e eu derreti sobre o couro debaixo de mim, tentando em vão recuperar o fôlego.

Jeremiah soltou meu cabelo e sentou-se de volta em seu lugar, deixando-me estirada no banco do carro. Consegui fechar minhas pernas, mas não podia fazer nada além disso; meus pulsos ainda batiam violentamente e meus braços e pernas pareciam feitos de geleia. O carro diminuiu a velocidade e virou a esquina, me pressionando contra o assento, e eu comecei a me recompor quando uma mão pousou em meu joelho. Engolindo saliva, olhei pela janela com película escurecedora e vi a fachada brilhante de nosso hotel que se avizinhava logo acima.

12

Fizemos a curta viagem até nossa suíte em silêncio, a tensão espessa ocupando o ar entre nós. Eu mal tinha chutado para longe meu desconfortável sapato de salto alto, desfrutando da liberdade de mexer os dedos dos pés, quando um braço forte enlaçou a minha cintura. Ele pressionou seu corpo duro contra mim, prendendo-me contra a parede, sua coxa poderosa serpenteando entre minhas pernas e, antes que eu percebesse o que estava acontecendo, a boca de Jeremiah cobriu a minha em um beijo ardente. Ainda me recuperando do passeio de limusine, passei meus braços em volta do pescoço dele, os dedos deslizando através de seu cabelo espesso enquanto eu gemia contra seus lábios.

Suas mãos em concha envolveram minha bunda, e ele me levantou bem alto, e uma vez mais me prendeu com força entre seu corpo e a parede; agarrei seus ombros com força para me equilibrar, mas ele me segurou firmemente, baixando sua boca para passar a língua e os dentes em meu pescoço. Ele correu as mãos pelas minhas coxas, então prendeu minhas pernas em volta de sua cintura. Eu gemi quando senti seu membro duro apertado contra minha boceta já latejando.

— Minha — murmurou ele, seu ronco baixo me invadindo como uma inundação.

Capturando meus pulsos com apenas uma de suas enormes mãos, ele os prendeu acima de minha cabeça enquanto seus lábios encontravam os meus, chupando-os e mordiscando-os. Sua mão livre prensou a carne macia de meu peito, beliscando o mamilo, e eu me lancei contra ele e seu toque.

Sua urgência e seu tesão desavergonhados me puseram em chamas. Gemi perto de sua boca, arqueando meu corpo contra o dele, tratando desesperadamente de chegar mais perto. Ele rodou seus quadris, pressionando-se contra meu corpo, e eu deixei escapar um pequeno grito. Seus dentes brincavam com minha orelha e se arrastavam ao lado de meu pescoço, e eu me vi perdida para todo o resto.

Tardiamente, percebi que estávamos nos movendo, mas não absorvi isso até que o mundo se inclinou e eu caí naquela cama enorme. Jeremiah não perdeu tempo em me cobrir e não pareceu se preocupar com aquele vestido caro, deslizando uma mão áspera pela frente do tecido. O fervor de sua paixão me deixou tão quente quanto ele. Eu queria, eu precisava daquilo, mais e mais. Tentei tocá-lo, mas ele agarrou meus pulsos outra vez, segurando-os ao lado de minha cabeça enquanto chupava e mordiscava meu pescoço.

— Vire de costas para mim.

Obedeci rapidamente e senti o zíper do vestido baixar pelas minhas costas até a minha bunda. Ele retirou essa capa de minha pele e em seguida arrastou seus lábios para baixo, ao longo de minha coluna. Eu arqueei e resfoleguei como um gato, desesperada por aquele toque macio, e ouvi o leve tilintar da fivela de seu cinto. Excitada por aquele som e por aquilo que ele representava, empurrei minha bunda para cima a fim de esfregá-la contra sua virilha e, para minha imensa satisfação, ouvi quando ele suspirou levemente.

As mãos prenderam meus pulsos novamente, puxando-os para cima em direção à cabeceira da cama. Um couro frio os envolveu enquanto Jeremiah habilmente me juntou às grades de bronze da cama com o cinto, prendendo-me, literalmente. Quando se assegurou de que eu não podia me soltar, ele começou a tirar o meu vestido; eu ergui meus quadris para ajudá-lo enquanto ele tirava tudo que havia sobre meu corpo antes de jogar as roupas no chão. Suas mãos pressionavam minhas nádegas enquanto ele se movia por trás de mim, afastando minhas pernas. Eu me ergui sobre meus joelhos, desesperada por receber mais contato. Essa posição me deixou ainda mais exposta, e seu gemido de aprovação me fez estremecer.

Sua mão espalmou-se no alto de minhas costas, pressionando meu peito contra o colchão. Em seguida, ele se deitou sobre mim, e seus lábios deslizaram ao longo de minha coluna. Minha respiração era, na verdade, um fluxo de rajadas ofegantes, e as mãos seguravam firmemente o cinto de couro que apertava meus pulsos. Seus dentes rasparam sobre a pele esticada das minhas nádegas e eu não consegui deter o gemido que forçou sua passagem através de meus lábios. Meu corpo tremia, querendo mais, mas Jeremiah não tinha pressa. Suas mãos acariciavam meus quadris, pressionando minhas nádegas, e ele logo fez seus polegares correrem ao longo do vale abaixo das minhas costas, até chegar à minha entrada ansiosa.

Lancei-me para a frente quando ele separou a carne macia e tenra, minha respiração ofegante e frenética rompendo o silêncio da suíte tranquila. Ele respirou em cima de mim, uma pista do que estava por vir, e logo seus lábios e uma língua quente infalivelmente encontraram a minha fenda latejante. Soltei um grito penetrante que se chocou contra a parede atrás da cama, ao mesmo tempo que Jeremiah fazia sua língua correr ao longo do anel apertado antes de empurrar ainda mais fundo. Uma mão começou a acariciar meus lábios, e todo o meu corpo começou a tremer incontrolavelmente.

Ele ficou lá por um tempo enquanto eu gemia e me debatia.

— Por favor — implorei repetidamente, embora pelo que eu não soubesse.

Talvez para me liberar dessa deliciosa tortura, talvez implorando por mais dela. Provavelmente ambos.

Sua única resposta foi rir e continuar seu ataque de prazer.

Quando ele finalmente inseriu um dedo, eu me pressionei contra ele, desesperada por mais. Ele controlou tudo, mas quando esfregou o dedo lá dentro apenas aumentou meu tesão. Meu fluído escorria pelas minhas coxas, e eu estava quase começando a chorar por causa da intensidade implacável do que sentia.

Jeremiah afastou-se de repente, e então me virou de forma que me vi deitada. Encarei um rosto selvagem enquanto ele afastava meus joelhos, enfiava um braço por baixo de um deles e então fez seu membro longo e duro deslizar para dentro de mim com um golpe seguro. Arqueei meu corpo e fechei os olhos, a respiração entrecortada em minha garganta por causa daquela repentina invasão. O cinto de couro mantinha meus braços contidos enquanto ele dava suas estocadas na cama, não permitindo nenhuma hesitação em sua paixão.

— Olhe para mim.

Abri os olhos e admirei aquele rosto intenso e bonito. Uma de suas mãos insinuou-se pelo meu corpo, enrolando-se em minha garganta enquanto seu rosto se aproximava cada vez mais. Seus quadris mantiveram o ritmo constante, e os instantes repetidos de prazer faziam com que pensar fosse muito difícil.

— Diga meu nome.

— Jeremiah — suspirei, roçando meus peitos contra seu corpo.

Sob a lingerie verde, meus mamilos doíam por seu toque. Levei a perna livre até a cintura dele, girando-a por cima do seu corpo, e travei meus tornozelos por trás de suas costas. Seus olhos se abriram e as estocadas ficaram mais fortes.

— Diga de novo!

— Jeremiah — gritei desesperadamente, a palavra quase um soluço. — Por favor!

A mão em torno de minha garganta apertou mais, não o suficiente para me sufocar, mas o bastante para causar uma afluência de sangue em minha cabeça. Sua outra mão se instalou sobre meu peito, empurrando o sutiã para um lado e amassando o tecido, beliscando o mamilo entre os dedos. Meus quadris se acostumaram com o ritmo, movendo-me com ele, as estocadas de Jeremiah me levando mais e mais, quase lá, mas ainda não o suficiente...

Jeremiah fechou sua mão e me apertou de novo, comprimindo minha respiração por tempo suficiente para que a ansiedade cortasse através da névoa de luxúria. Meus olhos se cravaram nos olhos verdes apaixonados dele, e eu senti aquela mesma necessidade correndo pelas veias. Entreguei-me totalmente a essas sensações, confiando em Jeremiah mesmo que meus pulmões tivessem começado a arder.

Então, ele liberou minha garganta e enfiou mais forte, beliscando meu mamilo de novo. O fluxo repentino de oxigênio e sangue fluindo através de todo meu corpo me dominou, e com um grito e um tremer de ombros, gozei pela segunda vez naquela noite. Eu me debati debaixo daquele corpo, retorcendo o cinto de couro sobre minha cabeça e aproveitando aquela onda de prazer.

Não tenho certeza de quanto tempo demorou para que meu cérebro se conectasse ao presente, mas com o tempo voltei a mim e vi que Jeremiah ainda pairava sobre meu corpo. Seus olhos registravam cada uma de minhas reações, e uma de suas mãos acompanhou o contorno de meu rosto, no primeiro contato realmente delicado de que consigo me lembrar. Um polegar roçou meus lábios e eu abri a boca, puxando-o para dentro com meus dentes.

Foi nesse momento, quando vi que seus olhos responderam com fogo, que percebi que ele ainda estava duro dentro de mim.

Jeremiah inclinou-se e soltou o cinto sobre minha cabeça, desenrolando-o de meus pulsos. Meus dedos estavam dormentes e os pulsos doíam, mas não me importei com isso. Mantendo meu olhar travado no dele, ergui-me e empurrei um dos ombros, virando-o para que se deitasse na cama. Para minha surpresa, ele me permitiu fazer isso, e eu o segui, deitando-me por cima, até que eu ficasse acocorada sobre seu grande corpo. Ele tinha tirado o paletó e as calças em algum momento, mas ainda estava vestido com a camisa branca, e com apenas os dois primeiros botões abertos. Montei por cima dele, sentindo sua dureza pressionando contra minha bunda, enquanto desabotoei um por um os botões faltantes.

Eu nunca o tinha visto nu e, apesar da languidez deixar meu corpo pesado, estava ansiosa por examinar seu corpo como ele havia feito com o meu. Podia sentir seus olhos me observando, mas ele não fez nada para impedir-me enquanto tirava a camisa branca e corria minha mão por seu peito forte. Não havia um grama de gordura extra naquele corpo; as linhas de músculos se destacavam numa exposição permanente, a pele morena, os pequenos mamilos escuros. Entretanto, havia cicatrizes marcando aquela perfeição: uma estrela irregular, branca e pequena em um ombro e linhas menores em todo o peito e barriga. Alisei minha mão sobre elas, uma por uma, e percebi quando ele recuou, mas, de novo, não fez nada para que eu parasse.

Meu. Esse pensamento possessivo me surpreendeu. Deslizei meus dedos seguindo até a linha do abdômen, através dos peitorais, e depois me inclinei sobre ele para estudar o rosto. Ele me observava impassivelmente enquanto eu traçava a curva do rosto com meus dedos, descendo pelo queixo forte com uma pele que, embora muito bem barbeada, ainda mantinha um leve toque de aspereza. Tão lindo. Colocando minhas mãos em forma de concha e envolvendo a mandíbula com elas, eu me ergui usando seus ombros e então desci meus quadris sobre seu membro ereto, enfiando-o conforme eu abaixava e me inclinava sobre seu rosto.

Uma mão enorme prendeu meu ombro, e eu só parei a centímetros dos lábios. O olhar que ele mantinha era difícil de decifrar, um desejo guardado que eu não conseguia entender. Sua mão impediu que eu continuasse a me dobrar sobre ele, mas nada interrompia o movimento de meus quadris, que continuaram sua viagem para baixo, levando-o para bem fundo dentro de mim. Jeremiah engoliu em seco, sua garganta se movendo. Eu ondulei meus quadris, puxando para cima e depois pressionando-o mais fundo, e ele soltou um resfolegar entrecortado. A mão que segurava meu ombro se afastou, e eu continuei para baixo, apertando minha boca contra o pescoço e depois arrastando-a para baixo em direção à cicatriz em forma de estrela em seu peito, enquanto remexia meus quadris novamente.

Eu segui o tecido branco da camisa com meus lábios, desenhando com um dedo o contorno do mamilo pequeno e escuro. Mais de perto, a cicatriz parecia bem maior; a pele em volta não se mostrava tão descolorida, mas ainda assim estava enrugada por causa desse trauma do passado. Olhei para cima e vi Jeremiah me observando com aquele olhar incompreensível; seus lábios estavam completamente abertos, e eu desejei desesperadamente experimentar que gosto eles tinham. Erguendo-me sobre ele mais uma vez, desci meus dedos novamente pelo lado de seu rosto.

— Você é tão bonito — ofeguei, meus olhos vagando sobre ele.

O desejo em seus olhos se aprofundou assim que meus olhos caíram novamente sobre sua boca, e então ele levantou uma de suas mãos para fazê-la enredar-se em meus cabelos, e eu levei minha boca até a dele. Nossos lábios se enfrentaram em uma fome súbita, e a outra mão se prendeu em minha bunda enquanto eu o montava com força, com minhas mãos acariciando seu peito.

Em algum lugar junto a nós, um telefone celular vibrou, tornando-se uma distração persistente.

— Parece que alguém realmente quer falar com você — sussurrei, sorrindo para ele.

— Eles podem ligar mais tarde — rosnou ele, empurrando em seguida seu membro duro para mais fundo dentro de mim.

Soltei um grito afogado, todos os pensamentos da pessoa que estivesse telefonando sendo varridos rapidamente de minha mente. Ele me fez rolar sobre o colchão, seus dentes encontrando meu pescoço, e então me martelou na cama. Segurei-o com força, usando minhas coxas, gemendo, enquanto ele me penetrava de novo e de novo. Minhas unhas se enterraram em seus ombros, e usei seu corpo forte para me alavancar enquanto eu procurava combinar suas investidas com as minhas. Ele puxou meus cabelos, levando minha cabeça para trás a fim de que olhasse seu rosto. A necessidade desesperada brilhava em seus olhos e senti um momento de triunfo quando ele gemeu, me penetrando uma última vez enquanto gozava.

Fechei os olhos e abracei o corpo dele, que tremia de prazer. Seu peso desabado em cima de mim me deixava segura, e eu suspirei de contentamento.

— Eu...

Te amo.

Meus olhos se abriram com aquele pensamento espontâneo. Horrorizada com aquilo que eu estava prestes a dizer, fiquei olhando para o teto enquanto Jeremiah se contorcia em meus braços, finalmente saindo de mim e ficando de pé ao lado da cama. Engoli em seco, subitamente sem fôlego... Será que eu realmente estive a ponto de dizer aquilo?

Silenciosamente, me virei para o outro lado da cama e então fugi para o corredor do banheiro, ignorando a área aberta que ligava este quarto ao principal. Trancando a porta do banheiro atrás de mim, fiquei encarando meu reflexo no espelho, ainda horrorizada com meus próprios processos de pensamento.

Eu tinha conhecido esse homem há... Quanto? Dois dias? Certamente, isso não era tempo suficiente para que alguém fosse capaz de declarar qualquer tipo de sentimento afetivo... No entanto, as três palavras quase saíram pela minha boca assim, instantaneamente, e isso realmente me abalou. Minhas mãos tremiam quando abri a torneira de água quente da pia e peguei um pano para me limpar.

Eu nunca tive um relacionamento sério a ponto de chegar a trocar "essas palavras". Mesmo na adolescência, sempre fui pragmática demais para dizer uma coisa assim me referindo a qualquer pessoa que não fosse da família. O fato de que eu estivesse me sentindo preparada para deixar que as três palavrinhas escorregassem de minha boca me causou mais do que uma angústia.

É bobagem pensar nisso tão cedo, foi o conselho que dei a mim mesma, e então lembrei-me daquilo que meu pai sempre dizia, que ele tinha caído de amores por minha mãe no momento em que a viu. Quase solucei com essa lembrança; papai tinha sido o romântico incurável da família, enquanto mamãe era a cabeça prática do casal. Eu tinha puxado o lado de minha mãe; sempre fora mais inclinada a olhar bem antes de saltar no buraco. Mas toda essa situação era uma novidade completa para mim.

Os sons de batidas na porta me fizeram despertar de meu devaneio. Enfiando minha cabeça pelo vão da porta do banheiro, ouvi de novo e percebi que vinham da entrada da suíte. Contente com aquela distração, peguei um roupão do gancho mais próximo. Deixando que o tecido felpudo se ajustasse ao meu corpo, caminhei até a porta e espiei pelo pequeno olho mágico. Um funcionário uniformizado do hotel estava lá de pé, segurando alguma coisa que eu não consegui distinguir o que era. Curiosa, abri uma fresta.

— Pois não?

O homem fez uma pequena reverência.

— Este é um presente para o Sr. Hamilton e sua acompanhante — disse ele em um inglês perfeito, apresentando uma garrafa e duas taças de champanhe.

Minhas sobrancelhas subiram e, não sabendo mais o que fazer, eu peguei tudo das mãos do rapaz. Ele fez outra pequena reverência e então recuou enquanto eu fechava a porta. Caminhei para dentro da suíte, fiz uma pausa e, em seguida, abri a porta de novo.

— Eu não lhe devo nada...?

Mas o homem já havia desaparecido, e então, dando de ombros, tranquei a porta com a chave, levando depois a garrafa e as duas taças para a mesa da suíte.

Jeremiah estava esparramado em uma poltrona de encosto alto, franzindo a testa para o celular que tinha em mãos. Quando ele me viu, sua expressão se suavizou e, para minha surpresa, um pequeno sorriso se mostrou em seus lábios. Meu coração parou por uma fração de segundo; ele era tão lindo, era difícil de acreditar que aquele homem fosse todo meu...

Pelo menos por enquanto. Franzi a testa diante daquele pensamento tão pessimista. A realidade sempre se intrometia nos momentos mais inconvenientes.

Ele estendeu a mão:

— Venha até aqui.

Quando me aproximei e tomei sua mão, ele me disse:

— Fique de joelhos.

Fiz o que ele pediu sem pensar, abaixando-me até o chão. Sua mão acariciava meu cabelo enquanto eu me acomodava sobre meus joelhos.

Uma parte de mim se perguntava por que eu o obedecia tão facilmente; eu não era uma feminista de carteirinha, mas tinha lá meu orgulho. De alguma forma, porém, o fato de eu permitir que ele assumisse o controle me dava um pouco de paz, algo que eu não sentia havia muitos anos. Eu tinha vivido tão sobrecarregada durante toda minha vida que, de certa forma, essa situação toda se parecia com uma espécie de férias... E ver a aprovação nos olhos dele também fazia tudo isso valer a pena, embora o lado prático em mim se recusasse a mergulhar fundo nos motivos.

— Quem telefonou para você? — perguntei.

— Ninguém importante, senão teria deixado um recado — respondeu, e então fez um gesto apontando para aquilo que eu segurava em minhas mãos. — E o que é isso?

— Um presente, é o que parece.

Ele estendeu a mão e pegou a garrafa e as taças.

— Champanhe excelente — disse ele, examinando a garrafa. — Deve ser de um dos patrocinadores desta noite.

Eu olhei para a garrafa, perguntando como ele sabia que era uma boa safra.

— Eu nunca bebi champanhe antes.

Jeremiah me deu um olhar surpreendido.

— Nunca?

Eu balancei a cabeça.

— Só bebi cidra espumante quando era jovem, e, quando cheguei à idade para beber champanhe, nunca fui convidada para uma festa em que a bebida fosse servida...

— Bem, então... — falou pegando as taças e a garrafa em uma das mãos. Ajudou-me a ficar de pé e depois me guiou, com uma mão nas minhas costas, até a cozinha da suíte. — Pelo menos sua primeira taça será com uma champanhe das melhores safras.

Fiquei assistindo entretida enquanto ele desenrolava a armação de arame que cobria a rolha, e então apontou a garrafa para a parede até a rolha ser expelida. Ele pegou as duas taças e as encheu até faltar um terço, me entregando uma delas em seguida.

— Beba.

O líquido amarelo pálido borbulhava do lado de dentro da taça de cristal e não parecia assim tão diferente do espumante que eu bebia desde jovem até a vida adulta. Curiosa, tomei um pequeno gole e então franzi o nariz diante do amargor, o champanhe fazendo bolhas em minha língua. Um segundo gole não fez muita coisa para que eu passasse a valorizar aquela bebida tão cara.

— Urgh! Não sirvo para essas coisas luxuosas...

Jeremiah deu uma risada, e aquele som me surpreendeu. Ele estava parecendo mais relaxado e aberto, e eu não conseguia entender o que havia acontecido, juro pela memória de meus pais. Aquele olhar que ele me lançou, de diversão quase infantil, fez meu coração dar uma reviravolta. Será que esse homem tinha noção de como ficava lindo quando olhava para uma garota daquele jeito?

— Talvez seja um desses gostos que se adquire aos poucos.

Ele girou o líquido levemente dentro da taça, mas continuou a me observar.

Corei imediatamente sob aquele olhar, mas logo dei um chute imaginário em mim mesma. *Tome a iniciativa, garota*, me repreendi.

— Você já levou um tiro?

Então foi a vez de Jeremiah me olhar com espanto; suas sobrancelhas subiram até quase alcançar a linha do couro cabeludo.

— E você, já? — respondeu ele, e pareceu surpreso quando neguei com a cabeça.

Um ar divertido iluminou seu rosto, e fiquei olhando para ele maravilhada. Seu humor tinha assumido um estado quase brincalhão, não mais aquele homem autoritário e dominador que eu conhecera até então. O desafio em seus olhos, no entanto, agitou a menina rebelde que havia em mim, porque encarei seu olhar levantando minha própria sobrancelha. Sustentando o desafio, inclinei a cabeça para trás e despejei o conteúdo de minha taça sobre meu peito, o líquido salpicando o roupão e escorrendo entre meus seios.

Minha atitude audaciosa teve o efeito desejado. Os olhos de Jeremiah escureceram e ele esticou a mão, puxando-me para perto dele, de volta a seus braços.

— Você é muito provocadora — disse ele, arrancando a taça de minha mão e baixando seus lábios no meu pescoço.

Senti um frio na barriga e me encolhi, mas tentei não pensar muito sobre isso. Os lábios de Jeremiah desceram pelo meu pescoço em direção ao líquido caríssimo que revestia meus seios, mas quando meu ventre se revirou pela segunda vez, deixei escapar um pequeno suspiro, meu corpo se curvando para frente. A diversão desapareceu do rosto de Jeremiah quando ele me puxou de pé.

— O que há de errado?

Sua voz rouca exigia uma resposta, mas eu não tinha nenhuma para dar.

— Não... Me sinto muito bem... — tentei falar e então tropecei em direção à pia da cozinha.

Quase consegui chegar até lá antes de vomitar, descarregando o magro conteúdo de meu estômago na cuba. Minhas pernas estavam se transformando em geleia e eu sentia dificuldade em manter-me de pé, mesmo quando tentava me apoiar contra a bancada de mármore.

Ouvi o som de vidro se quebrando atrás de mim e olhei para ver uma mancha escura em uma das paredes, os restos da taça de champanhe e da garrafa escorrendo pelo chão. Jeremiah pegou o telefone mais próximo enquanto eu vomitava novamente.

— Eu preciso de um médico nesta suíte imediatamente! — Gritou ele, mas então minhas pernas cederam e ele largou o telefone sobre o balcão para me segurar enquanto eu caía. — Lucy, fique comigo!

Minhas entranhas se revolveram, apertando e torcendo, e eu gritei. Uma mão alisou meu cabelo para trás, de repente úmido e que se colara ao meu rosto enquanto eu estremecia, gemendo, não mais em controle de meu próprio corpo. Senti quando era acomodada suavemente no chão e a silhueta borrada de Jeremiah entrava em meu campo de visão.

— Preciso de um médico agora!

Um som de urgência preencheu meus ouvidos. A voz de Jeremiah estava entorpecida, como se viesse até mim através da água, mas ainda assim dava para ouvir as notas frenéticas em suas palavras. Então meu corpo se enrijeceu, os músculos se contraíram quase que dolorosamente, e o mundo ficou escuro.

13

Eu tinha oito anos de idade quanto peguei gripe pela primeira vez. Foi uma gripe feia, tanto que tive que ser levada às pressas para o hospital. Embora não tenha recordações muito claras de todo o episódio, consigo lembrar vividamente as dores que aquela doença me causou e a luta de meu corpo para se libertar de todos os vestígios da enfermidade.

Acordar naquele quarto de hospital parecia uma volta aos oito anos, era como despertar de um sono doloroso. Com os olhos ainda fechados, virei a cabeça para um lado, e esse simples movimento me deixou com tonturas e náuseas. Quando gemi, percebi uma comoção perto de mim, e então uma voz de homem estranhamente familiar falou:

— Chamem o médico!

Mas... Por qual motivo aquela voz me era familiar? *Quem...* Só o ato de pensar já fazia minha cabeça doer e então desisti de fazer isso, ao menos por algum tempo, tentando me manter quieta o máximo possível. Depois de alguns minutos — acho que foram minutos — a náusea desapareceu e consegui abrir um dos olhos lentamente, e depois o outro.

Eu estava em um quarto muito bem iluminado, as luzes fluorescentes acima de mim entrando como facas em meu crânio. Imaginando que, ao menos por enquanto, a melhor coisa a fazer seria manter meus olhos fechados, ouvi quando várias pessoas se moveram pelo quarto.

— Srta. Delacourt, meu nome é Dr. Montague. Preciso que a senhorita abra os olhos, por favor.

— Dói... — murmurei, minha língua se grudando no céu da boca, que estava seca.

Tentei abrir os olhos novamente e dessa vez me senti um pouco melhor. O quarto e seus ocupantes estavam todos esfumaçados. A figura alta ao lado de minha cama inclinou-se para bem perto de mim e acendeu uma luz em meus olhos. Estremeci por um instante, mas a dor de antes já estava desaparecendo e ele fez apenas alguns movimentos com sua minúscula lanterna antes de apagá-la.

— Como está se sentindo? — O médico falava um inglês muito bom, mas dava para ouvir um leve sotaque francês sob suas palavras.

— Parece que fui atropelada por um ônibus — respondi suavemente. — Ainda estou em Paris?

— *Oui*, você foi trazida até aqui logo após seu pequeno incidente.

— E Jeremiah, onde ele está? — Eu me esforcei para me levantar da cama, ignorando a explosão que surgiu dentro de minha cabeça e a mão restritiva do médico, me empurrando para trás. — Ele está bem?

— Ele está em contato com as autoridades francesas para investigar o que aconteceu — afirmou uma voz diferente. — Discretamente.

Demorei um momento para reconhecer o vulto familiar ao lado da cama. Eu mal conseguia vislumbrar a cabeça calva de Ethan através de minha visão embaçada.

— Mas, então, ele não...

— Não, ele não foi envenenado — respondeu o segurança, adivinhando corretamente a minha pergunta não formulada, ao que deixei escapar o suspiro de alívio que vinha guardando. — Ele está acionando vários canais para tentar encontrar o culpado. Já mandei avisar que você acordou, então acredito que ele estará aqui a qualquer momento.

Ouvir a informação de que Jeremiah estava bem e a caminho aliviou um fardo pesado que me esmagava o peito. O médico me entregou um copo d'água. Dei uma olhada no relógio de parede e depois virei os olhos para a janela escura:

— Quanto tempo estive desacordada?

— Três dias — respondeu Ethan. Eu tossi por causa da água que tinha acabado de ingerir. O homenzarrão mudou de posição. — Nós não sabíamos como tudo ia terminar. Por sorte, Jeremiah teve algum treinamento de primeiros socorros no exército.

— Eu estive a ponto de morrer? — Minhas palavras não foram mais do que um débil sussurro e eu senti dificuldades em aceitar essa ideia.

— Você ficou muito doente, Srta. Delacourt. — O médico pegou meu copo e o depositou na mesa de canto, sentando-se a meu lado na cama; finalmente, eu conseguia vê-lo com clareza. — Se não fosse a desenvoltura e a iniciativa do Sr. Hamilton, é possível que nós não estivéssemos tendo esta conversa.

Fiquei olhando para minhas mãos por um longo momento, as emoções todas misturadas na minha cabeça.

— Estou cansada — murmurei, deslizando de volta para baixo das cobertas.

— Antes de voltar a dormir — disse Ethan, dando um passo em minha direção — eu realmente preciso fazer algumas poucas perguntas sobre o homem que lhe entregou a garrafa.

Tudo em mim ficou gelado.

— Você acha que ele foi o sujeito que...

— É isso que estamos tentando descobrir.

A voz profunda e familiar fez meu coração pular. Jeremiah olhou para mim a partir da porta do quarto, com uma expressão indecifrável em seu rosto. Ele deu dois passos para dentro e parou ao pé da cama.

Pensei ter vislumbrado um toque de alívio em seus olhos antes que ele se dirigisse ao médico.

— E como ela está?

— Ela acordou, o que já é um bom sinal. Eu gostaria de mantê-la aqui um pouco mais, para observação.

Jeremiah assentiu para o médico, que retribuiu o gesto e silenciosamente saiu do quarto. O medo tomou conta de mim como se fosse um opressivo cobertor, e eu procurei pela mão de Jeremiah às cegas, quando então ele assumiu o lugar vago a meu lado, sem se importar se alguém estivesse assistindo a essa cena. Alguém tentara me matar. O simples pensamento fez meu coração acelerar seus batimentos.

— Do que você se lembra sobre o homem que entregou a garrafa de champanhe? — perguntou Ethan ao mesmo tempo que eu agarrava a mão de Jeremiah.

— Bem, ele era um homem comum... — respondi, mas logo franzi a testa diante da frase que acabara de dizer. Informação totalmente inútil. — Ele era branco, estava vestido como um empregado do hotel, e tinha olhos castanhos e cabelos castanhos curtos, acho...

— A cor dos olhos e dos cabelos pode ser alterada — interrompeu Jeremiah. — E sobre as características faciais? Ele tinha sinais ou cicatrizes?

O simples ato de pensar fazia minha cabeça doer, como antes, mas fechei os olhos mesmo assim, tentando recordar o breve vislumbre que eu havia tido do rosto do entregador. Alguns momentos depois, uma imagem surgiu em minha mente.

— Ele tinha olhos profundos, lábios finos, e era apenas alguns centímetros mais alto do que eu. Acho que... Acho que ele tinha uma pinta do lado esquerdo da testa e uma cicatriz no queixo, mas não sei se isso poderia ser feito com maquiagem...

Jeremiah e Ethan me olharam ao mesmo tempo e meu coração afundou em meu peito. Eu provavelmente tinha feito a descrição de metade dos habitantes do país.

— E o sotaque dele, como era? — perguntou Ethan, enquanto registrava suas anotações em um pequeno *tablet*.

— Ele falava um inglês muito bom. Achei até que parecia ser americano. — Frustrada, bati minha mão espalmada sobre o colchão. — Não sei... Ele parecia ser um empregado de hotel comum, e eu não olhei para ele assim com tanta atenção... — Então um pensamento me ocorreu. — Mas e as câmeras de segurança? Deve ter alguma coisa nelas, não acham?

Os dois homens assentiram com a cabeça ao mesmo tempo.

— Sim, nós já checamos — disse Jeremiah. — Quem quer que fosse esse sujeito, ele sabia exatamente onde estavam os pontos cegos das câmeras. Seu rosto nunca foi filmado.

Deixei-me cair na cama pesadamente.

— Existe alguma coisa que eu possa fazer para ajudar?

O telefone celular de Jeremiah começou a tocar, e ele o puxou do bolso do paletó para verificar quem era.

— Preciso atender essa chamada — disse ele, retirando a mão que segurava a minha. — Ethan, veja se consegue arrumar um desenhista que possa fazer um retrato falado daquilo que ela se lembrar. Volto em breve.

As lágrimas brotaram em meus olhos enquanto eu observava Jeremiah sair de meu quarto. *Sua tonta*, eu me repreendi, piscando com força, *ele ainda tem que trabalhar.* Mas era doloroso vê-lo partir; havia segurança em sua presença, e que eu não encarava como a de um simples guarda-costas.

— Não sei se você sabe, mas essa coisa toda o abalou para valer.

Virei para Ethan, enxugando meus olhos. O homem calvo não estava de fato me olhando, ocupado demais ao teclar em seu telefone, mas eu ainda podia sentir sua atenção voltada para mim.

— O que você quer dizer com isso? — perguntei.

Ele não respondeu durante alguns instantes, a atenção ainda voltada ao telefone, e então ele o fechou, prendeu-o ao seu cinto e olhou para mim.

— Há quanto tempo mesmo vocês dois se conhecem?

Aquela pergunta me parecia mais o começo de um interrogatório, e eu franzi a testa.

— Há poucos dias, por quê?

Ethan resmungou:

— Ele tem feito um esforço excepcional para descobrir quem foi que fez isso. E eu não o via motivado desse jeito há muito tempo... Nem mesmo quando estávamos no exército, ou quando houve ameaças contra a sua vida agora, como executivo das Indústrias Hamilton, ele esteve tão motivado assim para encontrar respostas.

Meu queixo caiu.

— Sério?

Ethan encolheu um ombro, como se nada fosse.

— Quando estávamos no exército, participamos de algumas missões perigosas, mas, como ele dizia, essas coisas faziam parte do ofício, eram rotina. Mesmo agora, tendo em vista esse negócio cruel em que ele está envolvido, ele tem recebido uma série de ameaças de todos os lados. Na verdade, logo depois que ele concordou em dar verbas para minha empresa de segurança, alguém já tentou atirar nele ali, bem na frente de seu edifício — Ethan bufou. — Quando cheguei perto, Jeremiah já havia quebrado o pulso do homem e arrancado a arma da mão dele.

— Mas e o que aconteceu depois? — perguntei assim que Ethan fez uma pausa, olhando para seu telefone outra vez.

— Nada. Ele me disse para descobrir quem estava por trás daquilo e informá-lo logo que soubesse, depois pegou um avião para Dubai. Não me pareceu nem um pouco preocupado. — Ethan olhou para mim. — Não sei, talvez seja porque você se machucou em nome dele, o fato é que ele tende a ser muito cuidadoso com as pessoas com quem se importa ou que trabalham para ele. De qualquer maneira, Celeste assumiu o controle dos negócios enquanto ele se concentra nessa caçada humana e tenta manter a imprensa longe do assunto.

— Então, essa pessoa que telefonou agora mesmo...

— Pode ser um dos contatos dele. E como ele não quis que a gente ouvisse a conversa, era provavelmente um daqueles que eu não aprovo. De todo modo, dessa vez ele foi longe demais.

Jeremiah então voltou para o quarto, guardando seu celular no bolso do paletó. Foi nesse momento, antes de a porta se fechar novamente, que consegui ter meu primeiro vislumbre do corredor e pude ver dois homens vestidos de preto, em pé de cada lado da porta. Quer dizer, estava com seguranças postados do lado de fora de meu quarto. *Qual será o tamanho do problema que estamos enfrentando?*

— Pedi que os rapazes fossem atrás de um retratista agora mesmo — informou Ethan. — Espero conseguir alguém para vir até aqui dentro das próximas horas.

— Bom... — Jeremiah encaminhou-se para perto de minha cama e então franziu a testa. — Você deveria estar descansando.

— Quem era no telefone? — perguntei sem rodeios. Quando seus olhos se estreitaram, claramente aborrecido com minha pergunta de supetão, eu insisti. — Se isso tiver a ver comigo, então tenho o direito de saber. Quem foi que tentou nos matar?

Jeremiah olhou para Ethan, mas o especialista em segurança mais uma vez manteve os olhos fixos em seu telefone, ignorando a conversa deliberadamente.

— Eu não tenho certeza ainda — Jeremiah disse. — Passei a eles a descrição que você forneceu e eles estão esperançosos. Agora, é melhor você descansar.

Meu corpo exigiu que eu seguisse aquela ordem, afinal vinha lutando para ficar acordada de qualquer jeito, mas mesmo assim ainda insisti:

— Você não vai embora? — perguntei, enfiando-me mais profundamente debaixo dos lençóis.

Os olhos dele se suavizaram um pouco.

— Estarei por perto — prometeu Jeremiah, e, ao ouvir essas palavras, eu finalmente fechei os olhos, permitindo que a exaustão tomasse conta de mim.

Fiquei no hospital em observação por mais três dias. O médico me pareceu otimista sobre meu estado de saúde, mas eu me sentia mais fraca do que um bebê. O fato de precisar de ajuda para realizar as coisas mais simples, como caminhar, me deixou frustrada demais e eu estava determinada a fazer isso tudo por conta própria. Depois que escorreguei e quase caí tentando chegar até o banheiro, entretanto, Jeremiah ordenou que eu tivesse alguém constantemente à minha disposição, quer fossem enfermeiras ou seguranças.

A maior parte do tempo eu passava dormindo, mas logo se tornou entediante demais ficar deitada naquela cama de hospital. Quando mencionei isso ao Ethan, o enorme guarda-costas que se tornou um acessório sempre presente em meu quarto, um *tablet* novinho — ainda na caixa — logo apareceu ao lado de minha cama. Aquele aparelho me deu alguma coisa para fazer durante meu tempo livre, e passei esses momentos realizando pesquisas sobre meu novo patrão.

Eu tinha brincado antes, quando disse que conhecia a versão Wikipédia da vida dele, e, como pude descobrir então, essa era a mesma versão que o restante do mundo conhecia. Havia alguns artigos que mencionavam o tempo que passara no exército como um *ranger*, outros que falavam sobre suas obras de caridade, e reportagens que entravam em detalhes sobre seus empreendimentos comerciais, mas eu já sabia de tudo isso. A mídia usava palavras como "misterioso" ou "enigmático" para descrevê-lo, e essas palavras pareciam ser as mais apropriadas, dada a falta de informação em maior profundidade através de praticamente todos os canais. Os artigos que tratavam das mudanças corporativas após a morte do pai eram igualmente superficiais, principalmente sobre as previsões dos analistas, que faziam conjecturas a respeito dos rumos da empresa sob a nova direção, questionando se um homem com uma educação empresarial mínima poderia realmente substituir o magnata Rufus Hamilton, e assim por diante.

Por volta do terceiro dia de minha estada no hospital, já estava conseguindo caminhar sozinha de novo, e bem a tempo de receber alta. Minha saída se pareceu mais com um filme de espionagem: fui conduzida rapidamente para a garagem do subsolo pelos seguranças e cuidadosamente embarcada em uma limusine que já estava lá à espera, e que eu assumi que nos levaria diretamente ao aeroporto. Jeremiah supervisionava tudo, sem nunca sair de meu lado, e até mesmo mantendo um aperto possessivo de sua mão sobre meu ombro, enquanto o carro se dirigia para fora da garagem.

Eu cochilei durante a maior parte do trajeto, usando o ombro de Jeremiah como travesseiro. Acordei uma vez, em algum momento indeterminado depois que saímos, apenas para ver que já não estávamos mais na cidade, mas realmente não pensei muito sobre isso, voltando a dormir profundamente até que o carro enfim estacionou. Jeremiah passou o braço por baixo de mim e eu ergui a cabeça, avaliando com olhos turvos o cenário do lado de fora da janela do carro. Era algum lugar onde gramados nos cercavam, o mato alto era balançado pelo vento. *Isso aqui definitivamente não é o aeroporto*, pensei, enquanto esfregava os olhos para espantar o sono.

— Onde estamos?

Jeremiah não respondeu à minha pergunta, simplesmente inclinou-se em direção à porta que estava sendo aberta do lado de fora.

— Venha ver — disse ele, pegando no meu braço para me ajudar a sair do carro.

Ali perto havia um edifício que me parecia vagamente familiar, e por baixo do ruído do vento pensei ter ouvido o quebrar rítmico das ondas do mar. Havia outros carros estacionados nas proximidades e uns poucos turistas caminhavam no ar frio, mas as colunas verdejantes pareciam estéreis de muitas outras coisas. O sono ainda embaralhava meu cérebro, de forma que eu precisava me esforçar para identificar onde eu estava, toda aquela região me parecendo estranhamente familiar de alguma maneira.

Vários homens em ternos escuros estavam espalhados ao redor da área, e um homem negro veio correndo em nossa direção.

— O local está seguro, senhor — disse ele, e Jeremiah assentiu com a cabeça.

Eu olhei com curiosidade para as colinas em volta, vendo algumas pedras memoriais um pouco salientes naquele solo de terra e areia, mas nada realmente significativo que pudesse despertar minha lembrança. Nada até que vi as bandeiras hasteadas, uma americana e outra francesa, ambas acenando por cima da entrada do edifício. Por fim, percebi onde estávamos.

— Você me trouxe para Utah Beach — sussurrei, atordoada com a surpresa.

Aquele local histórico, que fora uma das numerosas praias utilizadas para a invasão da Normandia durante a Segunda Guerra Mundial, era algo que eu só tinha visto nas fotos ou nos documentários de TV ao lado de meu pai. O cheiro inconfundível da água, o oceano, a dificuldade de se enxergar através da pesada neblina de inverno, diretamente atrás do edifício. Sem palavras, olhei para Jeremiah, meus olhos se enchendo de lágrimas não derramadas. Eu havia mencionado aquele local apenas uma vez, e tinha certeza de que ele não se lembraria de nossa conversa... Mas aquilo era uma prova de que ele realmente estivera me ouvindo.

Jeremiah tirou o casaco e colocou-o em torno de meus ombros quando eu tremi.

— Você mencionou um dia que este era um lugar que você gostaria de visitar. — Ele parecia estar nervoso e desconfortável com alguma coisa, então me perguntei se não seria por causa de minhas lágrimas. — Eles mantêm um museu aqui, com artefatos originais da invasão. Podemos também nos aproximar do mar, se estiver disposta a fazer isso.

Sua voz era rouca e seu comportamento parecia meio rude, mas já estava me acostumando com ele e não me importei muito com isso. A felicidade me impregnava ao vislumbrar aquele lugar que sempre sonhei em visitar. O vento que vinha do mar era muito frio, resfriando ainda mais aquele ar já gelado; o céu estava nublado e parecia que ia cuspir neve a qualquer momento. A pequena foto que meu pai mantivera sobre a lareira não fazia justiça ao lugar. Era uma área enorme e ampla, talvez ampla demais para o meu estado físico atual, mas... ah... eu queria muito ver tudo aquilo!

A emoção foi tanta que me sufocou de repente, e eu escorreguei minha mão em torno dos dedos de Jeremiah. Ele ficou rígido e eu o vi engolir em seco, mas logo seus dedos relaxaram nos meus.

— Você me ajuda a entrar? — perguntei, enterrando-me profundamente dentro de seu casaco.

Seu olhar suavizou-se um pouco quando se virou para mim, então levou minha mão aos seus lábios.

— Eu ficarei honrado — respondeu.

Olhando para um lugar que só tinha admirado por fotos na internet, me vi inexplicavelmente chorando.

14

Nós não ficamos em Utah Beach nem perto do quanto eu gostaria. Jeremiah não saiu um minuto sequer de meu lado, enquanto eu o puxava de um objeto em exposição a outro. Mas senti-me enfraquecer depois de menos de uma hora e então pedi para descermos até a praia antes que eu ficasse totalmente exausta. Ele concordou em fazer minha vontade, mas suspendeu a visita tão logo percebeu que eu tinha tropeçado duas vezes e estava tremendo incontrolavelmente por causa do vento frio, apesar de estar vestindo várias camadas de roupas.

Jeremiah prometeu que voltaríamos ali quando eu estivesse completamente recuperada, ou quando não estivesse tão frio, e eu acreditei na promessa.

Dormi praticamente durante toda a viagem de avião de volta a Nova York, acordando apenas quando pousamos no aeroporto. Fiel à sua palavra, Jeremiah nunca saiu de perto de mim durante a caminhada rápida pela área de segurança até a limusine que estava nos esperando e, assim que embarcamos, saiu em disparada para lugares desconhecidos, pelo menos para mim. Descansei minha cabeça no ombro de Jeremiah enquanto sua mão se movia em torno de minha coxa, agarrando-se a ela. Não havia nada abertamente sexual nesse gesto, mas eu podia sentir a posse em seu aperto e não me importei nem um pouco com aquilo.

Quando vi as belas e enormes casas ao longe, pelas janelas do carro, levantei a cabeça para olhar mais atentamente a paisagem que passava. Um pouco da luz do sol atravessava as nuvens daquele dia nublado e refletia na água das proximidades, então cruzamos uma marina com veleiros de grande porte e muitos iates.

— Para onde estamos indo? — perguntei finalmente.

— O apartamento em Manhattan é conhecido demais para nos manter seguros. A casa de minha família em Hamptons vai permitir muito mais privacidade, até que possamos chegar ao fundo dessa confusão.

Jeremiah rosnou a parte final de sua reposta e eu engoli em seco, lembrando-me do que estava em jogo. Levando minha atenção de volta para as casas que estavam passando... Casas não, mansões e enormes propriedades para descrever melhor... Tentei não pensar muito em como minha vida tinha se tornado tão estranha.

Eram muito poucas as casas palacianas pelas quais passamos que mantinham alguma semelhança com suas vizinhas além de seu tamanho, em termos de arquitetura, de extensão da propriedade ou de sua grandeza. Eu nunca tinha estado naquela parte de Long Island, ou em qualquer parte mais rica e nobre de Nova York, mas tinha ouvido descrições de amigos e visto imagens das mansões na TV e na internet. Muitas casas ao longo da costa possuíam cais e atracadouros particulares que levavam para a água, sendo que para chegar até lá você tinha que atravessar enormes áreas de lazer que mais pareciam parques, com gramados verdes muito bem cuidados pontilhados com mesas e cadeiras. Apesar da óbvia riqueza dessa região, muitas das propriedades mais antigas à beira da água mostravam um aspecto caseiro e bem ornado, leve e feliz... Bem diferente da cidade grande que ficava a apenas umas duas horas de carro dali.

A propriedade para onde nossa limusine se dirigiu, no entanto, não era menos grandiosa, apesar de ser mais ameaçadora do que as de seus vizinhos. O pequeno exército de guardas no portão, o qual nos fez baixar os vidros das janelas do carro, não me fez sentir melhor. Mas Jeremiah parecia contente com a segurança.

— É sempre desse jeito? — perguntei quando os grandes portões se abriram.

— Fiz com que o Ethan trouxesse pessoal de sua empresa de segurança para ajudar. A maioria deles é composta por ex-soldados, por isso eles sabem o que devem vigiar.

— Oh... — disse eu vagamente, sem saber muito bem o que deveria responder. Quer dizer então que ele tinha um exército particular. — Isso é... Hum... Ótimo.

A entrada de automóveis, apesar de não muito longa, era ladeada por sebes e árvores que ocultavam a propriedade. Ao fazer uma curva para a direita, eu contive um resfolegar com a visão. Minha família era de classe média, e nossa casa sempre foi muito agradável, embora não fosse grande. Então, o fato de que nossa antiga casa correspondia a menos de um quarto do tamanho da construção diante de mim me fez perder o fôlego. Eu podia sentir o olhar de Jeremiah pousado em mim e senti que deveria dizer alguma coisa, mas naquele momento as palavras me faltaram e não consegui pensar em nada. A casa me fazia lembrar um castelo inglês, toda feita de pesadas pedras cobertas de hera. A visão dos vizinhos estava bloqueada pelas árvores e por arbustos espessos, mas os jardins se estendiam para além da casa em direção à água. Na parte de trás e ao lado, era possível ver algumas estruturas menores que deduzi serem o alojamento do pequeno exército que nos rodeava. O solo inclinava-se acentuadamente em direção à água, e uma casa de barcos se projetava horizontalmente da pequena colina sobre o mar.

Um carro vermelho, e caro, já estava estacionado perto da entrada principal, e ouvi Jeremiah soltar um suspiro irritado ao meu lado. A limusine estacionou atrás do carro vermelho, e enquanto nosso motorista dava a volta para vir abrir a porta para nós, notei uma mulher magra e loira sair do outro veículo.

— Quem é ela? — perguntei.

— Família.

A palavra resmungada continha uma riqueza de significados, mas Jeremiah já estava saindo do carro antes que eu pensasse em pedir mais detalhes. Ele me ajudou a sair enquanto a mulher loira caminhava em nossa direção. Ela aparentava ser mais velha do que eu pensava, embora fosse difícil dizer sua idade exata. Seus lábios eram muito carnudos e a pele de seu rosto parecia artificialmente repuxada e esticada. Apenas a pele meio flácida do pescoço e as clavículas proeminentes, cortesia de um corpo supermagro, é que denunciavam sua maturidade.

— Querido, é tão bom ver você. — A mulher abriu os braços e abraçou um Jeremiah rígido, que não retribuiu o gesto. — Os homens lá na frente disseram que você estava chegando, então decidi esperar. Você acreditaria se eu lhe dissesse que eles não deixaram os Dashwood entrar? Eles estavam tão ansiosos para dar um passeio pela propriedade...

— Os Dashwood não estão na lista de convidados aprovados. — A voz de Jeremiah soava educada, mas demonstrava tensão, como se ele estivesse controlando seu temperamento. — O que você está fazendo aqui?

Aquela recepção fria não pareceu perturbar a mulher nem um pouco.

— Eu já lhe disse, querido, eu estava apenas pretendendo levar os Dashwood para um passeio pela propriedade. Eles estavam tão ansiosos por isso e eu acho que você acabou por ferir seus sentimentos, fazendo com que fossem mandados embora. Será que agora podemos chamá-los de volta?

Minha presença ainda não havia sido notada, o que foi um alívio. A mulher estava vestida com esmero em uma blusa e uma saia sob medida que combinavam perfeitamente com seus sapatos e a bolsa pequena. Eu, por outro lado, usava roupas amassadas e bastante desgastadas pela longa viagem, e tinha perdido peso suficiente durante minha estada no hospital para que elas não caíssem bem em meu corpo. Eu não tinha cuidado de meu aspecto até então, por isso tentei me manter o mais invisível possível. Com o tempo, tinha dominado muito bem essa minha habilidade; a mudança de minha família do Canadá para o norte de Nova York durante meu primeiro ano no colégio secundário tinha sido bastante difícil, fazendo-me lutar durante um bom tempo para perder um sotaque que eu nunca soube que possuía. Seja como for, sempre fui mais do tipo solitário, e essa capacidade de me camuflar em grandes grupos era algo fácil de usar, pois eu jamais fui o centro das atenções.

Jeremiah suspirou diante da declaração da outra mulher.

— Esta não é mais sua casa.

Aquela declaração soava antiga, e a mulher deu de ombros.

— Bobagem, querido, eu ainda estou autorizada a visitar esta velha casa de tempos em tempos. — Seu olhar se voltou para mim, prestando atenção em minha aparência abatida e desgastada, então seus olhos gelaram. — Francamente, Jeremiah, você precisa mesmo trazer suas biscates a tiracolo quando vem para a casa da família? E se a imprensa estivesse aí fora e a visse?

Minha boca se abriu ao ouvir aquelas palavras e minhas mãos se fecharam em punhos, a indignação se espalhando pelo meu corpo. *Essa cadela!* Eu estava tão furiosa que não consegui pensar em nenhuma resposta para ela que não fosse um palavrão ou que não levasse a algum tipo de agressão física.

Mesmo Jeremiah se mostrou irritado com a implicação daquelas palavras, avançando e se colocando no meio de nós duas, como se para nos proteger uma da outra, enquanto eu soltava fumaça, o corpo tenso.

— Já chega, mãe — disparou ele.

Suas palavras meio que enviaram um choque elétrico para dentro de meu corpo, e eu fiquei olhando para aquelas duas pessoas, incrédula. *Quer dizer que aquela megera é a mãe dele?*

A mulher fungou de irritação, revirando os olhos diante da reprimenda.

— Bem, então... — perguntou ela, depois de uma breve pausa, mas ainda contrariada. — Você não vai nos apresentar?

Jeremiah parecia alguém que tinha acabado de morder um limão, mas suas boas maneiras prevaleceram, mesmo que não estivesse gostando nada da situação.

— Esta é a Srta. Lucille Delacourt, minha nova assistente. Lucy, esta é minha mãe, Georgia Hamilton.

— De volta a essa farsa, mais uma vez? — A condescendência no tom de voz da mãe era palpável.

Jeremiah não parecia estar disposto a insistir no assunto, mas de repente eu me senti sem medo de dizer àquela mulher um pouco do que eu pensava sobre ela. Abri a boca para me defender dela enquanto aquela senhora revirava os olhos de enfado, e então a inspiração me veio e eu colei um sorriso em meu rosto.

— Olá — disse suavemente em francês, colocando um falso charme na minha expressão. — Sabia que seus lábios e seus peitos parecem feitos pelo mesmo médico, só que ele se confundiu e inverteu as posições...

Georgia piscou, obviamente surpresa.

— Ah, você é da França?

Meu sorriso aumentou quando percebi que ela não tinha a menor ideia daquilo que eu estava dizendo.

— Posso entender agora por que seus filhos têm tantos problemas — despejei, apontando para seu conjunto que se combinava imaculadamente. — É um milagre que você ainda tenha permissão para entrar, se é com isso que ele tem que lidar a cada visita.

— Lucy ajudará com os segmentos franceses dos negócios — interrompeu Jeremiah suavemente, quando os olhos de sua mãe se estreitaram em suspeita. Ele me deu um olhar enviesado, mas não pude deixar de manter o sorriso de satisfação em meu rosto. — Venho contratando tradutores há muito tempo e preciso de alguém em casa que fale fluentemente.

Mantive o sorriso em meu rosto, mas olhei de relance para Jeremiah. *Será que ele estava falando sério*? Foi o que me perguntei, mas então descartei o pensamento. Aquilo provavelmente era outra manobra para desviar a atenção de sua mãe. Mas seria o tipo de trabalho que eu adoraria fazer, no entanto. Talvez nós realmente pudéssemos misturar negócios com prazer.

— Ah, bem. — Georgia alisou suas roupas já impecáveis com suas mãos finas. — Eu ainda acho que sua melhor assistente era aquela menina russa, a Anya. Ela no começo era um pouco ingênua, mas depois começou a pôr as coisas em ordem com uma ajudinha aqui de sua mamãe. Uma vergonha quando você a deixou ir embora...

Ingênua? Bufei. Essa não seria a palavra que eu usaria para definir a Srta. Petrovski. Jeremiah, porém, parecia desaprovar o novo rumo que aquela conversa estava tomando; uma linha se formou entre suas sobrancelhas quando ele franziu a testa para a mãe. Georgia apenas deu de ombros, aparentemente alheia ao descontentamento de seu filho com a mudança de assunto.

— É um prazer conhecê-la, minha cara — disse ela, mas seu rosto não parecia nem um pouco satisfeito. — Vamos combinar de almoçar algum dia?

Nem morta, madame. Cerrei os dentes, mantendo de alguma forma o sorriso no lugar quando Jeremiah passou o braço no meu.

— Você vai nos dar licença, mas preciso mostrar a Lucy o quarto dela.

— Você não vai telefonar primeiro aos Dashwood para se desculpar? Eles ficaram bastante confusos e desapontados e...

— Tenha um bom dia, mãe.

Jeremiah conduziu-me para a porta de entrada da casa, não mais interessado do que eu em ficar com a mulher. Houve um som frustrado atrás de nós, então eu ouvi a porta do carro bater assim que cruzamos as enormes portas de madeira que levavam para dentro da mansão.

Quando entrei naquela casa, não tinha bem certeza do que iria ver. As paredes eram revestidas com painéis de madeira, e os móveis esparsos eram também escuros, mas o teto alto e as paredes pintadas de uma cor pálida evitavam que a atmosfera das salas ficasse severa demais. Uma grande escada se torcia em ambos os lados da entrada, e a luz penetrava na casa pela abertura existente embaixo do mezanino, espalhando-se pelo resto da casa. Passando a escada e atravessando o saguão, havia uma enorme cozinha com armários de madeira escura e uma grande ilha no centro. A sala de estar era dominada por uma televisão gigantesca, mais alta até do que Jeremiah, e que cobria praticamente toda a parede. Já a do fundo era quase totalmente revestida de janelas e portas de vidro, que levavam para um grande pátio com vista para o oceano.

Essa visão me deixou sem fôlego, mas a meu lado Jeremiah rosnou aborrecido:

— Por que esse vidro está claro? — perguntou ele, segurando meu braço para me impedir de entrar na sala.

— Perdão, senhor — respondeu um dos homens atrás de nós. — Foi sua mãe quem pediu que ficasse assim e...

— Esta não é mais a casa de minha mãe. Arrume isso.

Um segundo mais tarde, a vista para o oceano desapareceu e o vidro esfumaçou de repente. Assustada com aquela mudança repentina, enrijeci o corpo, mas Jeremiah pigarreou e me levou para o quarto.

— Vidro inteligente — explicou, respondendo à minha pergunta silenciosa. — Ele usa correntes elétricas para deixar as janelas opacas. Instalei em toda casa, para privacidade.

Eu nunca tinha visto nada parecido com aquilo antes. Ao mesmo tempo que eu perdia a vista, a luz ainda se espalhava por todos os cantos e iluminava a sala. Do outro lado da sala de TV, havia uma sala de jantar com uma gigantesca mesa e cadeiras, ao lado da qual ficava uma lareira com um largo parapeito. A parede alta por cima dela parecia vazia demais e eu me perguntei o que estivera pendurado ali.

— Mais alguma coisa, senhor? — perguntou Ethan, e, quando Jeremiah balançou a cabeça negando, o segurança desapareceu de volta para a porta da frente, deixando nós dois sozinhos.

— É muito lindo este lugar — suspirei, olhando para Jeremiah. — Foi aqui que você cresceu?

— Sim, foi um dos lugares. — Jeremiah entrou na cozinha enquanto eu olhava em volta, admirada pelo enorme espaço aberto. — Acha que eu gostaria de saber o que você disse para a minha mãe? — completou ele, depois de um momento.

Sorri com essa pergunta.

— Não foi nada, fiz apenas algumas observações agudas, nada mais do que isso — respondi, oferecendo a ele um olhar divertido. Mas quando percebi que ele não me devolveu o sorriso, simplesmente assentindo com a cabeça em resposta, um pouco do meu prazer diminuiu. — Juro a você, não disse nada que fosse grosseiro — acrescentei mais sobriamente, sem querer ofendê-lo. Ela era a mãe de Jeremiah, afinal de contas.

— Ela pode ser difícil às vezes, mas não foi sempre assim. — Jeremiah desviou o olhar para longe, momentaneamente perdido em seus pensamentos. — Manter a casa para meu pai, ser obrigada a conviver sob sua ditadura tirânica... Eu acho que foi por isso que ela se identificou tanto com Anya; acho que aquela garota russa a lembrava de como ela era. — De repente, ele mudou de assunto: — Você está com fome?

Um pouco surpresa com aquela mudança súbita, refleti por um instante e neguei com a cabeça, perguntando:

— Você sabe cozinhar? Com um lugar como este, achei que você teria seu próprio chef de cozinha.

— Meus pais costumavam ter um chef quando eu era pequeno, mas descobri que era um desperdício. — Jeremiah abriu o refrigerador para examinar o que havia lá dentro, depois a despensa, fazendo um ruído de aprovação, e então olhou de volta para mim. — Como está se sentindo?

Bocejei e me espreguicei.

— Cansada.

Eu tinha dormido no avião, mas aparentemente não havia sido o suficiente. Observando Jeremiah e pensando na cama, entretanto, senti um arrepio que percorreu todo meu corpo e era algo que não tinha nada a ver com o envenenamento. *Humm... Talvez eu não esteja tão cansada quanto pensei...* Ele havia tirado o terno e a gravata que usara em algum momento durante o voo, e então vestia um par de jeans bem caros e uma camisa esporte branca. Quando eu o vi pela primeira vez com essa roupa, a mudança foi um choque para mim, mas um choque bom; a forma como o corpo dele preenchia a calça fez minha boca se encher d'água, e minhas mãos coçarem de vontade de tocá-lo.

— Então, deixe-me mostrar seu quarto lá em cima.

Ele colocou a mão nas minhas costas e me escoltou para fora da cozinha e em direção às escadas. Eu apoiei meu corpo no dele enquanto subíamos, enrolando meu braço em volta de sua cintura. Ele parecia rígido ao meu toque, sem resposta. Eu levantei os olhos e vi que Jeremiah estava olhando para a frente, uma ruga profunda em sua testa. Confusa, retirei minha mão e fiquei desapontada ao perceber que ele relaxou depois que fiz isso. *Mas o que é que está acontecendo?*, fiquei me perguntando, perplexa com a reação de Jeremiah. Achei que finalmente tinha começado a compreendê-lo, mas ele me parecia um estranho novamente.

O quarto para onde ele me conduziu era enorme sob qualquer ponto de vista, com uma cama *king size* e um banheiro completando o conjunto. As janelas tinham a mesma opacidade e percebi que o tal vidro inteligente que eu tinha visto mais cedo realmente fora aplicado em toda a casa. Alguma coisa me deu a impressão de que este não era o quarto principal da casa; embora fosse bastante espaçoso, faltava a ele a grandeza que eu esperava em uma suíte de casal. Eu estava a ponto de perguntar sobre minha situação durante a estadia — eu seria uma hóspede, nosso arranjo seria um segredo? —, mas, quando ele me instalou na cama, tive a sensação de que iria dormir sozinha. Agindo de forma espontânea, peguei sua mão e trouxe-a para meus lábios, colocando um beijo nos espessos nós dos dedos.

Ele se enrijeceu ao meu toque, congelando por um momento; pensei ter visto um lampejo de anseio correr pelo seu rosto, mas, se isso aconteceu, foi um momento fugaz. Puxando gentilmente a mão que eu segurava, ele pressionou-me de volta para a cama.

— Você precisa descansar — murmurou.

Eu preciso de você.

Esse pensamento fez os cantos de minha boca se curvarem com o desapontamento. Ele parecia um pouco relutante em me tocar, o que me magoava bem mais do que eu tinha imaginado, mas, de fato, estava cansada. Será que era essa sua maneira de garantir que eu dormiria?

Respirando fundo para relaxar, eu me aconcheguei debaixo das cobertas e fechei os olhos, esperando que minhas preocupações sobre o comportamento de Jeremiah não me mantivessem acordada. Como pude descobrir então, meu corpo realmente precisava de mais descanso, e antes que Jeremiah tivesse saído do quarto, apaguei totalmente.

15

O SOL BRILHAVA ATRAVÉS DA JANELA MAIS PRÓXIMA, E EU ACORDEI sentindo-me mais bem disposta desde meu desastrado encontro com a champanhe envenenada. Espreguicei-me debaixo das cobertas antes de puxá-las para o lado e ficar de pé sobre o tapete. Na cabeceira de minha cama repousavam uma toalha e um roupão, assim como uma elegante maleta cinza que presumi que fosse minha. Em seguida, meu estômago roncou lembrando que eu tinha rejeitado uma refeição antes de ir para a cama. Decidindo deixar o banho para depois, desci as escadas, esperando encontrar Jeremiah lá embaixo.

Infelizmente, era Ethan quem estava ao pé da escada, sentado em um banquinho que parecia deslocado naquele lugar. Ele ficou de pé no momento em que cheguei ao piso inferior.

— Bom dia.

— Bom dia — respondi cautelosamente.

Sem saber muito bem o que eu deveria fazer, dei a volta e entrei na cozinha, mas também não vi Jeremiah por lá. A luz do sol brilhava por trás dos vidros opacos e eu franzi a testa.

— Que horas são? — perguntei.

Ele olhou para o relógio antes de responder:

— São nove e meia.

Pisquei para ele, surpresa.

— Espere, você quer dizer que são nove e meia da manhã? — E quando ele assentiu com a cabeça, perguntei incrédula: — Mas então por quanto tempo eu dormi?

— Aproximadamente dezesseis horas.

Não era de admirar que eu estivesse me sentindo bem. Deixando escapar um suspiro rápido, verifiquei o interior do refrigerador.

— E onde está Jeremiah?

— Está averiguando algumas possíveis pistas. Deixou o complexo cerca de duas horas atrás.

Lancei-lhe um olhar enquanto apoiava um litro de leite na bancada da cozinha.

— Quer dizer que ele deixou você aqui para tomar conta de mim, é isso?

Quando Ethan assentiu de novo, engoli em seco o meu desapontamento e me dirigi até a despensa. *Não seja boba, ele provavelmente não quis acordar você quando foi embora*. Mas, pensando no comportamento arisco de Jeremiah no dia anterior, fiquei confusa. Eu queria desesperadamente encontrar alguém para me abraçar e me dizer que tudo estava bem.

Só que nem tudo estava bem, um fato contra o qual eu estava lutando havia um bom tempo. *Um problema de cada vez, Lucy,* disse a mim mesma, abrindo uma das portas da despensa.

Alguns minutos mais tarde, eu comia os cereais com leite que tinha encontrado, olhando para meu novo guarda-costas que lia uma revista de armas. Ele parecia me ignorar, mas de vez em quando eu o percebia tocando o fone preso ao ouvido e sabia que estava conectado com seus homens lá fora. Observei-o por alguns minutos e então apontei a colher em sua direção.

— Sua esposa me disse que você e Jeremiah foram *rangers* no exército.

Ethan resmungou sem levantar seu olhar da revista. *Outro homem de poucas palavras,* pensei, lembrando-me do primeiro passeio de limusine na França e como ele tinha permanecido em silêncio também daquela vez. Recordando que tinha visto aquele homenzarrão mancando quando nos encontramos pela primeira vez, tentei outra abordagem e gesticulei em direção à parte inferior de seu corpo.

— Como você feriu sua perna?

— Uma missão azedou.

— Vocês estavam juntos, você e Jeremiah?

— Não, aconteceu depois que ele partiu.

— Por que ele foi embora?

— O pai tinha morrido.

Receber respostas daquele gigante calvo era como arrancar os dentes, mas, como ele estava falando, persisti:

— O que Jeremiah fazia nos *rangers*?

— Atirador de elite.

Minhas sobrancelhas se ergueram. *Sério?* Digeri aquela informação por um minuto, mastigando os cereais, e então perguntei:

— E o que aconteceu quando ele foi embora?

O homenzarrão ficou quieto por alguns momentos; permaneci em silêncio também, esperando que ele se abrisse, o que ele finalmente fez:

— Emputeceu um monte de gente.

Minha mandíbula parou de funcionar e eu engoli a comida.

— Por quê?

— Ele se mandou. Encontrou uma brecha legal, ou fez pressão sobre as pessoas certas para conseguir sua baixa completa. A maioria das pessoas achou que ele tinha se vendido, abandonado seu posto. É difícil você se tornar um *ranger*, e ele simplesmente desistiu de tudo.

— E o que você pensou?

Ethan olhou para mim.

— Deixei minha opinião sobre isso muito clara para ele.

— Então você também não gostou da ideia? — perguntei, supondo que era isso que ele estava querendo dizer.

Ethan deu de ombros, voltando os olhos novamente para a revista.

— Ele desistiu de uma vida que muitas pessoas sonhavam ter, abandonando sua equipe. Sim, eu tinha algumas ideias sobre o assunto.

— Mas, então, como se tornou o chefe de segurança dele?

Ethan suspirou, apoiou a revista no balcão e em seguida virou-se para mim. Apesar de sua carranca, ele estava respondendo às minhas perguntas, e então tentei não me sentir culpada pela insistência.

— Depois que sofri meu acidente, Jeremiah apareceu no hospital. Ofereceu um emprego caso o exército não me quisesse mais. Eu disse a ele para dar o fora e ele se mandou. Eis que, alguns meses depois, eu recebi minha baixa e Jeremiah deu as caras de novo, me oferecendo a chance de montar aquele negócio que a gente costumava falar que iria abrir depois que se reformasse.

— O negócio da empresa de segurança?

Ethan assentiu.

— Jeremiah deu o capital inicial, mas eu espero comprar a parte dele logo.

— Mas por que acabar com a parceria? Vocês dois não se dão bem?

Ethan encolheu os ombros.

— Ele tem peixes maiores para pescar e eu prefiro cuidar do negócio sozinho.

Essa informação parecia concluir o assunto, mas eu ainda estava curiosa.

— Como era o Jeremiah naquela época?

— Jovem. — Ao encarar a minha expressão divertida com essa resposta, um início de sorriso contraiu um dos cantos da boca de Ethan. — Ele sentia necessidade de se autoafirmar constantemente — continuou, pensativo. — Ele sempre quis estar na vanguarda de qualquer coisa, por isso foi uma surpresa quando decidiu ser um franco-atirador. Isso o ajudou, eu acho, a aprimorar a paciência. — Ethan inclinou a cabeça para o lado. — Ele nunca foi o centro das atenções, mas sabia como relaxar. Desde a morte do pai, no entanto, acho que não tem tido muito tempo para fazer isso.

Perdida por cem, perdida por mil... Minhas perguntas estavam sendo respondidas, então achei que poderia perguntar mais uma coisa que estava revirando na minha cabeça:

— E aquela tal de Anya? Como eles chegaram a ficar juntos?

Os olhos de Ethan se estreitaram e ele me olhou sério. Mastiguei outra colherada de cereais, tentando ao máximo demonstrar toda minha inocência.

— Provavelmente eu não deveria lhe contar nada sobre isso — murmurou ele.

Continuei mastigando, dando a ele um olhar de expectativa. Demorou um minuto, mas ele finalmente revirou os olhos e respondeu:

— Jeremiah tinha algum grande lance sendo negociado com russos e precisava de alguém para fazer as traduções, tanto na comunicação escrita quanto na oral. Anya se encaixava bem nisso e se tornou a nova assistente pessoal, e a anterior foi transferida para uma posição administrativa.

— Então eles eram...

Amantes? Eu não conseguia me obrigar a falar isso sem rodeios e não tinha certeza de quanto aquele enorme guarda-costas sabia de meu relacionamento com Jeremiah. Fiquei roxa de vergonha sob o olhar investigativo do homem, despejando mais um pouco de cereal em meu prato, mesmo estando completamente satisfeita.

— A relação pessoal entre eles dois nunca foi de minha conta. O que posso dizer é que ela arrastava uma asa para ele, mas Jeremiah é alguém que nunca revela o que sente. De qualquer maneira, quando ele descobriu que Anya estava dedurando seus segredos para o irmão, ele a despediu e a jogou fora. Isso foi há cerca de três anos.

— E ela, como era? — não pude evitar de perguntar.

— Jovem, inexperiente. Saída das fraldas, como minha avó diria. Mas inteligente e fluente em dois idiomas. Jeremiah a encontrou na Rússia e a trouxe para cá, mas desde que ele lhe deu um pé na bunda, ela está se virando sozinha.

Pobre Anya. Apesar da arrogância da loira, eu me sentia mal por aquela pobre jovem deslocada do início. Talvez ela tenha recebido o que mereceu, mas foi duro.

— E o Lucas? Você sabe por que Jeremiah o chama de Loki?

Ethan mudou de posição no banco, seu semblante se aprofundando numa carranca.

— Loki é o galho podre na árvore genealógica da família, e isso deve lhe dizer algo. É uma porra de desperdício de espaço, se você me perguntasse...

Aquela súbita veemência na voz do guarda-costas calvo me surpreendeu. *Uau, agora ele estava mesmo me dizendo o que sentia.*

— Mas Loki é um apelido de infância ou coisa parecida? — continuei insistindo, imaginando se não estava abusando de minha sorte ao discutir um assunto que era obviamente delicado para aquela família. — O que aconteceu entre ele e Jeremiah?

— Como assim? Você quer dizer depois que Loki se tornou tudo aquilo contra o que Jeremiah e eu lutávamos? — rosnou Ethan. — Seus problemas com o irmão começaram antes de eu sair do exército, mas aquele merdinha roubou trinta milhões da empresa assim que Jeremiah assumiu, e aí fugiu para locais desconhecidos.

Quase perdi a respiração. Aquilo era um bocado de dinheiro.

— Mas o que ele fez com esse dinheiro? — perguntei.

— Sei lá, provavelmente começou a comprar armas. — E diante de meu olhar confuso, Ethan encolheu os ombros. — Loki é o nome que ele usa agora, parece que ele mesmo escolheu, até onde eu sei. Acho que seu antigo nome era muito chique para um traficante de armas. Ele ganha dinheiro vendendo equipamentos a países que querem explodir os outros.

Minha colher batia na minha tigela enquanto eu olhava, estupefata, o homem grandalhão. A expressão ameaçadora de Ethan intimidava, e parecia que ele queria falar mais alguma coisa, mas quando ele viu meu choque, sua mandíbula se apertou.

— Eu não devia ter dito nada — resmungou ele, pegando a revista mais uma vez. — Esses segredos não são meus para eu revelar desse jeito.

Meu cérebro passou maus momentos tentando encaixar todos esses fatos. *Eu dancei com... um traficante de armas?* Aqueles olhos azul-esverdeados sarcásticos apareceram novamente em minha mente, o rosto familiar e bonito marcado por uma cicatriz na bochecha. *Onde é que eu fui me meter?*

Ouvi um clique quando a porta da frente se abriu e Ethan ficou de pé subitamente, me assustando. Ele relaxou quase imediatamente, e um segundo mais tarde Jeremiah atravessou o saguão e entrou pela porta da cozinha. Eu sorri, aliviada por vê-lo mais uma vez, mas minha felicidade esmaeceu quando ele mal me lançou um olhar.

— Teve sorte? — perguntou Ethan.

Jeremiah balançou a cabeça, lábios apertados.

— Fiz algumas investigações — respondeu ele. — Devo saber daqui um ou dois dias.

Ethan franziu a testa, mas assentiu.

— Estarei lá fora, se você precisar de mim.

Observei Jeremiah enquanto Ethan saía da sala.

— Você parece cansado — comentei, inclinando a cabeça para o lado.

— Vou ficar bem. — Jeremiah soltou um suspiro, em seguida, olhou para mim. — Como você está?

— Melhor — Fiz um gesto para a tigela vazia na minha frente. — Meu apetite voltou.

Ele acenou com a cabeça, concordando, e, em seguida, seu olhar se fixou em minhas roupas amarrotadas.

— Deixei algumas roupas e utensílios para seu banho ao pé de sua cama.

— Eu vi, obrigada. Minha ideia era tomar um banho depois de comer alguma coisa. — Eu tremi, subitamente nervosa, porque tinha pouca experiência nessa coisa de seduzir abertamente, então olhei para ele através de meus cílios. — Quer vir comigo?

Ele ficou rígido, as mãos encrespadas ao longo da borda da bancada da cozinha. Notei o fogo em seus olhos e então, para minha surpresa, ele negou com a cabeça.

— Tenho que cuidar de algumas coisas ainda pela manhã.

Eu não esperava por essa recusa, e mesmo que eu soubesse que ele tinha todo o direito de dizer "não", a rejeição doeu. Ele está ocupado, alguém está tentando nos matar e, além disso, tem que dirigir um império empresarial.

— Deixe-me ajudá-la a subir as escadas.

Sua mão pegou meu braço, mas eu fiquei firme em meus calcanhares.

— O que você descobriu até agora? — perguntei, olhando para ele.

Jeremiah apertou os lábios, parecendo irritado, só que eu não sabia dizer se fora por causa de minha atitude de desafio ou da situação como um todo. *Nunca vou permitir que ele me veja chorando*, pensei com raiva, e olhei desafiadoramente em seus olhos.

— Nada ainda — respondeu, puxando meu braço. — Vamos lá para cima.

Puxei meu braço de sua mão.

— Obrigada, eu posso fazer isso sozinha — respondi com toda a dignidade que consegui reunir.

Sua rejeição sutil, combinada com a indiferença da noite anterior, me irritou e me deixou determinada a fazer as coisas sem ajuda. Eu mal tinha dado um passo escada acima, no entanto, quando Jeremiah me agarrou e arrastou-me em seus braços. Eu reclamei, passando meus braços em torno de seu pescoço, e depois franzi a testa enquanto ele me carregava degraus acima.

— Fique sabendo que eu poderia ter feito isso sozinha — eu disse, tentando não parecer incomodada.

— Você é minha responsabilidade — Jeremiah respondeu, subindo dois degraus de cada vez.

Afe! Eu sou uma "responsabilidade" agora. Bufei:

— Você sabe como fazer uma garota se sentir bem.

— Isso não tem importância, desde que esteja segura.

Revirei os olhos, mas apertei minhas mãos ao redor de seu pescoço. Embora ele não fosse o mais romântico dos homens na face da Terra, eu me sentia mais protegida com ele por perto.

— Será que mais tarde você pode me levar para ver os arredores? — disse, na hora em que chegamos ao piso superior. — Eu adoraria passear perto da água e...

Jeremiah negou com a cabeça.

— Não, enquanto não descobrirmos o que está acontecendo, você tem que ficar dentro de casa.

Meu queixo caiu.

— Quer dizer que estou sob prisão domiciliar?

— Há muitos lugares lá fora que são acessíveis para um atirador de longo alcance. Até que eu possa descobrir uma maneira de diminuir esses riscos, você vai ficar entre estas paredes.

Seu tom não admitia discussão, o que automaticamente me fez querer me rebelar. Tentei, no entanto, enxergar as coisas a partir de seu ponto de vista. Ele havia sido um franco-atirador do exército, então sabia tudo sobre esses perigos de longa distância, e embora a ideia de ter alguém vigiando meus movimentos através de uma mira fosse desconcertante e mais do que assustadora, a perspectiva de viver trancada me abalou.

— E se eu vestisse um colete à prova de balas? — perguntei. — Talvez um capacete de Kevlar? Eles fabricam capacetes disso?

Meu pedido o fez soltar um ronco, no que poderia ter sido uma leve risada. Ele me depositou no chão em frente à porta do quarto e gentilmente me empurrou lá para dentro.

— Tome um banho. A casa é sua, mas nada de ir lá fora.

Ele tirou uma mecha de cabelos loiros e prendeu-a atrás de minha orelha, seus dedos descendo pelo meu rosto.

— Olha — disse ele —, preciso que você esteja segura, é isso que importa neste momento.

Tentei encostar meu rosto em sua mão, ansiando por seu carinho, mas ele a afastou e deu um passo para trás. Dando-me um breve aceno de cabeça, ele se virou e me deixou em pé na porta, silenciosamente furiosa. *Isso não faz sentido*, eu queria gritar para ele, *você é o sujeito que o assassino quer pegar, e, no entanto, pode andar pela propriedade inteira!*

O banho foi rápido e não ajudou muito a me acalmar. Atirei o roupão sobre meu corpo, enrolei uma toalha na cabeça e desci as escadas novamente, apenas para ser surpreendida por outro enorme segurança na base da escadaria. Eu não esperava que houvesse pessoas estranhas dentro da casa e apertei o roupão firmemente contra meu corpo, enquanto o olhar dele se voltava para cima.

— Onde está o Jeremiah? — perguntei.

— Ele tinha negócios a resolver em outro lugar, senhora. Nós vamos estar por aqui se precisar de alguma coisa.

Engolindo em seco, assenti com a cabeça bruscamente e fugi escada acima para trocar de roupa.

16

Depois de dois dias presa dentro daquela linda mansão, comecei a enlouquecer.

Havia muita coisa que uma garota podia fazer ali dentro, mas, embora a casa fosse enorme, eu já havia esgotado todos seus mistérios. Bem, tanto quanto possível quando alguém tem apenas sua curiosidade e a internet. Assisti à televisão, naveguei na internet e tentei me manter ocupada o máximo que uma prisão domiciliar podia permitir. Eu estava mais do que consciente de todas as coisas que poderiam estar acontecendo lá fora, e sempre na expectativa de que um bandido armado ou um assassino profissional conseguisse atravessar todos os bloqueios e aparecesse à minha porta, o que era desgastante demais. Pior ainda, ninguém me contava o progresso das investigações, se é que havia algum. Jeremiah passava a maior parte do tempo ausente de casa, e os seguranças não conversavam comigo, de forma que eu estava por minha própria conta. Parecia uma coisa ilógica eu ficar ressentida de algo que era para meu próprio bem, mas acabei encontrando pequenas maneiras de me rebelar contra isso... Mesmo que fosse apenas em minha mente.

Havia uma janela de banheiro que não estava com grades e cujo vidro não era esfumaçado, que dava para o lado de fora da casa, para uma bem-cuidada paisagem. Eu tomava meus banhos nesse banheiro todas as manhãs apenas para espreitar lá fora, sentindo-me tola pela emoção que aquele meu pequeno desafio causava. A janela dava para o oceano que se intrometia na parte de trás da propriedade, e era possível ver uma garagem de barcos alojada perto da borda da água, conectada a um longo píer. Havia geralmente um guarda à vista, e um caminhão de jardinagem trazendo um pequeno grupo de trabalhadores vinha a cada dois dias para garantir que os jardins e os gramados continuassem lindos. Eu morria de vontade de descer até a beira da água, quem sabe até mergulhar meus dedos no mar, sentada no píer, mas invariavelmente eu me lembrava das palavras de Jeremiah sobre alguém me espionando de longe e corria para fechar a janela, de medo. Era esse temor, mais do que qualquer outra coisa, que me mantinha presa dentro da casa e só aumentava minha amargura.

Isso não significava, entretanto, que tudo era chato.

Eu tinha livre acesso a todos os recantos do lugar, com exceção do escritório de Jeremiah. Mas, ansiosa para saber tudo que eu pudesse sobre meu patrão/amante, decidi eu mesma fazer minha excursão pela residência, anotando tudo aquilo que conseguisse descobrir. Surpreendentemente, havia poucos itens pessoais, sem fotos da família penduradas na parede ou expostas sobre a lareira. Embora o imóvel fosse lindamente decorado, poderia ser a mansão de qualquer pessoa. E considerando a história que me contaram sobre aquele lugar, eu esperava encontrar alguma coisa única e especial, mas não achei nada que pudesse ligar a mansão à família Hamilton.

Até que, no terceiro dia, encontrei uma antiga pintura na parte de trás do armário do quarto principal.

Era um quadro enorme, quase da minha altura, emoldurado com uma madeira grossa e pesada. Sofri para retirá-lo do grande armário e encostá-lo na parede mais próxima de frente para a luz. Então, retirei o lençol que o cobria. No início, cheguei a pensar que aquilo fosse de fato uma fotografia, ampliada para quase um tamanho natural, mas notei, depois de uma inspeção mais cuidadosa ao redor do rosto e do cabelo, as sutis e reveladoras pinceladas do artista. Eu não reconheci imediatamente o rosto que olhava para mim, embora pudesse notar uma semelhança tanto com Jeremiah quanto com seu irmão, Lucas. O homem era jovem e usava terno e gravata, num estilo não muito diferente do que se usa hoje, pelo menos aos meus olhos destreinados, e parecia ter mais ou menos a mesma idade de Jeremiah.

O artista, quem quer que fosse, era realmente um mestre em sua arte, capturando o arrogante ar dominador que se expressava tanto nos olhos quanto na expressão do retratado. Enquanto admirava aquele rosto capturado para sempre na tela, finalmente me dei conta, chocada, de quem era aquele homem: era Rufus Hamilton, o antigo patriarca da família Hamilton e pai de Jeremiah.

— O que você está fazendo aqui? — Uma voz forte veio de algum lugar às minhas costas.

Pulei de susto e girei sobre meus calcanhares para ver Jeremiah parado sob o umbral da porta do quarto, os olhos encarando firmemente o quadro apoiado na parede. Ele deu um passo para dentro do quarto, mas não se aproximou muito, como se a própria visão daquele retrato o repelisse.

Comecei a balbuciar um pedido de desculpas, mas então tive uma ideia e, nervosa com o fato de ter sido pega, soltei sem pensar:

— Esse quadro ficava pendurado na sala de jantar?

Aquela pergunta era apenas uma distração, uma tentativa de me esquivar de um possível ataque de raiva que estivesse vindo em minha direção, mas pude notar pela reação dele que eu estava certa.

— Por que não há nenhuma foto de família na casa? — perguntei quando ele não respondeu. — Você cresceu aqui, certamente há algumas lembranças de...

— Retirei tudo quando herdei a propriedade. — A voz de Jeremiah era seca e sua postura, rígida. Ele finalmente voltou seu olhar para mim. — Preferi não guardar nenhuma recordação de minha infância.

— Sério?

Aquela resposta pareceu tão estranha para mim, mas eu sabia que minha educação tinha sido radicalmente diferente da dele. Eu havia conhecido sua mãe, e de tudo o que eu ouvira falar sobre seu pai, Rufus, a vida de Jeremiah não tinha sido, de fato, um mar de rosas.

— Você não tem lembranças felizes desta casa? — insisti.

A boca de Jeremiah se retorceu cinicamente enquanto olhava para a pintura.

— Meu pai não gostava de diversão, a menos que fosse para impressionar as outras pessoas. As viagens para esta casa eram mais de negócios do que de lazer, normalmente para conquistar novos clientes — ele bufou. — Rufus era do velho estilo de pai: os filhos eram para serem vistos e não ouvidos. Nós... Nós não éramos sempre bem-educados...

Tentei imaginar um Jeremiah criança, mas descobri que isso era difícil. Acho que se, quando pequeno, Lucas tivesse a mesma personalidade de hoje, certamente se fazia ouvir. Quanto ao Jeremiah, no entanto...

— E como foi sua infância?

A pergunta era impertinente e, provavelmente, pessoal demais; eu não me surpreenderia se ele não a respondesse. Mas fiquei muito surpresa... pois ele respondeu!

— Muito estruturada. Você sabia seu lugar, ou então enfrentaria as terríveis consequências. Rufus era mais velho e já tinha filhos quando se casou com minha mãe; eu honestamente penso que ela não sabia no que estava se metendo quando se casou com ele. Ele tinha suas ideias de como deveria ser uma família perfeita e que ficaria bem no papel, mas controlava tudo com uma pesada mão de ferro. — Jeremiah se perdeu em silêncio, olhando fixamente para aquela tela que estava a meu lado. — Meu irmão, como deve imaginar, nem sempre cooperava. Mas com o tempo, e quando eu já estava no colégio, Lucas pareceu deixar de lado suas brincadeiras e realmente aprendeu como tocar os negócios.

Em suas palavras havia um tom carinhoso que me intrigou.

— Você o idolatrava, não é verdade? — Diante do olhar severo de Jeremiah, porém, eu rapidamente alterei minha declaração. — Seu irmão Lucas. Você o admirava?

A indecisão se debatia em seu rosto enquanto ele procurava as palavras para responder à minha pergunta. Eu imaginei quanto mais de informação seria possível extrair de Jeremiah antes que ele se fechasse novamente. Quanto, exatamente, o mundo sabia sobre a dinâmica da família Hamilton? Estaria eu invadindo um território sagrado? Estava prestes a retirar minha pergunta e me desculpar pela intromissão quando ele finalmente respondeu:

— Lucas me blindou de meu pai de certas maneiras que não compreendi até que fiquei mais velho. Ele e meu pai se confrontavam enquanto crescíamos, quase sempre quando ele entrava em cena para distrair Rufus e impedir que meu pai me castigasse por uma desobediência ou outra. Quando ficamos mais velhos e Lucas foi para a universidade, e mais tarde para a vida, perdi aquela barreira protetora, mas a essa altura eu já podia cuidar de mim mesmo...

— E então, quando você descobriu sobre o dinheiro... — disse eu lentamente, e observei sua boca se comprimir em uma fina linha.

— Não vou negar que isso doeu como o inferno... — disse ele, passando a mão pelo cabelo e despenteando as ondas cuidadosamente penteadas. — No começo, eu não queria acreditar, mas os registros financeiros levaram direto para Lucas e fui forçado a ir para o Conselho da empresa com as conclusões. Naquela altura, porém, ele já havia fugido do país, sem se preocupar em se defender, o que o prejudicou aos olhos de todos os envolvidos.

Dei um passo à frente para confortá-lo, mas parei no meio do caminho, sem saber direito o que fazer.

— Que tipo de clientes seu pai recebia aqui? — perguntei.

— Aqueles realmente lucrativos, aqueles que ele queria impressionar. Eu me lembro de um homem, um general reformado da Força Aérea ou coisa parecida, a quem meu pai queria apresentar os prazeres da mesa. Esse homem passou mais tempo respondendo às minhas perguntas sobre a vida no quartel do que prestando atenção a meu pai. Claro que essa interrupção não ficou impune. Meu carro foi "misteriosamente" apreendido e certos privilégios foram revogados, mas nada disso teve muita importância. Menos de um ano depois desse incidente, eu me alistei no exército sem o conhecimento de meu pai, o que foi um último "foda-se" para o velho. — Ele deu uma risada áspera. — Acho que ele conseguiu se vingar no final, o sacana...

Cruzei o espaço que havia entre nós até que fiquei de pé diante dele. Espontaneamente, joguei meus braços ao redor de sua cintura, puxando-o com força para um abraço. O material fino de sua camisa era suave contra minha bochecha.

— Sinto muito que sua infância tenha sido tão complicada — murmurei encostada ao corpo dele, desejando que, de alguma forma, eu pudesse abraçar e afastar toda aquela dor e aquelas lembranças.

— Quem sabe agora você possa construir algumas lembranças boas... Ainda não é tarde demais.

Jeremiah permaneceu em silêncio, e eu lancei um olhar para seu rosto. Ele estava olhando para mim, a cabeça inclinada para um lado, e uma mão subiu para acariciar meu rosto. Aquele fogo queimando lentamente que vi em seus olhos, atiçando o desejo, me fez perceber quão perto eu tinha ficado dele. Exatamente como aconteceu no avião, eu me vi sendo carregada e encostada contra a parede, o belo rosto de Jeremiah aparecendo acima de mim. Uma protuberância reveladora apertou-se contra minha barriga e eu suspirei, levantando meu rosto para um beijo.

De repente, então, ele deu um passo atrás, saindo de meu abraço.

— Eu não posso — murmurou, com os olhos no chão ao meu lado.

Eu pisquei, confusa.

— Mas... Por que não?

Ele parecia frustrado com a decisão.

— Eu não quero... — começou a falar antes de parar. — Anya...

— Anya... — repeti agudamente, exasperada por aquela conexão. *Mas o que diabos aquela russa tem a ver com isto aqui?* Cruzei meus braços diante do corpo, tentando pisar no ciúme que cutucava meu coração. — Quer dizer que você e ela tiveram alguma coisa.

Foi difícil dizer aquelas palavras, mas a dor em meu peito diminuiu quando Jeremiah negou com a cabeça.

— Não, nós nunca tivemos um caso... Mas é que você... Você me lembra Anya, o jeito que ela era antes de tudo acontecer... — Ele parou de falar mais uma vez, claramente perturbado pelo rumo que nossa conversa estava tomando. Mas então a máscara assumiu seu lugar de sempre, recolocando uma expressão pétrea no rosto, a mesma que eu estava cansada de ver. — Por favor, leve isso de volta para o lugar onde estava.

Fiquei olhando enquanto ele saía do quarto, toda aquela conversa me fazendo imaginar quantos outros segredos eu ainda não conhecia.

No meu quarto dia de cativeiro, estava passando pelo escritório de Jeremiah quando ouvi sua voz vinda lá de dentro. Desde nossa conversa enigmática no dia anterior, eu não tinha visto ou falado com o homem, e ninguém me contava o que estava acontecendo com a investigação. Com a determinação borbulhando dentro de mim, abri a porta sem bater, invadindo o escritório. E imediatamente ficou evidente que tínhamos uma convidada na casa, embora eu não tivesse ouvido nada que indicasse sua chegada... A mulher de cabelos vermelhos sentada diante da grande mesa virou-se para olhar para mim, e as minhas sobrancelhas se ergueram quando reconheci Celeste, a diretora de operações das Indústrias Hamilton. Ela também demonstrou estar surpresa ao me ver e ficou olhando para mim e para seu patrão sentado do outro lado da mesa.

— Posso ajudar?

A voz de Jeremiah era cortante quando se dirigiu a mim, seu olhar mostrando sua desaprovação por minha entrada intempestiva.

— Eu... Queria saber quando posso ir para casa.

Na verdade, minha intenção tinha sido a de perguntar sobre o andamento das investigações, mas a presença de Celeste me confundiu. Ela era a primeira mulher que eu via naquela propriedade desde o dia em que conheci a mãe de Jeremiah. E sua confusão, seja por causa de minha presença ali ou por causa da situação, era um bálsamo muito bem-vindo, porque mostrava que pelo menos eu não era a única pessoa a não ter certeza do que estava acontecendo naquela casa.

— Nós podemos tratar disso mais tarde, Srta. Delacourt. — O celular vibrou sobre a mesa e ele o agarrou, colocando-se em pé imediatamente. — Um momento, senhoras — disse ele, dando alguns passos à nossa volta e saindo pela porta.

Fiquei ali olhando o espaço vazio que ele ocupara um segundo antes.

— Você tem alguma ideia do que está acontecendo? — perguntou Celeste.

Ela parecia indignada, compartilhando de minha frustração sobre o estado das coisas. Apenas dei de ombros e neguei com a cabeça.

— O que você sabe? — perguntei, tentando avaliar seu conhecimento da situação. Talvez ela soubesse de algo que eu desconhecia.

— Nada, exceto que Ethan não me deixa ficar longe de vista! — A ruiva atirou suas mãos para o alto como sinal de sua frustração. — Ele montou um aparato de segurança em cima de mim, mas acontece que não me contou o motivo. Jeremiah me deixou no comando de tudo, também, e eu venho lutando para manter o ritmo e conseguir as informações... — Ela virou um olhar irritado para mim. — Você esteve aqui o tempo todo?

Assenti com a cabeça.

— Ele nem sequer me deixa sair da casa.

Os olhos da ruiva se estreitaram astutamente.

— Você sabe de alguma coisa sobre o que está acontecendo? Eu juro, eu odeio quando o Ethan e o Jeremiah começam a bancar os machos alfa, isso me deixa louca da vida!

— Nem me fale... — bufei. — Estão sendo superprotetores, então às vezes são rudes...

As palavras dela confirmaram minhas suspeitas de que ela não sabia nada sobre o envenenamento, mas eu não tinha certeza sobre quanto eu poderia revelar. A tentação de contar tudo era muito forte, mesmo que fosse só para ter alguém do meu lado. Infelizmente, a oportunidade foi perdida quando Jeremiah entrou pela porta novamente, dessa vez seguido de perto por Ethan.

— Remi, conte-me o que está acontecendo — exigiu Celeste. — Estou recebendo todo tipo de pedidos de reuniões e de compromissos com você, mas não tenho nada para responder a essas pessoas.

— Você precisa de ajuda para fazer seu trabalho? — A voz de Jeremiah ficou gelada quando ele inclinou a cabeça para o lado, olhando para a ruiva. — Que tal se eu transferir algumas de suas atribuições a outros diretores?

O orgulho varreu o rosto da mulher. Aquela ideia de delegar algumas das funções claramente não a agradou.

Por fim, ela apontou um dedo para o bilionário.

— Você tem até o fim desta semana, e então vou precisar de resposta! — disse ela, olhando como se o estivesse desafiando a discordar de seus termos.

O aceno de cabeça de Jeremiah pareceu acalmar a mulher, e Celeste virou-se para ir embora. Ela afastou o braço de Ethan sobre seus ombros quando passou por ele, mas o homenzarrão não pareceu se importar e seguiu pairando sobre ela quando ambos deixaram o escritório. A porta se fechou e então me virei para encarar Jeremiah, apenas para perceber que ele já estava me observando. Ele continuava difícil de decifrar como sempre, e então, respirando fundo, dei a volta à mesa para me colocar ao lado dele.

— Por favor, diga-me como estão as investigações.

Eu não tinha a intenção de que meu pedido soasse como uma súplica. Celeste tinha sido muito mais dura em sua demanda por informações e uma parte de mim começou a desejar que eu fosse mais parecida com ela. Entretanto, vi uma leve suavidade tomar conta do olhar de Jeremiah, e uma mão enorme se aproximou para afastar uma mecha de cabelo de meu rosto. Minha respiração ficou suspensa quando as pontas de seus dedos deslizaram pelo meu queixo, descansando em meu pescoço. Imediatamente derreti, pressionando meu rosto contra seu toque.

Apenas para que ele, uma vez mais, se afastasse. Meio desequilibrada, apoiei minha mão na mesa enquanto Jeremiah recuava, seus olhos subitamente obscurecidos.

— Minha responsabilidade é mantê-la a salvo — disse ele, com uma voz fria, enquanto retornava para sua cadeira atrás da escrivaninha.

A raiva começou a se espalhar pelo meu corpo.

— Pois eu poderia cruzar aqueles portões e você não teria como me impedir. — A declaração finalmente conseguiu chamar a atenção dele. Jeremiah se virou em minha direção, o rosto atormentado, mas eu me recusei a dar um passo atrás. — Você me fez mais do que uma prisioneira nesta casa — continuei — e se nega a me contar qualquer coisa. Eu estou cansada disso!

— Você assinou um contrato dizendo que faria tudo o que eu mandasse — rosnou Jeremiah, o rosto feroz. — Você não vai sair desta casa.

Dei um passo atrás e ele me seguiu, então endireitei o corpo e o encarei.

— Esse contrato também diz que eu posso desistir desse meu "emprego" a qualquer momento. Se você não me contar o que está acontecendo, vou desistir e passar por aqueles portões agora mesmo.

Tendo reafirmado minha posição, girei nos calcanhares para me dirigir à porta do escritório. Mas não tinha dado nem dois passos, quando a sala girou e eu fui empurrada contra a parede. O impacto não chegou a machucar de verdade, mas me deixou assustada. Olhei para cima com os olhos arregalados para encarar o rosto de Jeremiah. Aquele estoico executivo já havia desaparecido; eu tinha cutucado demais e a fera estava mostrando os dentes. Ele se destacava acima de mim e agarrou meus braços, seu aperto como aço, mas aquela explosão parecia ter acalmado alguma coisa dentro dele. Claro, o fogo ainda queimava profundamente em seus olhos enquanto acariciava meu rosto.

— Eu tenho tentado resistir a você — murmurou ele, os olhos seguindo seus dedos que roçavam a minha pele. — Estar perto de mim é nocivo, e isso atingiu você. A coisa certa a fazer seria esquecer você, levá-la para algum lugar bem longe de mim...

Meu coração parou. *Não me deixe, por favor*, pensei, não me importando em observar com muita profundidade aquele meu surto repentino de emoção. Enquanto seu polegar deslizava ao longo de meus lábios, eu o peguei e o prendi entre meus dedos, correndo minha língua ao longo da pele. Ele respirou fundo, o aperto em meu braço ficando mais forte, e seu pomo de adão balançou quando ele tragou saliva. Meu olhar caiu para a boca, as memórias de seus lábios e de sua língua percorrendo meu corpo me faziam respirar com sofreguidão.

— Eu não sou um cavalheiro — rosnou Jeremiah, os olhos seguindo as linhas de meu rosto. Sua mão desceu para meus seios, mas ele cerrou o punho antes de tocá-los, parando a alguns poucos centímetros. — Eu olho para você e tudo que vejo é como poderia quebrá-la facilmente. Você quase morreu por minha causa e...

Sacudi meus braços para me soltar de seu aperto, e, para minha surpresa, ele me liberou. Os olhos de Jeremiah se nublaram e eu sabia que ele pensava que o estava rejeitando, mas, antes que ele pudesse se afastar, tomei seu rosto entre as mãos.

— Pois você quer saber o que estou vendo? — disse eu suavemente, olhando em seus olhos. Meu coração se retorceu ao ver o desejo refletido neles. — Eu vejo um homem enfurecido e bonito, que teve destroçados pela vida todos os sonhos que ele ousou imaginar. Eu não quero nada exceto tentar deixar tudo melhor, mas isso está muito além de minha capacidade. — Acariciei seu rosto com um polegar e, em seguida, peguei sua mão e a trouxe para perto de meus lábios. — Eu prometi lhe dar o que você quisesse e falei sério — continuei, levando a mão aos lábios antes de deixá-la descansar no meu pescoço. — Pode acreditar: sou muito mais resistente do que pareço.

Jeremiah engoliu, olhando a grande mão que envolvia minha garganta. Ele ajustou seu aperto para ficar um pouco mais forte e inclinou minha cabeça para trás, mas sem perder o contato visual. Mantive as mãos esticadas ao lado do corpo enquanto ele estudava o contraste entre sua mão e a pele pálida e macia de meu pescoço. Quando ele finalmente levantou seus olhos famintos para encarar os meus, um fogo intenso respondeu, acendendo-se em meu ventre.

— Me tome, meu senhor — murmurei, e vi com clareza em seus olhos o momento em que minhas palavras finalmente quebraram a última muralha de sua resistência.

Ele me arrastou em seus braços sem dizer uma só palavra e me levou para fora de seu escritório, caminhando silenciosamente pelo corredor até o enorme quarto que ficava ali perto. Ele me colocou ao lado da cama e, em seguida, fechou e trancou a porta atrás de nós. Eu assistia a tudo em silêncio, aguardando o seu comando, quando ele se virou para mim:

— Tire sua roupa e se ajoelhe ao lado da cama.

O alívio percorreu meu corpo, deixando-me tonta e emocionada. Minha mente acendeu quando ouvi sua voz pela primeira vez, o comando e o poder ressoando em cada uma de suas palavras. Ele poderia estar lendo o dicionário que eu ficaria totalmente molhada, mas quando seus olhos se fixaram em mim, como estavam fazendo, eu realmente senti minhas entranhas se queimando. Sustentando seu olhar, lentamente desabotoei a camisa que estava vestindo, encolhendo meus ombros para que ela caísse em uma pilha a meus pés. Minhas calças logo a seguiram, o tecido solto reunindo-se em torno de meus pés quando saí delas.

Jeremiah deu-me um olhar rápido, então balançou a cabeça enquanto eu caminhava pelo tapete.

— Toda a roupa.

Os batimentos de meu coração aceleraram, mas eu segui a instrução, levando meus braços para as costas e abrindo o sutiã. Puxei as alças de meus ombros, as mãos tremendo quando expus meus seios para seu olhar. Um calor líquido desabrochava em meu ventre, e eu quase podia sentir seus olhos acariciando meu corpo, que respondeu com um tremor de desejo àquele olhar incisivo. O ar fresco que passava por meus mamilos já enrijecidos fez minha respiração quase parar quando removi a fina camada de tecido que recobria meus peitos e a deixei cair no chão, ao lado da camisa descartada.

Engolindo em seco, prendi meus dedos na borda de minha calcinha e deslizei-a sobre as coxas. Jeremiah deixou escapar um ruído de apreciação enquanto minha bunda se erguia para cima, por isso continuei o movimento, quase tocando o chão com meus dedos antes de dar um passo para fora daquele fino tecido. Quando me coloquei de pé, percebi que ele estava me observando, a aprovação em seus olhos, um choque glorioso em meu sistema.

— Tão bonita — murmurou ele, e eu corei de prazer.

Ele caminhou para perto da mesa de cabeceira e, esticando a mão, tirou de lá uma sacola de aspecto caro, de papel preto com alças. Não havia nada escrito nas laterais que pudesse indicar o que havia lá dentro, e eu fiquei observando atentamente enquanto ele a depositava sobre o pequeno móvel.

— De joelhos, na cama.

Meus olhos se arregalaram, minha respiração presa na garganta. A posição que ele queria que eu assumisse me exporia completamente a ele, deixando-me à sua mercê. A nudez, especialmente na presença de outra pessoa, era ainda um conceito novo para mim, mas o olhar de Jeremiah não admitia discussões. Com os membros rígidos, subi na alta cama, mas me mantive de frente para ele. A ideia de expor as minhas partes mais íntimas para sua total investigação era demais para mim, todo meu corpo se ruborizou só de pensar nisso, mas ele parecia estar satisfeito com aquilo que viu.

Jeremiah sacudiu a sacola e perguntou:

— Você gostaria de adivinhar o que tem aqui dentro?

O conteúdo tinha um som sólido, mas minha mente estava em branco.

— Lingerie? — arrisquei, mesmo sabendo que, com certeza, seria muito mais do que isso.

Jeremiah sorriu, um pequeno capricho de seus lábios que, no entanto, fez minhas entranhas se agitarem. *Ele é realmente muito bonito*, pensei, enquanto ele enfiava a mão na sacola e começava a puxar alguns itens lá de dentro.

— Isto aqui foi comprado pensando em você — disse, colocando as peças, uma a uma, sobre a mesa.

Meu cérebro se recusava a compreender aquilo que eu estava vendo até que ele retirou as algemas de couro e as colocou ao lado da cama. Fiquei olhando para aquelas peças de couro negro por alguns instantes, e depois para os itens de plástico que estavam depositados espaçadamente sobre a mesa de madeira. *Oh, meu Deus...* Minha experiência sexual era bastante limitada, mas, embora eu não soubesse o nome da maioria dos itens ali expostos, tinha uma vaga ideia de como eles seriam utilizados...

Jeremiah pegou um item de plástico fino e escuro e um pequeno recipiente de lubrificante claro, então deu a volta na cama e ficou atrás de mim.

— Olhos para a frente! — ordenou ele, quando me virei um pouco para mantê-lo ao alcance da vista.

Tremendo de incerteza, voltei meu olhar adiante novamente. Não saber o que aconteceria me deixou apreensiva, mas uma parte de mim estava sem fôlego por causa da ansiedade. Desde que eu tinha conhecido Jeremiah, vinha experimentando e vendo coisas que estavam muito além de meus sonhos mais loucos, e algo me dizia que naquele momento iria acontecer alguma coisa que não seria muito diferente. Mesmo assim, ainda dei um pulo quando sua mão repousou em minha nádega e eu ouvi o estrondo baixo de sua risada. Tão sexy.

— Você é linda demais — murmurou ele, a mão acariciando minhas pernas e depois subindo de volta para o interior de minhas coxas. — Eu gosto de ter você ao meu dispor desse jeito...

Dedos escorregadios se pressionaram contra os meus grandes lábios, deslizando sobre minha entrada latejante e, surpresa, eu me movi para a frente. Outra mão agarrou meu quadril, firmando-me ao mesmo tempo que os dedos continuaram a deslizar para baixo e em círculos de uma forma que me deixou ofegante. Um dedo mergulhou lá dentro, pressionando em torno das paredes apertadas da minha abertura, um gemido alto escapou de meus lábios.

Jeremiah riu novamente, em seguida moveu seu polegar mais para cima, para o outro buraco, alisando a entrada. Ele já havia brincado lá antes, então eu meio que esperava que isso acontecesse, mas a onda de calor que senti quando ele pressionou a pequena faixa de pele entre as duas aberturas me deixou em choque. A pressão parecia gostosa por si só, não necessariamente associada a qualquer outro toque. O polegar de Jeremiah circundava o pequeno buraco franzido antes de se empurrar para dentro, então gemi novamente, confusa pela minha resposta, mas não menos acesa.

O dedo escorregadio desapareceu e algo brusco e duro tomou o seu lugar, pressionando-se firmemente lá dentro. Eu choraminguei enquanto aquele objeto me alargava, movendo-se de forma lenta, mas inexorável, mais profundamente em meu corpo. Havia muito pouca dor, porque Jeremiah fazia questão de mover aquilo em pequenos movimentos, mas a pressão era totalmente estranha. Parecia que decorrera uma eternidade antes que ele finalmente parasse, a pressão desconfortável, mas não dolorosa. Por acaso, dei uma rápida olhada para trás e o vi admirando sua obra. Ele me pegou olhando e, com um canto de sua boca levantando-se levemente, fez sinal com o dedo para que eu voltasse a olhar para a frente.

— Você nunca fez isso antes, não é? — Ele riu da negação fervorosa de minha cabeça. — Eu provoquei você antes, mas estava esperando para ter você e esse belo traseiro sozinho.

Minha respiração ficou ofegante enquanto ele abria minhas nádegas. Tremi, minha incerteza em furiosa batalha contra meu desejo. A sensação de meus fluidos deslizando para baixo, na parte interna de uma coxa nua, fez meu corpo se arrepiar em constrangimento, mas eu ouvi Jeremiah respirar profundamente.

— Deus, que delícia seu cheiro... — rosnou, os dedos se fincando na pele de meus quadris.

Isso foi tudo o que recebi de advertência, enquanto seu rosto mergulhou profundamente no meu sexo exposto, boca e língua se movendo pelas pequenas curvas sensíveis.

Deixando escapar um grito de surpresa, me lancei adiante, mal sustentada pelos meus cotovelos bem na beirada do colchão. Eu não tinha para onde ir: cair para a frente e para fora da cama ou me empurrar para trás, para dentro daquela boca incrível. As mãos de Jeremiah segurando firmemente minhas coxas me davam muito pouco espaço para manobrar, porém, enquanto seus lábios e sua língua e... Oh, Deus... Seus dentes chupavam e mordiscavam a carne sensível. Uma das mãos largou uma coxa trêmula, e então dedos prensaram dentro de minha entrada, acariciando sem dó todos os lugares certos para me deixar estremecida.

O objeto enfiado em minha bunda se mexeu no lugar, apenas uma pequena protuberância, e eu fiquei tensa com aquela sensação estranha. Era uma coisa esquisita o suficiente para que fosse sentida acima do prazer, mas não em detrimento da experiência. Na segunda vez que se mexeu, percebi que os movimentos eram deliberados, uma vez que Jeremiah o fazia girar com força, mas os dedos se mexendo dentro de mim e a língua mordiscando a parte interna de minha coxa me impediam de perceber muito mais do que isso.

O colchão atrás de mim ergueu-se quando Jeremiah se levantou e veio para o meu lado da cama. Eu fiquei lá, ofegante, apoiada em meus joelhos e nos cotovelos, tentando acalmar meu corpo que não parava de tremer. Sua mão acariciou minha cabeça e em seguida desceu pelas costas, e eu notei a enorme protuberância dura dentro de suas calças quando ele ficou diante de mim. Com minha mente ainda nublada, estendi a mão e massageei a ponta da saliência que estava por trás do tecido, sentindo o comprimento e a grossura de seu membro. Jeremiah estremeceu ao meu toque, mas não se moveu, suas mãos dançando ao longo da minha coluna, então decidi ficar mais ousada. Soltei a fivela de suas calças e baixei o zíper, enfiei minha mão lá dentro e o puxei para fora.

Suas unhas rasparam minhas costas enquanto me inclinava um pouco e passava minha língua suavemente naquela ponta saltada. Jeremiah gemeu e esse foi todo o estímulo de que eu precisava. Inclinei-me até onde a cama permitia e comecei a chupá-lo, colocando-o dentro de minha boca. O ângulo em que eu estava não me permitia muito espaço de manobra, mas fiz o meu melhor, chupando a cabeça e correndo a língua ao longo de seu rígido comprimento. As mãos de Jeremiah voltaram à minha cabeça, os dedos grossos se enrolando em meu cabelo. Corri meus dedos entre as pernas dele, pegando e massageando suas bolas pesadas, e fiquei satisfeita ao ouvir outra ingestão aguda de ar na respiração em de Jeremiah de mim.

Uma parte de mim estava horrorizada com meu comportamento libertino, mas naquele momento era impossível querer outra coisa. Meu corpo ainda estava ardendo pela ansiedade de receber seu toque, e cada movimento que eu fazia me recordava daquele objeto que ainda estava dentro de mim, meu corpo tentando se alargar para aceitá-lo. Meu clitóris doía, desesperado por contato, e eu serpenteava minha mão livre entre as pernas, aproveitando-me da posição do meu cotovelo.

Jeremiah se afastou, seu membro escapando de minha boca com um *pop* suave, e então ele deu um forte tapa em minha bunda. A palmada doeu e eu vacilei, surpresa, parando todo o movimento.

— Eu lhe dei permissão?

Não sabendo direito como responder, coloquei minha mão para a frente de novo, mas Jeremiah levantou minha cabeça, para que nossos olhos se encontrassem.

— Você estava prestes a se tocar, não estava?

O controle total em suas palavras, seu olhar com uma exigência implacável por uma resposta, fez meu corpo se encolher em necessidade.

— Sim, senhor — sussurrei, sabendo instintivamente que mentir não era uma opção.

Ele assentiu, aceitando a minha resposta.

— E eu lhe dei permissão? — perguntou Jeremiah.

— Não, senhor — sussurrei de novo.

Um pavor delicioso fluiu através de meu corpo enquanto ele assentia mais uma vez e liberava meu rosto, indo para a parte traseira da cama em seguida. Sua mão se arrastou ao longo de minhas costas, passando levemente sobre o objeto enfiado em minha bunda, como se quisesse que eu me recordasse de sua presença.

— O que devo fazer com alguém que me desobedece? — perguntou ele.

Os dedos roçaram sobre a carne quente ainda sofrendo com a palmada, como se para me ajudar com a resposta, mas eu não conseguia falar. Dizer-lhe que deveria me espancar estava muito além de minha capacidade, mas a ideia era um poderoso e surpreendente estímulo. Eu não era alguém que apreciava a dor, mesmo a mais leve palmadinha era algo que ficava muito fora de minha zona de conforto, mas de alguma forma aquela ideia de ser punida forçou-me a me contorcer em antecipação. Dois dos itens depositados na mesinha ao lado da cama eram uma palmatória e um chicote de camurça com muitas tiras e uma alça trançada que parecia ser surpreendentemente suave. O couro preto e vermelho contrastava com aquilo de uma forma que me chamou a atenção: era quase bonito — uma opinião tola, tendo em vista seu suposto uso como chicote. Quando a mão de Jeremiah cobriu a palmatória, eu fiquei tensa, mas relaxei quando ele dobrou os dedos sobre o pequeno chicote.

— Você gosta de ser açoitada? — a pergunta dele foi um murmúrio, um leve toque de diversão entrelaçando-se nas palavras.

Corando, desviei o olhar apenas para vê-lo erguer meu queixo de forma que o encarasse, olhos nos olhos.

— Não quero que você fique com vergonha apenas por ser curiosa. — Ele acariciou minha bochecha com o polegar. — Eu sei que você é uma garota inocente, e por isso serei gentil, mas meu objetivo é agradar você e para isso vou precisar de sua ajuda. Então me diga, a visão do chicote te excita?

Eu concordei, assentindo, mas Jeremiah balançou a cabeça.

— Eu preciso ouvir você.

Concordar com aquilo verbalmente era mais difícil. Engoli em seco, respirando fundo, antes de sussurrar:

— Sim, senhor.

— Bom.

Ele pegou o chicote e estalou-o em seu braço. As tiras de couro fizeram um ruído alto ao encontrar a carne do braço, e eu fiquei tensa. Onde eu estava me metendo?

— Feche os olhos.

Fiz o que ele mandou, o coração disparando quando uma venda foi presa sobre meus olhos. Tremendo e, de repente, muito apreensiva, eu me mantive imóvel quando Jeremiah regressou para trás de mim. A vontade de arrancar aquela delgada tira de pano de meus olhos era forte, mas eu imaginei que o castigo para dois deslizes seguidos seria muito pior do que uma ou duas simples chicotadas. *Ouça a si mesma*, pensei, *isso tudo é absurdo! Por que você permitiria que esse homem lhe tocasse desse jeito, e ainda mais espanc...*

A primeira chibatada do couro em minha bunda foi desferida com pouca força, mas ainda assim conseguiu me surpreender. A segunda já doeu um pouco mais e atingiu uma área sensível. Comprimi os músculos, tentando proteger minhas partes expostas daquelas tiras.

— Mantenha os joelhos separados!

Ora, vamos lá! A vontade de resistir àquela ordem cresceu dentro de mim, mas eu a sufoquei, determinada a ver aonde isso iria me levar. Relaxar meu corpo se mostrou mais difícil do que eu imaginava, mas forcei meus músculos a se soltarem, fechando meus punhos como uma forma de aliviar um pouco a tensão. Aquele objeto dentro de mim já não me parecia tão intrusivo, ou talvez eu estivesse começando a ficar acostumada com ele enfiado lá... De qualquer forma, toda aquela experiência estava se revelando muita coisa para se viver de uma vez só.

Duas chicotadas mais, e quando a segunda caiu em toda a carne exposta e sensível, eu gritei. Havia uma dor pungente, mas eu sabia que nenhum dano fora causado, o que me permitiu suportar as três chibatadas seguintes. No momento em que o último açoite caiu sobre mim, eu estava ofegante, minhas coxas e minha bunda pinicando de dor. Jeremiah não parecia inclinado a se segurar muito, e eu sabia que minha pele clara iria mostrar as marcas do couro.

Uma mão alisou a pele macia, traçando com um toque suave as linhas avermelhadas que me queimavam.

— Ver minhas marcas em você me agrada demais. — E ele depositou um beijo nas minhas costas. — E agora tenho outra surpresa para você.

Esperei, sem saber muito bem o que me aguardava, e então senti alguma coisa fina envolver os meus quadris. Uma peça pequena, mas firme, que eu assumi que fosse de plástico se aninhou dentro da cavidade macia que existia entre as minhas coxas, mantida firmemente presa no lugar por tiras que foram presas em torno dos quadris. Quando aquilo de repente começou a vibrar, eu ofeguei.

— Achei mesmo que você poderia gostar disso — disse Jeremiah, descendo uma mão por baixo de minha coxa úmida. — Este é apenas para seu clitóris. Eu tenho outro, bem maior, que estimula tudo de uma vez só, mas ele iria atrapalhar o que eu pretendo fazer em seguida. — Ele segurou meus quadris enquanto eu resistia e tremia, as faíscas de prazer voando através de meu corpo. — Porra, você é sexy demais.

A cama balançou-se e afundou atrás de mim, mas eu praticamente não notei o que tinha acontecido, muito presa às sensações que rolavam por todo meu corpo. Quando alguma coisa cutucou minha abertura que já ardia de vontade, abrindo minhas dobras como que pedindo permissão, empurrei meu corpo para trás com um gemido ofegante. Aquela venda não me deixava enxergar quase nada, a não ser o prazer, e eu precisava dele dentro de mim. Jeremiah me atendeu, penetrando com seu duro membro bem dentro de minha apertada abertura. Com ele me enchendo de novo, percebi mais uma vez a sensação daquele objeto anal, um objeto estranho que criava pressão contra minhas paredes internas.

— Deus!

Jeremiah inclinou-se por cima de mim, senti seu torso nu... Mas quando ele tinha tirado a roupa?... Pressionando-me contra o colchão enquanto enfiava em mim rapidamente. Eu saudei aqueles poderosos golpes, uma pressão muito diferente se acumulando dentro de mim e querendo se libertar. Gemidos escaparam de meus lábios e minhas mãos agarraram as cobertas, mantendo-me firme enquanto Jeremiah me dava estocadas fortes por trás. Ele forçou minhas pernas a se abrirem mais, mudando o ângulo, e atingiu algum lugar dentro de meu corpo que me deixou ofegante.

— P... Por favor — gaguejei, mais gemendo do que pronunciando qualquer palavra.

O orgasmo de que eu tanto precisava estava perto, ele só teria que empurrar direito e...

Lábios se apertaram entre meus ombros, a língua saboreando a minha pele. Sua mão alcançou lá embaixo e apertou o pequeno vibrador com força contra minha boceta.

— Quero sentir você gozar — murmurou ele, a voz cheia de paixão, e eu disparei até a borda com um grito alto, meu corpo explodindo com a sensação.

O orgasmo fez escorrer a pequena energia que ainda me restava e eu deixei cair a testa em minhas mãos, ofegante.

Tardiamente, senti Jeremiah retirar seu pênis e então ouvi uma embalagem de preservativo sendo rasgada. Ele finalmente removeu o objeto e, antes que eu pudesse entender o que ele pretendia fazer, senti a ponta cega de sua ereção contra o apertado anel agora livre, suavemente procurando a entrada. Eu me contorci, de repente sem ter muita certeza se queria aquilo, ainda tremendo com os espasmos de meu orgasmo.

Os dedos de Jeremiah deslizaram pelos lados, roçando a pele suave de meus seios e descendo até alcançar meus quadris.

— Eu sonhei como seria sentir sua bunda ao redor de meu pau... — murmurou ele atrás de mim, colocando um beijo em meu ombro. — Prometo que vou fazer isso gostoso, por favor...

Aquela necessidade bruta que percebi em sua voz despertou uma curiosidade em mim, e eu cedi quando ele empurrou o pênis mais fundo pelo buraco apertado. Na escuridão daquela venda, a única coisa que havia eram as sensações. A respiração pesada de Jeremiah se combinava com a minha, e o evidente prazer que ele retirava desse pequeno tabu rompido tocava um fogo que ainda queimava dentro de mim. Não havia dor, apenas uma nova e estranha pressão, que, quando Jeremiah rolou um pouco seus quadris, me fez pressionar meu corpo contra o dele, as minhas mãos se prendendo nas bordas da cama.

Ele pairou acima de mim, seus braços sólidos em cada um dos lados de meu corpo, impedindo que ele me esmagasse. Eu estendi a mão cegamente e a coloquei sobre a dele, e ele entrelaçou nossos dedos enquanto suas estocadas ganhavam ritmo. Seu prazer era o meu objetivo, mas eu também me vi em nossas ações, aquela sensação estranha se fundindo com o prazer inicial. As mãos dele se apertaram contra as minhas e ele gemeu, a testa apoiada em minhas costas quando estremeceu e gozou silenciosamente.

Havia uma imensa satisfação em dar a um homem tão poderoso como aquele esse tipo de liberação. *Eu gostaria de poder ver seu rosto*, pensei quando ele se sentou, puxando-se cautelosamente do meu corpo. Fiquei do jeito que eu estava por mais um momento, desfrutando do tesão remanescente, e então caí de lado sobre o colchão. Algumas partes de meu corpo estavam deliciosamente doloridas, especialmente quando eu me mexia, mas me espreguicei contente mesmo assim.

— Isso foi incrível — suspirei, fechando os olhos e colocando a minha cabeça contra os travesseiros.

— Foi mesmo?

Jeremiah parecia estar se divertindo com minha declaração. Ainda com a venda, ouvi, mas não pude ver o que fazia um ruído curioso de alguma coisa tinindo e, antes que pudesse perceber, estava presa na cama, com meus braços esticados acima da cabeça. Pensei em protestar, mas algemas grossas cercaram meus pulsos e, com um clique, eu as ouvi sendo presas à cabeceira da cama. Minha boca se abriu em choque, então Jeremiah levantou a venda de modo a descobrir apenas um de meus olhos.

Minha expressão parecia diverti-lo.

— Você ameaçou ir embora antes... — disse ele, colocando a venda no lugar. — Isso vai mantê-la aqui, num lugar onde eu possa protegê-la. Nesse meio-tempo, entretanto, posso pensar em algumas maneiras com as quais podemos tirar vantagem disso. Tem interesse em descobrir quais são?

17

A TARDE DESBOTOU-SE EM CREPÚSCULO E DEPOIS EM NOITE, E JEREMIAH provou-se excepcionalmente atencioso comigo. Quando finalmente me liberou daquelas algemas, não tentei fugir, capturada pela explosão sexual que ele havia criado e que nunca deixava morrer. O bilionário se mostrou quase insaciável, e eu não tinha muita escolha a não ser enfrentar aquele desafio. Ele me acordou quatro vezes naquela noite, com a intenção de me fazer passar por aquele delicioso tormento, e por quatro vezes desabei depois, consumida. Na quinta vez, fui eu quem acordou primeiro, observando-o dormir e sem pressa de fazer nada mais. Ele estava relaxado no sono, seu rosto delineado pela luz que entrava pelo vidro opaco da janela. Deslizei meu dedo levemente ao longo de uma sobrancelha, parando apenas quando ele se mexia. Tão lindo e todo meu.

Por enquanto.

Uma coisa estava além de minha compreensão: como um homem como aquele poderia ter me notado; no entanto, ali estava ele, uma festa para meus olhos errantes. Os lençóis macios cobriam apenas seu estômago e eu explorei a visão de seu belo corpo, marcado pelas pequenas linhas brancas de cicatrizes que eram pouco visíveis sob aquela luz esmaecida. Ao vê-las, imaginando pelo que ele deveria ter passado para consegui-las, meu coração se apertou dolorosamente. O conhecimento sobre sua vida passada no exército era uma coisa, mas essas cicatrizes eram o testemunho do fato de que ele tinha lutado e sido ferido, lembranças daquelas missões que ele realizou e dos perigos que ele deve ter visto, e que permaneceram gravadas em seu corpo para sempre.

Segui a linha esparsa dos pelos que levava até seu abdômen e vi, com alguma satisfação, o lençol por baixo de seu ventre se erguer quando ele começou a ficar duro de novo. Deslizando para a parte de baixo da cama, puxei os lençóis cuidadosamente por cima de minha cabeça e então a inclinei sobre o corpo dele, lambendo a ponta já bem grossa antes de puxá-lo inteiro para dentro de minha boca.

Os quadris de Jeremiah rodaram, pressionando para cima contra minha boca. Entusiasmada, coloquei a mão ao longo da base e comecei a acariciar para cima e logo segui com a boca. Ele ficou ainda mais enrijecido e eu sorri, balançando minha cabeça sobre ele. Quaisquer inibições que um dia eu pudera ter tido haviam sido atiradas para longe pela janela. Pelo menos naquela noite.

Uma mão foi enfiada no meu cabelo e ouvi um gemido baixo em cima de mim. Coloquei minhas mãos sobre suas coxas para conseguir me alavancar enquanto eu o chupava profundamente e senti quando ele arqueou para cima, dentro de minha boca. Então as mãos me afastaram, tomando conta de meus ombros e me derrubando até que me vi deitada com Jeremiah sobre meu corpo. Ele olhou para mim, e qualquer indício de sono já tinha sido apagado de seu belo rosto. Eu podia sentir a necessidade desesperada em seus movimentos quando ele abriu minhas pernas com um joelho, penetrando-me profundamente sem nenhum preâmbulo.

Jogando a cabeça para trás, eu me segurava em suas costas, cravando as unhas com força, enquanto ele se movia por cima e para dentro de mim. Meus músculos ainda doloridos pelos excessos da noite protestaram, mas não dei importância. Envolvi minhas pernas ao redor da cintura de Jeremiah e implorei por mais enquanto ele empurrava seu membro duro bem fundo dentro de mim. Sua boca caiu sobre a minha, totalmente paixão e nenhuma *finesse*, e eu me levantei para encontrá-lo, meus braços entrelaçando-se em volta de seu pescoço. Nossa cópula dessa vez foi rápida, mas o orgasmo que nos sacudiu nos levou de volta para um sono profundo.

Quando por fim despertei, o sol já estava alto no céu e eu, sozinha na cama. Espreguicei-me, arqueando as costas e notei que as algemas de couro ainda estavam presas à cabeceira da cama. Aquela visão me fez sorrir, uma lembrança de tudo o que acontecera apenas algumas horas antes. Havia de fato algum desconforto das extremas brincadeiras da noite anterior e eu fui mancando até o banheiro, a fim de preparar um banho quente para dar ao meu corpo dolorido uma chance de ficar um tempo de molho... Preparei-me lentamente, sem pressa, permitindo-me um pouco de mimo e dedicando um tempo adicional para deixar que a água lavasse um pouco as dores musculares e os machucados.

Foi meu estômago que ditou, em última instância, que já era hora de descer as escadas, então me sequei, me vesti e, antes de sair do quarto, prendi o cabelo com uma presilha de plástico. Ouvi vozes lá embaixo e, curiosa, fui ver quem poderia ser o novo hóspede. Mas não havia ninguém na entrada que ficava junto à base da escada. Encolhendo os ombros, caminhei até a cozinha, fazendo uma linha reta em direção à geladeira.

— Tomei a liberdade de fazer algumas investigações sobre você, Srta. Delacourt.

Quase deixei cair o copo de leite que segurava em minhas mãos, girando-me rapidamente para enfrentar a mulher que tinha falado.

— Sra. Hamilton — disse eu, enquanto seu escrutínio frio me fazia sentir como se tivesse sido pega roubando alguma coisa. — Não percebi que a senhora estava aqui.

Seus lábios se afinaram em uma linha rígida enquanto ela me olhava de cima a baixo.

— As mulheres de seu *status* econômico têm a tendência de atirar-se para meu filho. Ele normalmente tem uma boa presença de espírito, no entanto, para enxergar através de seus ardis. — Ela fungou com escárnio. — E você nem é assim tão bonita; pelo menos a assistente anterior tinha isso a seu favor. Diga-me uma coisa, você tem algo contra ele?

Minhas mandíbulas funcionavam, mas eu não sabia o que dizer.

— Eu... Desculpe-me, não...

A senhora revirou os olhos, demonstrando impaciência.

— Claro, não vejo por qual outra razão meu filho iria se associar a alguém como você. Os dois pais já falecidos, quase não se pode dizer que vocês eram de classe média. Você pode até saber falar francês, mas não parece possuir as credenciais necessárias para gerir qualquer tipo de negócio. Por acaso está grávida dele?

Aquela pergunta descarada me chocou tanto que fiquei sem palavras. A ira começou a se acumular dentro de mim, mas eu pouco podia fazer debaixo daquele olhar condescendente a não ser mover minha boca silenciosamente. A investigação fria em seu olhar me ofendeu em todos os níveis, mas eu não conseguia começar a colocar em palavras todos meus pensamentos desordenados. Minhas mãos se fecharam em punhos rispidamente, porque o que eu mais queria fazer naquele momento era arrancar a tapas aquele sorriso no rosto hipócrita da velha, mas uma vida inteira ensinada a ter boas maneiras me manteve enraizada no lugar onde eu estava.

— Não, não estou grávida — consegui finalmente responder. No entanto, aquela resposta nem começava a articular o que estava queimando dentro da minha mente.

— Ah, então é apenas... Como vocês dizem, mesmo? Uma amizade colorida, uma transa...? — A senhora demonstrou seu desprezo, balançando a cabeça em descrença. — E pensar que ele trouxe você até aqui, para a casa da família. Veja, Srta. Delacourt, se tiver alguma noção de classe, irá sair desta casa imediatamente. Mas, tendo em vista o tipo de mulher que você é, realmente não devo esperar que isso venha a acontecer.

— Já chega, mãe!

Eu estava prestes a jogar a jarra de leite na cara daquela mulher presunçosa. Embora a intervenção de Jeremiah justamente naquele instante não aliviasse essa vontade, pelo menos conseguiu distrair Georgia. O rosto da velha senhora meio que se remodelou em uma expressão mais agradável quando seu filho passou pela porta de entrada, mas nem Jeremiah nem eu fomos enganados.

— Você me disse que já estava indo embora — disse ele numa voz fria que pareceu envolver totalmente a mulher.

— Oh, mas eu estou, é que eu vi sua adorável assistente e parei para conversar com ela um pouquinho.

"Adorável assistente" uma ova! Minha mão tinha esmagado a alça de plástico da jarra de leite. Eu queria berrar na cara daquela velha horrorosa tudo o que eu pensava, mas a única coisa que podia fazer naquele momento era ficar ali, no lugar, tremendo e tentando não chorar de frustração.

— Por favor, saia, mamãe. — O tom de voz de Jeremiah era firme, mas cansado. — Antes que eu decida impedi-la de entrar em casa definitivamente.

Ela rechaçou o comentário com desprezo.

— Oh, mas que bobagem, você não faria isso. Eu criei você nesta casa, que é tanto minha quanto sua. E, além disso, você sabe que eu só quero o que é melhor para você, porque eu te amo.

Aquela declaração me fez bufar de descrença, mas um olhar para a expressão cansada de Jeremiah me disse que aquele era um argumento desgastado.

— Você tem algum respeito pelo seu filho? — perguntei.

Georgia me lançou um olhar sarcástico:

— Você, fique fora disso — espetou ela —, porque não tem a mínima ideia do...

Bati o recipiente do leite no balcão de mármore, o plástico fazendo um barulho de estalo quando amassou.

— Seu filho é o dono desta casa e permite que você o visite quando melhor lhe aprouver, embora você o fique espezinhando como se ele ainda fosse criança. Eu conheço como agem os bons pais, e você não merece a óbvia lealdade de Jeremiah.

O rosto de Georgia se contorceu num grunhido.

— Sua putinha — murmurou ela, virando-se para mim e levantando a mão como se fosse me bater.

Então Jeremiah estava lá, com a mão em torno do pulso de sua mãe, segurando-a firme. Eu mantive meu queixo erguido, a indignação queimando em meu ventre, encarando o brilho de ódio no rosto da mulher.

— Não vou permitir que você insulte meus convidados dentro de minha casa — disse Jeremiah com voz baixa e irada, suas palavras novamente capturando a atenção de sua mãe. — Andrews — chamou, e um jovem segurança correu para a cozinha. — Por favor, acompanhe minha mãe até o carro e cuide para que ela saia do complexo de forma segura. E informe ao pessoal do portão que a partir de agora ela só poderá entrar na propriedade depois de minha aprovação.

— Tire suas mãos de mim — disparou Georgia quando o jovem segurança tentou tomar-lhe o braço para conduzi-la. — Sua aprovação? Jeremiah, seja razoável, isso que você está fazendo é uma bobagem.

Seu filho, no entanto, permaneceu em silêncio enquanto ela era escoltada para fora da cozinha, protestando em voz alta. Eu ouvi a porta se abrir e se fechar, e logo o silêncio voltava a reinar na casa.

Deixei escapar um longo suspiro.

— Desculpe por ter dado aquela bronca em sua mãe... — murmurei, pegando o frasco de leite outra vez.

A base dele mostrava uma grande fissura no plástico, mas por sorte não tinha se partido.

— Ela pode ser difícil.

A resposta que ele deu poderia parecer simples, mas continha uma riqueza de significados.

— Tudo bem, mas ainda assim é sua mãe — continuei falando. — Provavelmente, não cabia a mim dizer qualquer coisa.

O constrangimento daquela situação não era a maneira como eu esperava passar a manhã, a presença da matriarca tinha azedado tudo. Sem fome, coloquei o leite de volta na geladeira e então segui Jeremiah para fora da cozinha.

— E aí, descobriu alguma coisa? — perguntei.

— Nada.

A resposta foi curta e grossa e, franzindo a testa, tentei descobrir mais:

— Ethan mencionou no outro dia que você tinha algumas fontes, então fiquei pensando se elas...

Jeremiah virou-se subitamente para mim.

— O que foi que ele lhe contou?

Pisquei, surpresa com a mudança de humor inesperada.

— Nada — respondi rapidamente, e então minha frustração brotou: — Exatamente o mesmo nada que você me contou. Não sei de nada sobre como anda a investigação, exceto pelo fato de que quase morri e que agora estou presa nesta casa.

Os lábios de Jeremiah se franziram.

— Nós estamos cuidando disso.

— Cuidando do quê? Ninguém conta nada para mim!

Ele passou a mão pelos cabelos, respirando profundamente.

— Eu lhe prometo — respondeu em voz baixa. — Nós vamos encontrar quem tentou envenenar você. Assim que essa ameaça for neutralizada, você estará livre para ir embora.

Apontei a porta de entrada que ficava próxima.

— Você pode passar por aquela porta todos os dias, mas me faz ficar aqui dentro?

— Alguém pode estar tentando matar você.

Suas palavras ressoaram pelo ambiente com o peso da verdade, mas não coincidiam com aquilo que eu tinha observado até então.

— Eu não sou o alvo — respondi de pronto, fazendo coincidir nossos olhares. — Você mesmo disse isso. Eu não estou pedindo para você pintar um alvo nas minhas costas e me soltar por aí no mundo, eu só quero algumas respostas.

— Porra, Lucy!

Por uma fração de segundo, ele parecia prestes a explodir, exibindo uma selvageria em seus olhos que eu nunca tinha visto antes. Aquela visão me chocou, mas, tão rapidamente quanto surgiu, a emoção desapareceu; os portões desceram uma vez mais sobre essa característica de sua personalidade e, de repente, lá estava de volta o estoico executivo que eu conhecia. *Ou que pensava conhecer*, refleti, assustada por aquilo que acabara de presenciar.

— Eu prometi cuidar de você. — Sua voz baixa estava ainda mais neutra e calma do que o normal. — Eu só peço que você não faça mais nenhuma pergunta, para sua própria proteção. Quando tudo estiver seguro, então você poderá ir embora.

A derrota floresceu dentro de mim, me fazendo querer arrancar chumaços de cabelo. Jeremiah virou as costas para mim e se dirigiu para fora da casa, fechando a porta levemente atrás de si. Com os dedos rígidos, passei minha mão pelos cabelos, fazendo soltar o clipe de plástico que despencou no chão, mas naquela hora não dei a mínima atenção para o fato.

A frustração que eu sentia era avassaladora. Tentei me acalmar respirando pausada e profundamente, mas nada conseguia apaziguar a súbita onda de raiva que se apoderou de mim por conta dessa situação. Aquela casa tinha se tornado minha prisão, e Jeremiah, o diretor do presídio. Os vidros opacos das janelas poderiam muito bem ser as grades das celas; a tecnologia me mantinha aprisionada lá dentro do mesmo modo que as barras de ferro das celas de uma cadeia encerravam seus condenados. Eu não tinha visto o mundo lá fora desde que chegara, exceto por aquela minúscula janela do banheiro, e o pensamento absurdo de que eu poderia ficar presa desse jeito para sempre me impulsionou através da sala de jantar em direção à parede de janelas que ficava no fundo e até a porta que levava para fora.

Senti a maçaneta da porta que dava para o pátio gelada ao meu toque. E antes que pudesse refletir melhor sobre as consequências de minhas ações, girei o trinco e a abri, espiando a paisagem e o mar a menos de cem metros da parte de trás do edifício...

No entanto, a fechei imediatamente, aterrorizada pelo medo de não saber o que poderia estar esperando por mim lá fora.

Um soluço sacudiu meu corpo e coloquei uma mão sobre a boca para abafar os outros que pareciam estar vindo. *Deixe de ser tonta*, eu me censurei. *Se Jeremiah é capaz de fazer isso todos os dias, então você também é.* Por um momento, eu o odiei com todas as forças por ter colocado aquela ideia na minha cabeça, a de que eu também poderia ser um alvo. Eu não sou ninguém; não há nenhuma razão para virem atrás de mim. O estresse da minha situação, no entanto, finalmente me atingiu, e eu me apoiei firmemente na parede enquanto tentava recuperar o controle sobre mim mesma. Demorou vários minutos, depois de respirar fundo muitas vezes, até que os soluços diminuíram, deixando-me desgastada e mais desesperada do que nunca para sair de lá. *Preciso sair daqui ou vou ficar louca*, isso era tudo que conseguia pensar.

Tinha certeza absoluta de que os alarmes iriam soar assim que eu abrisse a porta, mas, quando girei a maçaneta e segui em frente, não se ouvia um pio pela casa. Nenhuma sirene começou a berrar anunciando minha fuga, e uma parte de mim ficou muito desapontada com o fato de eu ter demorado tanto tempo para fazer isso. *Que bela segurança*, pensei com uma ironia amarga. Um pouco mais tranquilizada de que eu não seria capturada assim que saísse, entreabri a porta e espiei lá fora. Nenhum segurança estava visível. A porta dava diretamente para a água e para a garagem de barcos que eu tinha visto todos os dias através da pequena janela do banheiro que ficava no segundo andar. A propriedade era cercada por árvores altas, bloqueando a visão dos vizinhos para aquele complexo. Ao meio-dia, o frio do inverno carregava o ar e não havia nenhum barco visível no oceano que se abria à minha frente. Minha mão estrangulando a maçaneta da porta também não me levaria a lugar nenhum. *É agora ou nunca.*

Controlando os nervos, atravessei a porta e avancei pelo caminho através do pátio, descendo as escadas que conduziam à garagem de barcos, com passadas nervosas e irregulares. Olhei para trás e percebi que tinha me esquecido de fechar a porta da sala de jantar, mas sabia que, se voltasse até lá, não reuniria coragem para sair da casa outra vez. Era incrível estar fora de novo e, naquele momento, eu não me importava se os guardas me vissem.

A garagem de barcos era ainda mais interessante quando vista de perto. O que eu pensava que fosse apenas um grande barracão era de fato um prédio de dois andares, que acompanhava o contorno do litoral, cujo piso inferior saía diretamente para um píer que se estendia sobre a água. O piso superior ficava ao nível do chão; as escadas colocadas ao longo da lateral do prédio podiam levar até onde os barcos eram guardados, mas não vi nenhum deles nas águas um pouco agitadas. Quando me aproximei, pude perceber que o andar superior da garagem de barcos se parecia mais com um pequeno alojamento, embora, pelas condições das paredes externas, eu tivesse um palpite de que ninguém morava lá havia um bom tempo. O estilo de construção da garagem era bem diferente da casa, muito mais antigo e muito mais desgastado, a qualidade do tempo lhe dando uma sensação de rusticidade que faltava à elegante mansão. Embora parecesse uma construção bastante robusta, a força da natureza tinha feito um belo trabalho, desbastando a pintura e acabando com a madeira; o musgo verde cobria partes do piso e do revestimento, assomando em meio aos restos de tinta que persistiam em se grudar à superfície.

Eu mal tinha chegado à passarela de tábuas da construção, a madeira velha demonstrando suavemente sua flacidez debaixo de meus pés, quando uma campainha soou de algum lugar dentro do complexo. Meu coração deu um pulo ao ouvir o som, e eu corri os últimos passos, procurando por uma entrada. Olhando para trás, eu vi três guardas correndo em direção à mansão que eu acabara de deixar, separando-se e desaparecendo pelos salões.

Estariam eles procurando por mim ou por um intruso? A ideia de ter um assassino vagando pela propriedade paralisou meu cérebro e eu reprimi a mim mesma mentalmente por aquela minha revolta imprudente: *Idiota, idiota! O que você estava pensando, sua imbecil?!*

Um rápido exame da garagem revelou uma entrada nas proximidades e eu corri para dentro do barracão, procurando por algum lugar seguro onde eu pudesse me esconder. A porta estava destrancada e a empurrei para dentro, fechando-a rapidamente atrás de mim. Apoiei minha cabeça na madeira da parede, observando pela janela quando mais guardas apareceram perto da porta aberta por onde saíra da mansão. A decepção floresceu nas minhas entranhas. *Dessa vez, me meti em sérios apuros*, pensei, subitamente me sentindo culpada.

Pelo canto do olho, vi algo se mover e, antes que eu pudesse reagir, uma mão cobriu minha boca. Eu gritei, ou pelo menos tentei fazer isso, enquanto era arrastada de perto da janela por um par de braços fortes. Eu chutei uma cadeira de vime e uma lâmpada durante o esforço para me libertar, mas meu agressor ignorou minha luta. Chutei para trás, mas meu débil ataque foi facilmente evitado. *Oh, Deus,* pensei tristemente, o desespero começando a me inundar, *estou prestes a ser morta, não é?*

Jeremiah, desculpe, eu...

— Gostei de encontrar você em um lugar como este — disse uma voz jovial por trás de mim. — Eu realmente estava esperando que a próxima vez que nos víssemos fosse acontecer em melhores circunstâncias.

Chocada, parei de me debater assim que reconheci aquela voz.

— Você realmente precisa aprender algumas novas manobras defensivas — continuou meu agressor. — Você é muito previsível depois de algum tempo. Agora, por favor, não grite, minha querida, porque prefiro que as pessoas erradas não descubram nossa localização.

A mão que cobria minha boca se afastou e eu fiquei em silêncio, sem saber muito bem o que pensar. Seu aperto em meu braço, que estava preso bem alto nas costas, não suavizou um centímetro.

— Estou prestes a morrer? — sussurrei com o coração no alto da garganta.

— Isso tudo depende da rapidez com que meu irmão mais novo chegar. — Uma mão suave deslizou pelo meu torso para envolver meu pescoço, prendendo-me contra seu corpo. — Quer fazer uma aposta?

18

Eu tremia em seus braços, procurando por alguma coisa que servisse como arma. Em algum momento, aquela garagem de barcos tinha sido ocupada. Móveis, muitos dos quais meio escondidos por cobertores, se espalhavam pelo piso. Em determinado ponto, porém, o espaço tinha sido convertido em uma espécie de armazém, numerosos itens pontilhavam aquele aposento empoeirado, incluindo várias peças que estavam presas ao teto alto. No entanto, não havia nada perto de mim que eu pudesse usar.

— Era você quem estava tentando matar Jeremiah? — perguntei, procurando ganhar tempo.

Lucas riu, e aquela risada sacudiu a nós dois.

— Embora minhas razões para fazer uma coisa dessas sejam melhores do que as da maioria das pessoas, devo confessar que infelizmente eu não sou quem você procura.

Incrédula, inclinei a cabeça para trás a fim de olhar para ele. Lucas era mais baixo do que seu irmão robusto, de modo que minha cabeça ficava na altura de seus ombros, mas seu aperto em meu braço era como ferro. O olhar do homem era plácido, e seus lábios estavam curvados em um sorriso quando o examinei.

— O que foi? Está surpresa? Posso não gostar de meu irmão caçula, mas não tenho interesse em sua morte. Na verdade, tenho feito tudo que está ao meu alcance para evitar isso.

— Então por que você está aqui?

Ele riu novamente e, em seguida, mergulhou os lábios para mais perto do meu ouvido.

— Talvez eu tenha sentido sua falta...

Fiquei nervosa, com frio na barriga.

— Mentiroso — murmurei.

O fato de saber que ele não ia me matar de repente me deixou consciente da extrema intimidade de nossa posição, e a traição de meu corpo me irritou.

— Com certeza. — Sua resposta atrevida me fez revirar os olhos. — Ou talvez eu saiba quem você está procurando.

Eu me virei para olhar para ele.

— Você sabe quem está atrás de Jeremiah?

— Talvez — repetiu ele, seu sorriso se ampliando.

Meus lábios franziram em aborrecimento. *Mas que homem irritante...*

— Eles vão nos encontrar em breve — disse eu, olhando pela janela. — Você deveria me deixar ir — adverti —, porque as pessoas podem ter a impressão errada.

— Se eu conheço bem meu irmãozinho, eles já sabem exatamente onde estamos. — Apontou para o teto que nos circundava. — É mais do que provável que exista uma câmera, ou mais do que isso, nessas vigas acima de nós, observando cada movimento que fazemos. — Lucas beijou meu rosto, e eu me encolhi para longe, surpresa. — Que tal darmos um show para eles?

Irritada com a insinuação, comecei a me debater novamente, mas fui logo contida.

— Se você realmente tivesse essa informação, por que não veio pela porta da frente e conversou, como uma pessoa sensata faria? Para que toda essa coisa de fugir e de se esconder?

— É mais interessante deste jeito. Meu irmão é muito obsessivo com essa história de segurança; é mais divertido mostrar como é fácil burlar tudo isso que ele armou — disse Lucas, dando de ombros. — Além do mais, meu irmãozinho muito provavelmente chamaria a polícia antes de me deixar entrar e ouvir o que tenho a dizer.

— Como se ele não fosse fazer exatamente isso depois do que você acaba de aprontar — murmurei. Lucas deu uma risadinha.

As tábuas sob nossos pés começaram a tremer, e o som pesado das botas batendo no piso do deque lá fora abalaram toda a estrutura.

Lucas apenas ajustou seu aperto em meu braço, arrastando-me e me colocando entre ele e a porta.

— Hora do espetáculo, querida — respondeu, aparentemente despreocupado quando a porta da garagem de barcos desabou no chão.

Os guardas deslizaram para dentro do salão e cercaram a nós dois. Meu coração deu um salto quando as armas foram apontadas para nós. Eu não consegui ver Jeremiah entre eles, então uma pontada de decepção acertou meu coração.

Lucas apenas deixou escapar um suspiro.

— Parece que Jeremiah não está mais enfrentando as próprias lutas — acrescentou o contrabandista de armas.

O ruído característico do clique de uma arma sendo engatilhada era facilmente reconhecível, especialmente quando vinha diretamente de trás de nós. Lucas rapidamente me soltou ao ouvir o som, levantando as mãos enquanto eu saltava para longe, vendo nesse momento o cano de uma arma sendo encostado na cabeça do sarcástico homem.

— Dê-me uma razão para eu não matar você.

Havia o peso da morte na voz de Jeremiah quando ele apareceu por trás de Lucas, seus olhos queimando com uma selvageria que me tirou o fôlego. A óbvia diferença de altura entre aqueles dois homens nunca fora tão aparente quanto naquele momento; Jeremiah parecia pairar sobre o irmão mais velho, os músculos em seus braços se abaulando contra o tecido da camisa social que ele estava vestindo. A arma negra estava apontada para a têmpora de Lucas, e os nós dos dedos de Jeremiah pressionados contra o gatilho estavam brancos por causa da tensão.

Eu olhei para os dois homens alternadamente. Com certeza Jeremiah não... Não o próprio irmão...

Lucas congelou, as mãos erguidas ao lado da cabeça.

— Lealdade familiar? — respondeu ele levemente, suas palavras entoadas num tom alegre, desmentindo a tensão que eu via em seu rosto.

A julgar pelo som de sua voz, qualquer um poderia concluir que ele estivesse falando sobre o clima, mas os olhos fixos em mim estavam sombrios.

— Isso não é o suficiente.

Jeremiah pressionou com mais força a arma contra a têmpora do irmão, e Lucas fechou os olhos.

— Não! — deixei escapar, com meu coração acelerado. Mudei de posição rapidamente até ficar ao lado dos dois homens. — Ele veio nos ajudar, Jeremiah. Ele sabe quem está atrás de você, não o mate.

O bilionário não olhou para mim, mas eu vi o tremor da arma apontada contra a cabeça de Lucas. Os guarda-costas perto da porta baixaram suas armas, mas não se mexeram para ajudar, deixando os irmãos sozinhos. Minha garganta ficou paralisada de repente, aterrorizada com a ideia da cena que estava prestes a testemunhar, quando Jeremiah baixou a arma. Ele agarrou o braço de Lucas e torceu-o atrás das costas do irmão, e só então os guarda-costas se aproximaram.

— Levem-no para dentro da casa — disse Jeremiah, com a voz baixa e firme.

Os seguranças assumiram a guarda de Lucas, passando um par de algemas em torno de seus pulsos. O irmão mais velho nem tentou lutar, aparentemente satisfeito com a forma como as coisas corriam, mas os seguranças continuavam agrupados em volta dele, como se ainda representasse perigo. Comecei a dar alguns passos para segui-los quando, de repente, uma mão agarrou com força meu braço, fazendo-me parar de supetão.

— Não tenha pressa — ouvi Jeremiah rosnar.

Eu achava que já o tinha visto com raiva em outras ocasiões, mas o fato é que nunca o vira verdadeiramente enfurecido. Em seus olhos, havia uma fúria real dirigida a mim, e eu sabia que, dessa vez, tinha pisado na bola de forma monumental.

— Jeremiah... — disse eu, tentando começar a me desculpar até que vi a mão que não segurava a arma fechar-se em um punho.

— Você sabe o que eu fiz para proteger você?

Aquele controle total que eu sempre vira nele tinha desaparecido completamente, substituído por uma ferocidade que parecia estranha naquele rosto. Quando tentei me mexer, a mão que segurava meu braço se apertou e eu fiquei tensa, parando todo o movimento.

— Ela não sabia que eu estava aqui — disse Lucas do umbral da porta. Seu olhar absorto assistia ao nosso confronto intensamente. Nesse momento, dei-me conta de que os guardas também nos observavam, parados na porta, mas, novamente, não fizeram nenhum movimento para ajudar.

— Eu já disse, levem esse sujeito para a casa! — rugiu Jeremiah, e eu assisti, com desapontamento, aos seguranças arrastando Lucas pela porta e caminhando de volta para a mansão, deixando-me sozinha com Jeremiah.

Tentei manter a calma, apesar de o calor que eu sentia emanar dele ser tão opressivo. Quando a porta do galpão se fechou, liberou meu braço, mas quando me afastei, ele seguiu minha retirada, perseguindo-me por todo o aposento. Meu quadril finalmente colidiu contra uma mesa, e então fui obrigada a me encostar na parede, sem nenhum outro meio de fuga. Jeremiah se elevou sobre mim, os punhos cerrados ao lado do corpo, e eu tentei acalmar os temores que subitamente encheram o meu peito.

— Jeremiah, eu...

— Você ainda não percebeu o perigo que está correndo? — As mãos de Jeremiah estavam fechadas em punhos apertados, mas os braços permaneciam estendidos ao lado do corpo. Uma carranca contorceu seu rosto, mas ele não moveu um músculo para tocar em mim. — Por que você saiu da casa?

— Porque o assassino está atrás de você, não de mim? — Minha intenção não era transformar a resposta em pergunta, e pelo olhar no rosto de Jeremiah, aquela seria uma resposta errada de qualquer maneira. — Ouça, eu estou realmen...

Fui apertada contra a parede subitamente, as mãos em meus ombros pressionando as minhas costas na madeira. Exclamando de surpresa, girei os olhos arregalados na direção de Jeremiah e o vi piscar, uma pequena ruga franzindo a testa.

Mas a raiva ainda estava em sua voz quando ele disse:

— Você viu o rosto dele no hotel. Você tem alguma ideia do que isso significa para um homem que vive sua vida nas sombras?

Eu sinto muito, era isso que tinha vontade de dizer, mas o olhar sombrio de Jeremiah sufocou minha coragem de abrir a boca. As mãos sobre meus ombros tremiam, o belo rosto dele se contorcendo em uma luta para manter o controle. Ele abaixou a cabeça e, para minha surpresa, colocou sua testa contra a minha.

— Você poderia ter morrido — murmurou, as palavras perfurando meu coração. — Eu tenho feito tudo ao meu alcance para manter você em segurança, fui falar com pessoas com as quais jurei nunca mais manter contato, tudo por você! Por que saiu da casa?

Com meu coração se contorcendo dentro do peito, ergui minha mão para acariciar seu rosto, mas ele levantou a cabeça, lançando um olhar desconfiado sobre mim.

— Você sabia que meu irmão estava aqui?

Eu recuei, sentindo o golpe da acusação.

— Mas é claro que não! — A frustração borbulhava debaixo de seu olhar incrédulo. — Eu não sei de nada sobre o que está acontecendo... Graças a você! — retruquei, olhando para ele. Dei um tapa em seu peito em sinal de frustração, mas esse movimento fez muito pouco para obrigá-lo a recuar. — E como eu poderia ter conseguido uma informação como essa estando sob constante vigilância? Você me mantém trancada dentro daquela casa, os guardas vigiando cada um de meus movimentos. Você não me conta nada do que anda fazendo e depois me dá esses sermões sobre me manter em segurança sem me dizer nada de nada. E ainda espera que eu vá mansamente com...

— Porra, Lucy! — rugiu Jeremiah, assustando-me a ponto de me fazer calar. — Eu não posso ter sua morte em minhas mãos! — Um desespero selvagem se desenhou em seu rosto enquanto suas mãos deixaram meus ombros, emoldurando meu rosto sem tocar minha pele. — Eu prometi que iria mantê-la em segurança, e então você vai e me faz uma coisa dessas!

Observei maravilhada enquanto uma miríade de emoções percorria seu rosto. Apesar de eu ter aprendido a ler sua linguagem corporal normalmente sutil e suas expressões limitadas, a súbita paixão em seu rosto deixou-me sem palavras. Sua batalha pessoal para manter o controle era evidente; ele estendeu a mão para acariciar meu pescoço, e logo se deteve, como se tivesse medo de me tocar.

— A minha família destrói qualquer pessoa de fora que se aproxime demais de nós; eu vi isso acontecer com minha mãe, com Anya e com vários outros. — Ele engoliu em seco. — Talvez eu não mereça a felicidade, não sei, mas você merece, e eu vou ajudá-la a enfrentar tudo isso. — Um dedo acariciou meu rosto. — Eu não sou um bom homem — murmurou, olhando para seu punho colocado perto do meu peito. — Eu jamais deveria ter envolvido você nisso. Quase provoquei sua morte e agora preciso que fique a salvo.

A dor em seus olhos, revelando emoções que eram mantidas trancadas, fez com que lágrimas brotassem dos meus. Tentei tocar seu rosto novamente, mas Jeremiah agarrou meu pulso, segurando-o ao lado de minha cabeça.

— Você não pode fazer isso de novo — disse ele entre dentes. — Nós não sabemos quem está atrás de nós ou de que meios dispõem para chegar mais perto.

Meu coração se quebrou em um milhão de pedacinhos. Tremendo, procurei uma forma de demonstrar meu remorso.

— Sinto muito por ter saído da casa.

— Pedir desculpas não bast... — respondeu Jeremiah com raiva, mas depois parou quando me viu ficar de joelhos. Ele soltou o meu pulso e deu um passo para trás, paralisado ao olhar para mim. — O que você está fazendo? — finalmente disse.

Eu nunca me senti tão impotente em minha vida, ali de joelhos a seus pés. Eu não tinha nenhuma ideia de como ele reagiria, mas de alguma forma sabia que ele precisava estar no controle, as emoções percorrendo-o com intensidade demasiada para que conseguisse processar.

— Estou pedindo seu perdão... — disse eu engolindo saliva, e depois completando — ... senhor.

A selvageria restante em seu rosto foi drenada quase imediatamente, mas ele ainda hesitou. Fiquei olhando para seus pés, já sem coragem de encarar seu rosto. Usava aquelas calças sociais caras, mas, em vez de estar calçando os sapatos de couro a que estava acostumado, exibia um par de robustas botas pretas. Fiquei imaginando se estas seriam as mesmas que usava enquanto servia ao exército, mas não achei que fosse o momento certo para perguntar.

O silêncio se prolongou, deixando-me cada vez mais nervosa. Fiquei lá, parada no lugar, rezando para que eu não tivesse feito o movimento errado. Meu maior medo era a rejeição de Jeremiah, então o alívio atravessou meu corpo quando ele finalmente ordenou:

— Levante-se e erga as mãos sobre a cabeça.

Engolindo em seco de novo, fiz o que ele mandou, erguendo meus olhos para o teto. Uma corda pendia de um grande rolo de pano que estava acima de mim, provavelmente uma antiga vela de barco guardada entre as vigas do galpão. Meu coração deu um pulo quando Jeremiah amarrou a corda em torno de meus pulsos.

— Fique quieta — disse ele, e então procurou ao redor até encontrar um pequeno pedaço de pano jogado ali perto.

Ele sacudiu o pano uma vez para remover a sujeira de cima dele, o estalo me fazendo pular de susto, e então o amarrou ao redor de minha cabeça para cobrir meus olhos. O mundo ficou todo escuro, e quando Jeremiah apertou a corda acima de mim, me erguendo para que eu ficasse apoiada apenas na ponta dos pés, soltei um pequeno suspiro.

— Então, você quer ser punida...

Eu choraminguei, com o coração acelerado, mas não neguei. Apesar de estar calçando aquelas pesadas botas, ele foi surpreendentemente silencioso ao caminhar; girei a cabeça cegamente, tentando descobrir para onde ele tinha ido, e então comecei a sentir sua respiração em meu pescoço.

— Como seria então? — murmurou Jeremiah, deslizando os dedos ao longo de meu braço levantado. — Será que eu deveria lhe dar umas palmadas por causa de sua desobediência? Ou algumas chicotadas? Que tipo de punição iria ensiná-la a não cortejar a morte?

Minha boca trabalhou silenciosamente, mas eu não consegui responder. De alguma forma, por conta de seu estado emocional no momento, duvidei que ele seria gentil comigo naquela situação. Lembrei-me do chicote que tinha usado em mim na noite anterior e, apesar da circunstância, senti um calor subindo dentro de mim. *Agora não é hora de pensar nessas coisas!*

— Talvez seja necessária uma forma diferente de punição...

Sua mão deixou meu braço e desabotoou minhas calças com dedos ágeis. Elas caíram ao redor de meus pés enquanto ele pegou uma de minhas pernas, levantando-a para o alto e para o lado, até que eu estava me equilibrando em um pé, segurando a corda em torno de meus pulsos como ponto de apoio. Meu rosto corou, percebendo como eu devia estar exposta nessa posição. A calcinha que eu usava era do tipo sexy, algo que eu secretamente apreciava, mas que fazia com que momentos inesperados como aquele ficassem muito estranhos.

Um dedo deslizou pela calcinha e eu me contorci de surpresa.

— Você está molhada — disse ele, usando um tom de voz de tal forma que eu não conseguia adivinhar o que estava pensando, e desejei ver o seu rosto.

Soltou minha perna e então enfiou os polegares em torno do cós da calcinha, puxando-a com força até meus tornozelos. Meu rosto queimou quando ele começou a desabotoar minha camisa, abrindo-a totalmente para revelar meu torso. Mãos ásperas foram para trás de meu sutiã e então desceram sob o fino tecido da camisa ao mesmo tempo em que falava:

— Talvez grampos no bico dos seios, isso pode ser bem doloroso. Será que é uma punição suficiente por ter arriscado a vida?

Seus dedos pressionaram meus mamilos, e eu enrijeci o corpo, esperando pela dor, mas ele apenas os acariciou um pouco e logo os soltou, deixando o sutiã aberto e meus seios expostos. Um desapontamento perverso sacudiu meu corpo e eu abafei um suspiro. *Não gosto de sentir dor*, pensei, mas essa confissão parecia pouco convincente, mesmo em minha mente.

A corda foi erguida mais um pouco, até que apenas as pontas de meus dedos estivessem tocando o chão. Os músculos estavam muito esticados em meus braços, e os pulsos queimavam pelo toque áspero da corda, mas eu prendi meus lábios e me mantive em silêncio. Pensei ter ouvido o som abafado de passos atrás de mim, enquanto outra mão alisava minhas costas.

— Acho que você deve ser castigada por via anal. Parece que gostou muito disso ontem, mas assim sem preparo pode ser muito doloroso. Será que é uma punição suficiente por arriscar desse jeito sua vida?

Uma mão estalou contra uma de minhas nádegas e eu girei, o movimento me fazendo oscilar em torno de mim mesma. Eu me atrapalhei ao tentar evitar as voltas, minha calcinha caindo no chão enquanto percebi que Jeremiah tinha desaparecido novamente, mas não conseguia deter o giro lento da corda. Outra palmada na mesma nádega me fez girar ainda mais rápido, a bunda queimando.

— Você acha que devo bater em você com meu cinto? — perguntou ele, a voz forte de novo. O som de uma fivela sendo aberta chegou de algum lugar ali perto. — Será que isso iria evitar que você fizesse outras tentativas tão imprudentes quanto esta? Responda!

— Sinto muito... — respondi, sendo o mais sincera possível, não por causa de suas ameaças, mas porque acreditava mesmo no sentido dessas palavras. Lembrei-me do desespero em seu rosto, da perda de controle quando eu estava em perigo e minha garganta ficou apertada. — Eu sinto muito.

— Sente muito o quê?

— Sinto muito...

— Por que você sente muito?

Por ter magoado você. A dor em seu rosto, a raiva quando enfrentou o irmão, aquela onda de emoção descontrolada, era disso que eu mais me arrependia. Mas eu sabia, no entanto, que essa não era a resposta que ele queria ouvir.

— Por ter lhe desobedecido e colocado minha vida em risco. — E no último minuto, acrescentei o que quase tinha esquecido: — Senhor.

Mãos poderosas agarraram meus quadris e me puxaram para a frente contra um corpo duro, um joelho se movendo entre os meus. Pega de surpresa, eu instintivamente abri minhas pernas e fui levantada até que me vi sentada sobre os quadris dele. Senti um momento de sondagem contra meu sexo nu, e então ele mergulhou fundo dentro de mim e eu ofeguei.

— Eu prometo a você — sussurrou ele, pontuando cada palavra com um impulso de seus quadris — que vai sentir cada um desses castigos se fizer isso de novo.

Apertei as pernas em volta dele quando uma mão enorme se moveu para minhas costas, mantendo-me imóvel enquanto ele enfiava em mim. O poder absoluto de cada estocada profunda me fazia saltar para o ar; havia pouca dor, mas, como meu corpo tinha se preparado para uma punição muito mais severa, cada uma de minhas terminações nervosas estava viva e em chamas. Suas mãos deslizaram para a minha bunda, apertando e abrindo as nádegas para ter um acesso mais profundo... e eu explodi. O orgasmo me pegou de surpresa, meu corpo resistindo e se contorcendo enquanto ele continuava o ataque.

Nossos movimentos haviam desalojado o pano que cobria os meus olhos, e, ofegante, olhei para baixo a fim de ver que Jeremiah estava me observando, seu rosto tenso pelo próprio desejo. A fome selvagem que havia em seus olhos parecia mais do que apenas o desejo sexual, e aquela visão foi como uma faca em meu coração. Eu queria beijá-lo, queria acariciar seu rosto bonito, mas as cordas seguravam meus braços no alto, impedindo-me de lhe dar qualquer carinho. *Talvez seja essa minha punição,* imaginei, sentindo profundamente aquela perda dentro de mim. Punição estranhamente apropriada. Então ele estremeceu debaixo de mim e o momento passou. Nós dois levamos um tempo para descer daquela altura impressionante.

Segurando-me firmemente contra seu corpo, ele estendeu a mão e, sem nenhum esforço, desatou os nós que se prendiam aos meus pulsos. Minhas pernas pareciam estar sem ossos quando ele me colocou de pé. Vacilei, os pés descalços raspando contra o piso de madeira. Seu toque era suave, muito diferente do aperto de apenas alguns minutos antes, quando tudo o que aconteceu foi rápido e áspero, mas, assim que eu me senti mais firme, ele me deixou e se afastou.

— Vista suas roupas e eu a levarei de volta para casa.

Jeremiah se virou para o outro lado antes que eu pudesse dar uma boa olhada em seu rosto; a decepção agitou minhas entranhas por causa daquele desprezo sutil, mas deixei esse sentimento de lado, vesti as roupas rapidamente e me apressei para segui-lo. Ele tinha se dirigido para uma parede mais distante e, enquanto eu me aproximava, retirou um tapete fino que cobria um par de argolas na porta e levantou um alçapão no chão, abrindo-o totalmente. As dobradiças não fizeram nenhum ruído quando a tampa do alçapão se ergueu.

— Isso vai nos levar até a casa.

Encarei a escuridão lá embaixo de olhos arregalados. Degraus íngremes feitos de concreto levavam para dentro da passagem subterrânea. Um vento frio e úmido soprava em algum lugar na outra extremidade.

— Eu... Isso... É seguro?

— Foi por aqui que cheguei à casa de barcos sem ser visto. É mais seguro do que ficar andando lá fora, pelo menos até descobrirmos quem é que está por trás disso tudo.

Ainda assim, empaquei.

— Mas por que você tem um alçapão na garagem de barcos?

Os lábios de Jeremiah se apertaram quando ele respondeu:

— Houve incidentes em minha infância que exigiram... Medidas preventivas. Meu pai era um homem paranoico, mas em alguns casos ele tinha um bom motivo para ter medo. A casa tem um quarto do pânico e esta saída, em caso de emergência, mas nunca tivemos que usar nenhuma das duas desde que ele morreu. — Ele estendeu a mão. — Vamos, Lucy — chamou ele, sua voz mais suave do que antes —, vou levá-la para a casa.

Timidamente tomei sua mão, ainda não completamente convencida se era uma boa ideia, mas mesmo assim dei esse primeiro passo para dentro do corredor escuro.

19

Descobri rapidamente que não gosto dessa história de passagens secretas.

Havia pouca luz naquele túnel estreito. Passamos por lâmpadas espaçadas a vários metros de distância umas das outras, mas apenas duas delas não estavam queimadas naquele longo corredor. A principal fonte de luz que iluminava nosso caminho veio de um aplicativo para celular que o transformava numa lanterna, refletindo de forma esmaecida o piso de madeira polida. Mantive minha mão agarrada firmemente na parte posterior da camisa de Jeremiah para não escorregar nas tábuas apodrecidas.

A proximidade desse corredor com o oceano deixava tudo coberto de umidade e eu não me atrevi a tocar nas paredes que brilhavam sob a luz fraca. O túnel era bem mais quente do que o solo logo acima, mas era úmido, com uma escuridão nauseante da qual eu estava desesperada para escapar. Parecia que a travessia ia durar para sempre, as paredes nos pressionando e parecendo ficar cada vez mais estreitas. Justamente quando eu estava me preparando para empurrar Jeremiah para o lado e sair correndo pelo resto do caminho, paramos, e uma luminosidade brilhou em um alçapão logo acima. Jeremiah torceu um anel de metal e empurrou, mas a porta não se mexeu. Ele puxou a argola mais duas vezes e o alçapão finalmente se soltou, liberando um som como de madeira se quebrando. Também não havia muita luz penetrando naquela nova sala em que tínhamos chegado, mas definitivamente era mais iluminada que o túnel escuro que tínhamos acabado de percorrer, realmente um alívio bem-vindo.

— Suba! — mandou, e percebi que havia uma escada de metal presa na parede oposta.

O frio do metal subiu pelas minhas mãos quando escalei os degraus pela curta distância que me separava do novo aposento. Havia uma diferença marcante na temperatura e na umidade do ambiente, e me dei conta de que estávamos novamente em casa. Só tive um momento para reconhecer a despensa da cozinha, com as prateleiras forradas de latas e produtos embalados, antes que a porta fosse quase arrancada das dobradiças ao ser aberta de repente. Cegada por aquela luz repentina, dei um salto de surpresa e levantei as mãos em sinal de rendição quando três armas apontavam para meu rosto.

— Relaxem. — A ordem veio de baixo, de Jeremiah.

Após um momento de hesitação, as armas foram baixadas e eu me sentei no chão da despensa, meus pés ainda dentro do buraco do alçapão. Os guardas recuaram quando Jeremiah saiu da abertura úmida. Afastei-me um pouco para o lado, para lhe dar espaço, não confiando na estabilidade de minhas pernas gelatinosas depois daquele susto, mas Jeremiah me ergueu do chão sem esforço e me colocou de pé, me acompanhando para fora daquele pequeno aposento.

A sala de estar e a cozinha estavam cheias de pessoas, principalmente seguranças, e Lucas estava no meio desse grupo. Estava ladeado por dois homens, e, quando apareci, ele rapidamente me olhou de cima a baixo. Pensei ter visto certo alívio passar brevemente em seu rosto antes que sua máscara sorridente se acomodasse mais uma vez no lugar.

Jeremiah fixou seu olhar gelado no irmão, caminhando em direção ao homem mais baixo.

— Se você não me disser o que...

— Arcanjo.

Jeremiah fez uma pausa.

— O que é Arcanjo?

— Arcanjo não é uma coisa, mas sim uma *pessoa*. — Lucas se mexeu desconfortavelmente no mesmo lugar, um olhar petulante preso no rosto. — Não podemos tirar essas algemas? — perguntou ele, sacudindo a fina corrente. — Meus pobres ombros não irão suport...

— Lucas — rosnou Jeremiah, cortando o irmão e ignorando seu pedido. — Quem é Arcanjo?

— Um assassino, e um muito bom naquilo que faz. E caro também. — Ele revirou os olhos. — Ao contrário do que você pode pensar, não fui eu quem o contratou. E até tentei avisá-lo assim que soube dessa contratação.

— Quando? — perguntou Jeremiah abruptamente.

— Naquela noite, durante a festa de gala na França. Tentei ligar para você no celular, mas você não atendeu. — Lucas lançou um olhar sorrateiro para mim, com uma pontada de arrependimento nos olhos. — Eu deveria ter deixado um recado em sua caixa postal, mas em vez disso decidi entrar em contato diretamente. Mas no momento em que cheguei a seu quarto já era tarde demais.

Jeremiah falou primeiro, com voz cheia de suspeitas:

— A chamada vinha de um número bloqueado.

— Ossos do ofício. — Os lábios de Lucas subiram em um sorriso que não chegou a alcançar os olhos. Tive a impressão de que aquilo não era um sorriso, mas um esgar, uma resposta automática em forma de uma máscara profissional usada frequentemente, porque alguma coisa cintilou em seus olhos e o sorriso logo desapareceu. — Eu decidi entrar em contato com você diretamente, mas cheguei apenas um minuto depois da equipe médica enviada para seu quarto. Vi você furioso com alguma coisa e soube imediatamente que algo tinha acontecido.

Essa pequena informação chamou a atenção de Jeremiah.

— Quer dizer que você estava lá?

Lucas assentiu com a cabeça sombriamente.

— Eu sabia que não acreditaria em mim se eu me aproximasse naquela hora e não quis criar uma cena... No estado em que estava, você iria me estrangular... Então fui embora. — Lucas lançou um olhar sorrateiro para mim. — Peço desculpas por não ter sido mais rápido.

— Eu sobrevivi.

Assim que as desculpas foram ditas, minhas palavras pareciam uma expressão irrisória de gratidão, mas vi outro lampejo de alívio no rosto de Lucas. Minha mente estava tendo problemas para equacionar esse homem e a carreira que escolhera. O fato é que eu não conseguia enxergar Lucas como um negociante de armas. *Não sei, acho que até mesmo os bandidos podem ter coração...*

— E quanto a esse Arcanjo?

A pergunta de Jeremiah recapturou a atenção de Lucas.

— Ele é novo no circuito de assassinos profissionais, mas está rapidamente ganhando fama como um dos melhores. Sei de pelo menos vinte contratos bem realizados e confirmados, mas tenho certeza de que há dezenas de outros. Esse homem é um mestre dos disfarces e usa todas as ferramentas necessárias para realizar seu trabalho. Ele é bom o suficiente para não deixar evidências, chegando mesmo ao ponto de invadir as câmeras de segurança. — Lucas ergueu seu queixo, apontando para mim. — Ela é a única pessoa que viu o rosto dele e continuou viva para contar a história.

Fiquei gelada.

— Quer dizer que ele realmente está atrás de mim? — sussurrei.

A sala de repente girou e me agarrei a uma bancada ali perto para conseguir apoio.

Uma ruga surgiu na testa de Lucas, que deu um passo em minha direção, mas Jeremiah já estava lá, lançando um braço em volta de meus ombros e me puxando para perto. Apreciei o gesto, tão necessário naquela hora, e ofereci um sorriso, enquanto Lucas era contido novamente: os seguranças, cada um a seu lado, seguraram seus braços.

— E quem contratou esse homem? — perguntou Jeremiah, os olhos em mim e depois no irmão.

— Isso não importa, o que vale é que o assassino está vindo atrás de você.

A resposta evasiva de Lucas chamou a atenção de Jeremiah.

— Você não sabe ou não está querendo me dizer?

A nota mortal na voz do bilionário atravessou meu corpo e me estremeceu, mas Lucas simplesmente deu de ombros, como se ouvisse ameaças semelhantes todos os dias. Talvez isso acontecesse de fato em sua profissão, pensei, ao ouvir a resposta de Lucas.

— Podemos nos preocupar com isso mais tarde.

— Podemos nos preocupar com isso agora. O que você está escondendo, Loki?

A consternação cintilou no rosto de Lucas, ao se dar conta do uso de seu outro nome.

— Gostaria que você não me chamasse assim — disse ele, a máscara de jovialidade escorregando do rosto por alguns instantes.

— E por qual motivo? — disparou Jeremiah de volta. — Esse é o seu nome, não?

— Esse foi um nome que foi dado a mim, eu não o criei.

A indecisão varreu seu rosto, como se ele quisesse dizer mais alguma coisa, como se quisesse explicar, mas Ethan escolheu justamente esse momento para entrar na sala. Se o segurança calvo notou ou deu alguma importância à crescente tensão que dominava o aposento, não deu nenhuma indicação.

— Temos visita — avisou.

Os lábios de Jeremiah se apertaram por causa da interrupção.

— Quem é? — perguntou.

Ethan olhou de relance para Lucas.

— Anya Petrovski.

Eu estava observando Lucas quando Ethan fez o anúncio, e assim pude assistir ao espasmo de raiva atravessar seu rosto. Ele me viu olhando e tentou disfarçar, mas seus olhos ainda ardiam por causa daquela emoção. *Igual a seu irmão,* pensei. *Está tudo nos olhos.*

— Não há motivo para envolver Anya nisso — disse Lucas, com uma voz suave e desdenhosa. Se eu não tivesse me acostumado tanto a ler a expressão estoica de Jeremiah, poderia ter realmente acreditado em suas palavras. — Ela provavelmente está aqui para defender minha posição junto a você, o que é inteiramente desnecessário.

Olhei rapidamente para Jeremiah e percebi que ele estava estudando o que o irmão tinha dito, observando-o através de olhos apertados.

— Será que ela sabe alguma coisa sobre isso?

Lucas bufou:

— Não, definitivamente não. Ela não sabe nada além do fato de eu ter vindo até aqui para alertá-lo.

Ele parecia leviano e indiferente, mas Jeremiah não estava convencido. Virou-se para Ethan e disse:

— Deixe o carro dela do lado de fora dos portões. Reviste cuidadosamente tanto o carro quanto ela e depois traga-a para cá.

Ethan assentiu com a cabeça e depois sussurrou instruções a um de seus homens que estava por perto, que desapareceu da sala em seguida. Durante não mais do que um segundo, Lucas franziu os lábios e seus olhos faiscaram, mas então a máscara jovial assumiu seu lugar.

— Eu realmente amo esses dramas — disse ele, seus lábios se curvando em um sorriso apertado.

— Qual é o significado disso?

A voz de uma mulher veio da porta de entrada, seus tons estridentes ecoando pelas pedras e pelos móveis de madeira. O sorriso de Lucas congelou no rosto, os olhos arregalados quando sua cabeça se virou para a direção de onde vinha a voz.

Jeremiah olhou para Ethan, sua mandíbula se apertando em aborrecimento.

— Por que ela ainda está aqui? — exigiu saber.

— Ela ainda não tinha atravessado o portão quando ordenou o bloqueio geral — respondeu Ethan no mesmo instante em que Georgia Hamilton invadia a sala.

A mulher fixou os olhos em Jeremiah e marchou diretamente na direção dele, furiosa.

— Eu já perguntei o que significa isso! — disparou ela, olhando para o filho. — Você me expulsa de minha própria casa, manda seu exército me escoltar para fora da propriedade e então me obriga a voltar quando eu obviamente não sou desejada? — Ela puxou a respiração com dificuldade, cobrindo a boca com os nós dos dedos. — Você não tem nenhuma consideração pelos meus sentimentos?

A interpretação exagerada tinha sido sublime, mas, dada minha experiência com a mulher, não fui capaz de sentir nenhuma simpatia por sua imaginária situação problemática. Nem Jeremiah, aparentemente, pois ele respondeu friamente:

— Fique tranquila, mãe, você irá embora desta casa o mais rápido possível.

O aborrecimento torceu o nariz dela por pouco tempo, e então a ladainha recomeçou:

— Como você pode sonhar em me manter longe de...

— Bem... Olá, mamãe, sentiu minha falta?

As palavras maldosas de Lucas interromperam a mulher no meio da frase. Claramente chocada, ela se virou para olhar para o filho mais velho, que estava parado no meio da sala, olhando para ela.

— O que ele está fazendo aqui? — ela exigiu saber, todos os vestígios de sua dor anterior desaparecendo em um instante.

— Adorei ver você também.

Lá se fora a indiferença profissional que Lucas tinha mantido durante toda a conversa com Jeremiah. O sarcasmo envolvia tudo, o desprezo amargo estampado em seu rosto inclinado em direção à mulher magra que tinha acabado de entrar naquela sala. A cicatriz em seu rosto se destacou quando a pele ao redor dela escureceu por causa de um acesso de raiva reprimida.

Georgia parecia ter mordido um limão, quando se virou para Jeremiah:

— Trate de não dar atenção a nada do que ele disser — cuspiu ela. — Ele não é nada mais que um mentiroso e um trapaceiro.

Lucas jogou a cabeça para trás e deixou escapar uma risada, então se inclinou em direção à sua mãe, estampando um sorriso zombeteiro no rosto.

— Aprendi com os melhores professores. Uma herança dos dois lados da família, na verdade — disse ele.

Intrigada com aquela troca de farpas, olhei para Jeremiah como que pedindo alguns esclarecimentos, mas ele também parecia estar confuso.

— O que está acontecendo aqui? — exigiu saber.

— Nada — disparou Georgia, e então ergueu o queixo e endireitou os ombros. — Gostaria de ir embora agora, uma vez que me parece que família é uma palavra que não significa nada nesta casa.

— Oh, não, mamãe, por favor, fique mais um pouco. — O sarcasmo transbordava de cada palavra emitida por Lucas, mas a mulher simplesmente cruzou os braços sem olhar para o filho mais velho. Um sorriso cruel deformava o rosto dele, mas o olhar ferido que o trazia não combinava muito com sua expressão. — Você não gostaria de saber o que aconteceu aos trinta milhões de dólares que fui acusado de roubar? — perguntou ele. — Certamente, a curiosidade sobre como gastei essa fortuna toda deve estar lhe corroendo.

Georgia se encolheu, ainda que discretamente, perceptível em um mínimo franzir de lábios.

— Não preciso ficar aqui ouvindo isso, não me interessa — disse ela, farejando o ar com desdém e girando no salto em direção à porta da casa. — Quando vocês acabarem sua pequena discussão, me procurem em meu carro.

— Detenham-na.

O comando de Jeremiah foi prontamente seguido quando dois dos guardas da porta se enfileiraram, bloqueando a saída da mulher. Georgia guinchou de indignação, mas Jeremiah não ligou, voltando a atenção para seu irmão.

— Eu não gosto de segredos — disse ele em voz baixa.

— E, ainda assim, você ajudou a perpetuar este por quase oito anos. — Lucas nunca parou de dirigir seu olhar para a mãe, nem mesmo quando ela se recusou a devolver o favor. Os olhos dele eram um caldeirão de emoções, piscando e mudando o foco tão rapidamente que era difícil tentar decifrar algo em particular. — Vamos lá, mamãe, eu devo contar a ele ou você gostaria de fazer as honras?

Dando um gemido irritado que soava infantil vindo de uma mulher mais velha, Georgia deu as costas para o filho mais velho. De repente, percebendo que havia toda uma plateia examinando cada um de seus movimentos, ela suavizou suas feições e acenou com a mão alegremente.

— Não tenho a mínima ideia do que você está falando — disse ela, revirando os olhos. — Agora, se vocês me dão licença...

Os olhos de Lucas se estreitaram, e então ele se virou para o irmão:

— Alguma vez você já se perguntou onde a mamãe arruma todo o dinheiro dela?

A pergunta pareceu assustar Jeremiah. Ele deu a seu irmão um olhar demorado e frio, e depois se virou para encarar a mãe. Segui seu olhar e me perguntei se ele estava pensando a mesma coisa que eu. Georgia Hamilton não era assim uma atriz tão boa; estava evitando todos os olhares dirigidos a ela, sua cabeça girando de uma saída para outra, como se estivesse pensando qual delas a tiraria dali mais rápido. Finalmente, seu olhar se cruzou com o de Jeremiah e ela revirou os olhos.

— Ora, vamos, meu filho, você não acredita mesmo numa palavra sequer dele, acredita? — disparou ela.

— Acreditar em quê? — redarguiu Jeremiah, olhando para os membros de sua família, a confusão se misturando com aborrecimento.

Nem seu irmão nem sua mãe pareciam inclinados a fazer mais do que trocar olhares furiosos, então sua voz se ergueu e ele perguntou mais uma vez:

— Não devo acreditar em quê?

Um celular tocou, o som agudo penetrando a atmosfera sombria do lugar. Ethan desapareceu da sala enquanto a resposta à pergunta de Jeremiah me atingiu como uma tonelada de tijolos. *Oh, meu Deus...*

— Foi sua mãe quem roubou todo esse dinheiro!

Eu não tinha intenção de verbalizar meus pensamentos, era apenas um palpite, mas as palavras que escaparam de minha boca eletrificaram as pessoas ao redor.

— Isso é um absurdo! — disparou ela.

Georgia se aproximou de mim, o rosto contorcido de ódio. Aquela era uma visão estranha, porque muito do seu rosto tinha ficado amortecido por injeções de Botox, e sua aparente tranquilidade não combinava com a raiva que se via em seus olhos.

— E o que você sabe, de qualquer modo? — inquiriu ela. — Você não passa de uma rameira que meu filho trouxe para casa.

— Mas não foi assim que você começou a vida também? — Lucas praticamente arrulhou enquanto minhas mãos se fecharam em punhos. — Papai não a encontrou em uma boate em Las Vegas? Tenha dó, mamãe, projetar seus problemas em cima dela não vai resgatá-la de seus próprios pecados.

Um espasmo de dor atravessou o rosto da mulher com aquela lembrança. Georgia tentou esconder, mas não conseguiu.

— Já disse que não preciso ficar aqui ouvindo isso... — repetiu ela amargamente, mas muito daquele fogo inicial tinha desaparecido de suas palavras.

Virou-se, apenas para ver Lucas bloqueando sua passagem e prendendo seu braço. Apesar das algemas que ainda estavam em torno de seus pulsos, ele a segurou firme.

— Você tem noção do que fez comigo, mãe? — murmurou ele, quando Georgia se virou e o olhou. Lucas se inclinou sobre a mãe, os olhares travados um no outro, mas nenhum parecendo disposto a ser o primeiro a ceder. — Você sabe a que sua mentira me reduziu?

Eu olhei para eles, ainda chocada com minha própria revelação involuntária, e em seguida virei-me para Jeremiah. Ele estava imóvel, de uma maneira que eu nunca tinha visto até então. Era difícil dizer o que ele estava pensando. Parte de mim queria saber mais sobre Georgia: quer dizer que ela tinha sido dançarina em um cassino de Las Vegas? Mas eu sabia que aquele não era, de forma alguma, o momento para fazer perguntas. Havia muita coisa sobre essa família de que eu não tinha conhecimento.

— Não me culpe por aquilo que você escolheu se tornar! — cuspiu Georgia, sem desviar os olhos do filho mais velho.

— Então me explique como tudo isso que aconteceu comigo foi por minha própria escolha! — Mesmo a vários metros de distância, eu pude ver o corpo de Lucas tremer enquanto soltava o braço da mãe e fechava suas mãos em punhos. — Tudo o que eu era, tudo o que tinha estava preso nesta nossa empresa. Então, isso me foi arrancado, e eu fui acusado de roubar trinta milhões de dólares, e tive que escolher a única opção que me restava, que não incluía passar um tempo na prisão.

— Vender armas para quem desse o maior lance? — exclamou Jeremiah, com uma voz dura. — Era esse o seu único recurso?

Lucas piscou com aquela interrupção, e então se afastou alguns passos de Georgia. Ele parecia abalado, os olhos vazios quando encarou o irmão.

— A coisa não começou desse jeito... Eu precisava sair do país e um homem, que um dia considerei como um amigo, precisava de um negociador hábil para mediar uma transação relativa a alguma carga. Eu não sabia o que aquela carga era até que ela estava no ar, porque se eu soubesse, teria entrado na cela da prisão por livre e espontânea vontade. Eu juro...

Georgia bufou.

— E agora quer jogar essa culpa em cima de mim?

— Você deve assumir alguma responsabilidade por aquilo que causou aos outros — disse eu, incapaz de me conter.

Todos os rostos naquela sala apresentavam diferentes graus de nojo e de espanto com o comportamento e com as palavras ditas por aquela senhora, mas ninguém mais estava disposto a abrir a boca.

Georgia revirou os olhos e casualmente começou a inspecionar as unhas.

— A razão não importa. Ele é aquilo que fez a si mesmo, e não sou eu a pessoa a ter que viver com a vergonha.

Comecei a gaguejar, incapaz de conter minha própria raiva:

— Mas... Mas ele é seu filho! — exclamei. — Os dois são seus filhos! Você não se importa com eles, afinal?

— Mas é claro que eu amo os dois — retrucou Georgia, enviando-me um olhar altivo. — E guarde as suas opiniões para assuntos que lhe digam respeito. Não se intrometa!

Minha vontade era de estrangular aquela cadela hipócrita, mas com as últimas palavras da mãe, a expressão de Lucas mudou.

— Você tem razão, mãe — disse ele, o queixo voltando a se erguer. Reconheci o momento em que a máscara já familiar voltou a assumir seu lugar. Ele lançou à Georgia um sorriso forçado, mesmo que ela o ignorasse. — Cada um de nós tem que viver com os próprios erros, não é?

Jeremiah finalmente deu um passo adiante. Eu coloquei minha mão em seu braço e o senti tremendo, o abalo emocional por causa de tudo aquilo trancado bem lá dentro. Sua atenção estava voltada para Lucas, que visivelmente tinha se retirado da conversa, fechando-se atrás de uma parede familiar de simpatia.

— Mano...

— Você sabia que nossa mãe está negociando a biografia da família Hamilton com várias editoras? — perguntou Lucas, interrompendo o irmão mais novo. A cor que subitamente subiu às maçãs do rosto traiu a raiva que Georgia estava sentindo, mas ele continuou: — Uma perspectiva íntima da dinâmica de nossa família. Desde nosso querido e falecido pai até o atual líder dos negócios. É claro que ela é a heroína sofredora desse drama sobre romance, dinheiro e espionagem corporativa. Consta que as propostas para o livro chegaram a sete dígitos antes de o último editor interessado pular fora... — Diante do olhar chocado de Georgia, Lucas acenou com os dedos. — Você não é a única com contatos no mercado dispostos a lhe ajudar a ferrar mais alguém.

— Mas do que você está falando? Isso é absurdo...

— E — continuou Lucas, seu sorriso assustador se alargando — ela também está vendendo acesso ao seu filho bilionário. Se um homem de negócios não consegue marcar uma reunião com o executivo, bem, essa pessoa pode ser convidada "espontaneamente" para a casa da família, tudo convenientemente programado para terminar em um encontro com o novo presidente das empresas. Evidentemente, tudo isso por um preço justo, é claro.

— Tudo isso vindo de um homem que vende armas a ditadores e à escória da humanidade para que eles as usem a fim de matar pessoas inocentes? — A cor nas maçãs do rosto de Georgia estava acentuada enquanto ela olhava com o nariz levantado para seu filho mais velho. — Como ousa vir até aqui com todo esse seu ar superior, vomitando todo esse lixo, depois do que fez?

— Pelo menos eu não escondo quem sou — murmurou Lucas, imitando a postura arrogante de sua mãe.

Ela se aproximou de Jeremiah.

— Diga-me que não acredita nesse disparate — exigiu, com as mãos apoiadas nos quadris.

O olhar de Jeremiah, no entanto, estava pousado com atenção no irmão, ignorando completamente a presença da mãe. Lucas não recuou diante daquele olhar duro.

— Você pode provar o que está dizendo? — perguntou finalmente.

— Posso — respondeu Lucas, ao mesmo tempo que a mãe bufava indignada diante daquela afronta.

— Você acredita mais na palavra dele do que na minha — dizendo isso, Georgia deu um olhar desapontado para o filho caçula, cuja sinceridade, tendo em vista suas explosões anteriores, era evidentemente nula.

Será que ela sequer tem noção de como os outros a avaliam? Foi a pergunta que me fiz. Mas a julgar pelo modo como ela ignorava os seguranças e os demais presentes naquela sala, eu realmente duvidava.

A mulher parecia estar trancada em seu pequeno mundo, e a opinião das pessoas sobre ela não tinha a menor importância. Mas que maneira horrível de viver...

Jeremiah deu um passo adiante até ficar bem na frente da mãe. Ele se inclinou para ela e, embora eu não pudesse ver seu rosto, percebi que Georgia recuou.

— Eu juro, mãe, que se o que ele está dizendo for verdade, eu vou...

— Você vai o quê? — desafiou ela de volta. — Me jogar do viaduto? Cortar as relações comigo? Ora, moleque, você realmente acha que é o primeiro macho Hamilton a me fazer essas ameaças? — bufou Georgia. — Como você acha que fiquei casada com seu pai por todos esses anos? Por causa de minha boa aparência, meu charme? Não, eu sempre tinha alguma coisa contra ele, essa era a única segurança que eu tinha. — Ela encarou o olhar de Jeremiah com um dos seus, e a cor de seu rosto já havia sido drenada, restando apenas os cosméticos para lhe dar uma aparência de vida. — Eu sabia que aquele velho bastardo não ia me deixar nenhum centavo quando batesse as botas, mas como é que eu poderia adivinhar que o safado iria partir tão cedo? Vocês dois pensavam que eu não era diferente de seu pai, e talvez isso agora seja verdade, mas o fato é que a única pessoa com quem eu poderia contar era comigo mesma!

— Então você me atirou debaixo do ônibus — a declaração de Lucas não era exatamente uma pergunta, mas era óbvio que ele queria algumas respostas.

Georgia empalideceu, como se o impacto de suas ações só lhe ocorresse naquele instante. Durante alguns momentos, sua boca se moveu sem emitir nenhum som.

— Isso nunca deveria ter ido tão longe... — disse ela finalmente, a voz quase inaudível. Brincou nervosamente com sua bolsa por alguns segundos, pegando um batom e um espelhinho, mas as mãos estavam tremendo demais para que ela fosse capaz de retocar a maquiagem. — Aquele bastardo do pai de vocês não me deixou um mísero centavo; na verdade, ele conseguiu amarrar na herança de Jeremiah tudo aquilo que pensei que tivesse garantido para mim. E eu sabia que meus filhos não cuidariam de mim. Não pensem que eu não noto como você age na minha presença — acrescentou ela como um aparte a Jeremiah. — Me impedindo de entrar na minha própria casa, agindo como se eu fosse uma criança. Você é tão mau quanto seu pai, supondo que eu não posso cuidar de mim mesma.

A acusação abalou Jeremiah, mas Georgia continuou:

— Tudo aconteceu tão rapidamente... Eu consegui encontrar o testamento dele e pude ler o suficiente, antes de os advogados chegarem, para saber que ele tinha me ferrado. Vivi mais de trinta anos com aquele cretino, dei filhos a ele, fingi não ver suas traições, fiz meu papel de esposa obediente, e ele não me deixou nada. Dirigi alguns comitês sem importância, aqueles que Rufus avaliou serem perfeitos para minha evidente falta de capacidade. Cada um desses comitês tinha recebido uma alocação de verbas, as quais, somadas, davam um pouco mais de trinta milhões de dólares. — Ela ergueu o queixo. — Então eu peguei tudo.

— E me deixou levar a culpa? — exigiu saber Lucas.

— Na verdade, não pensei tão à frente assim... — retrucou Georgia. — Eu sabia que estava com os dias contados, e que mais cedo ou mais tarde seria descoberta e teria que enfrentar as consequências. Por isso, gastei tudo que podia. Descobri que me livrar de todo aquele dinheiro, pelo menos sem atrair muita atenção, era mais difícil do que eu imaginava. No momento em que eu descobri que você era o principal suspeito — eu não me preocupei em participar da investigação por razões óbvias —, você já tinha fugido do país e eu ainda tinha uma parte considerável do dinheiro guardada. Então, fiquei com ele...

Lucas colocou as mãos no peito, sobre o coração.

— Puxa, como eu sinto por você, eu realmente sinto.

— Pode parar com essas besteiras, Lucas. Eu errei, pura e simplesmente. — E virou-se para Jeremiah: — E agora, o que vai fazer?

— Isso mesmo, Jeremiah — acrescentou Lucas —, o que você quer fazer a respeito?

O executivo não parecia em condições de falar ainda, obviamente surpreso com o rumo dos acontecimentos. Eu não tinha nenhum conselho a dar, apenas pude apertar seu braço em apoio silencioso. *Mas que escolha horrível*, pensei, transbordando de solidariedade por Jeremiah, que olhava sua mãe, que batia o pé impacientemente para Lucas, que estava em silêncio com as sobrancelhas levantadas e, obviamente, esperava uma resposta imediata.

Então, a porta da frente foi aberta com um empurrão e uma familiar voz feminina gritou:

— Lucas!

Todas as cabeças se viraram em direção ao som, e um minuto depois uma desgrenhada Anya Petrovski tropeçou pela porta de entrada, seguida por um enorme segurança. Aquela beleza espetacular que parara o baile em Paris tinha desaparecido: pouquíssima maquiagem enfeitava o seu rosto, e as elegantes roupas estavam amassadas e desarrumadas, como se ela as tivesse jogado sobre o corpo de forma abrupta. O cabelo estava puxado para trás em um rabo de cavalo frouxo e, embora sua beleza natural ainda se mostrasse tão clara quanto o dia, o rosto estava muito menos severo, fazendo-a parecer mais jovem e mais vulnerável. Seus olhos rapidamente esquadrinharam a sala e foi óbvio, no momento em que ela descobriu Lucas, que era só nele que estava interessada.

Lucas, no entanto, olhou friamente para a garota.

— Eu disse para você ficar longe de mim — disse ele, a voz desprovida de emoção.

A reação de Lucas me surpreendeu, mas Anya suportou o desprezo. Ela estava balbuciando em russo, as costas rígidas e o rosto estoico, mas as lágrimas tinha se acumulado em seus olhos diante da rejeição gelada de Lucas. A bela russa se aproximou até que ele ergueu as mãos para afastá-la.

— Desculpe — gemeu Anya finalmente, com os olhos assustados.

— Eu disse que nunca mais queria ver você novamente — rugiu Lucas.

Seu olhar era terrível de ver, e, naquele momento, ele soava muito semelhante ao seu irmão. Anya fraquejou, dando um passo atrás. Esta não parecia a mulher chata e arrogante que eu conhecera; ao contrário, o desespero e a dor em sua voz e em suas atitudes exalavam por todos os poros, mesmo que o exato significado disso tudo permanecesse um mistério para mim. Troquei olhares com Jeremiah, que parecia estar tão perplexo quanto eu.

O que está acontecendo?

Lucas apontou para Jeremiah.

— É a ele que você deveria estar implorando por perdão — disse, a voz sombria, mas Anya continuou falando com ele em russo. Ela continuou segurando a cruz ortodoxa que me lembrei de ter visto em seu pescoço no baile de gala em Paris, implorando em vão a um Lucas com o rosto endurecido.

— Por que ela está aqui? — perguntou finalmente Jeremiah.

Ao ouvir aquela pergunta, Anya de repente ficou em silêncio e pareceu retirar-se em si mesma, olhando para o chão e torcendo as mãos.

Lucas lançou um olhar de desprezo para a loira.

— Você queria saber quem tinha contratado o assassino para matar você...

Ele apontou um dedo para a beldade russa toda encolhida, dando ao irmão um sorriso contido.

— Surpresa!

20

No começo, eu não entendi muito bem o que ele quis dizer. A sala inteira ficou em silêncio por um momento, então Jeremiah estalou os dedos e apontou para Anya. Imediatamente, os dois homens que a haviam escoltado para dentro do prédio agarraram os braços da jovem, segurando-a firmemente no lugar. Só então o significado daquilo que Lucas havia revelado foi absorvido, e eu engasguei com a revelação.

— Anya contratou o assassino... — A frase, que resumia meu próprio entendimento confuso da situação, veio de Jeremiah. A incredulidade penetrou em sua voz, na hora em que ele repetiu as mesmas palavras, só que dessa vez com a entonação de uma pergunta: — Anya contratou o assassino?

— Nunca contrarie um russo... — respondeu Lucas, revirando os olhos e dando um suspiro. — Parece que a verdade inerente a esse velho ditado se estende para além de minha profissão atual.

— Eu fiz isso por você! — gritou a loira a Lucas, lutando para se libertar das garras dos guardas. — Eu pensei que era isso que você queria!

— O que eu queria? — zombou Lucas. — Você fez isso sozinha, não venha agora querer jogar a culpa para cima de mim.

Anya olhou para os seguranças à sua volta, mas continuou falando para Lucas:

— Você disse que o odiava, que queria que ele...

— Eu jamais quis vê-lo morto... — rosnou Lucas. Anya se encolheu.

— Você sempre falava dele... — persistiu ela. A loira mudou para o russo por um segundo, mas depois se conteve: — Quando ficava bêbado, você sempre falava sobre como queria voltar para casa e...

— E matar meu irmão me traria de volta para meu lugar? — o grito de Lucas se misturou a uma risada amarga. — Anya, você não é uma mulher burra, mas todas as evidências nesta situação mostram o contrário! Olhe para mim! — E ele abriu os braços. — Tenho milhares de pessoas mortas em minhas mãos. Pode ser que meu dedo não estivesse nos gatilhos, mas fui eu quem providenciou as balas, as armas. Estou coberto pelo sangue delas... Então, como eu poderia voltar para casa depois de tudo que fiz, de tudo que permiti que acontecesse?

O queixo de Anya tremia enquanto meu próprio coração ficava apertado com a óbvia dor daquele homem. Ela cantarolou baixinho alguma coisa em sua língua nativa e estendeu a mão para Lucas, mas ele a afastou com um empurrão.

— Não fique se achando, minha querida. — Sua fúria fria cortou o ar, concebida apenas para infligir dor. — Eu nunca te amei. Por que alguém teria alguma afeição por uma ferramenta inteligente?

O sangue foi completamente drenado do rosto de Anya enquanto ela ficava boquiaberta, olhando para Lucas em descrença.

— Mas você me disse que...

Ele acenou com as mãos no ar, revirando os olhos.

— As palavras significam pouco, você já devia saber disso. Sua utilidade, bem como minha paciência, acabou. Eu não preciso mais de seus dramas. — Ele a olhou friamente e, em seguida, fez um movimento de enxotar com as mãos. — Você pode ir embora agora.

Uau. Eu assisti a toda aquela cena sem saber o que pensar. Por mais que eu detestasse aquela mulher quando a conheci na França, meu coração estava com ela naquele momento... O que era de fato uma bobagem, levando em conta tudo o que ela tinha feito para nos ferir. Mas, não sei, naquela hora eu tive dificuldade para acreditar que a linda loira tinha feito uma coisa daquelas...

Anya assumiu uma cópia de sua altiva pose anterior, mas a devastação desenhada em seus olhos era terrível; a espinha dorsal de aço e a atitude que a sustentavam tinham desaparecido, quebradas pelas palavras de Lucas. Uma lágrima solitária abriu caminho naquele rosto de marfim.

— Eu lhe dei tudo — sussurrou ela, a voz entrecortada pelo forte sotaque. Os dedos com os quais ela agarrava a cruz ornamentada em torno de seu pescoço estavam tremendo, pálidos. — Eu me tornei tudo aquilo que você precisou, fiz coisas que envergonharam a mim e à minha família, tudo pelo seu amor. E agora você me diz que era uma mentira?

Lembrei-me de Ethan me contando que Anya era uma garota simples do campo quando Jeremiah a contratou como intérprete. Olhando para ela agora, eu não vi a beleza arrogante e condescendente que ela exibira no baile, mas uma jovem jogada em um mundo contra o qual ela não tinha defesas. O jeito que ela se agarrava ao colar, um símbolo da religião à qual obviamente ainda se apegava, fez meu coração doer. *É para esse lugar que eu também estou indo?*

— Nós, os homens Hamilton, corrompemos tudo aquilo que tocamos. — Lucas lançou um olhar de pena a Anya. — Você entrou na mira e isso foi uma infelicidade...

— Não era assim que as coisas deveriam ter acontecido... — sussurrou ela. — Ele disse que era isso que você queria, e que...

Ela parou de falar, mas no silêncio mortal que se seguiu, suas palavras foram levadas através da sala.

— Quem disse? — Lucas e Jeremiah perguntaram ao mesmo tempo, ecoando um ao outro.

Naquele momento, várias coisas aconteceram simultaneamente. Todas as luzes da enorme sala se apagaram, lançando sombras estranhas na tênue luminosidade que entrava pelas janelas. Tive tempo para perceber que o vidro que revestia a janela do fundo da sala, que permanecera opaco durante os últimos dias, já não mais escondia a vista para o oceano atrás da casa e foi atingido. Ouviu-se um pequeno estalo e Anya tombou para a frente no chão, com um olhar atordoado colado no rosto. Então, de repente, fui agarrada e jogada de lado na cozinha, pressionada atrás da ilha com tampo de mármore no centro do aposento, por um corpo pesado. Algo assobiou passando perto de minha cabeça, o ar cantando com sua proximidade. Deixei escapar um grito assustado quando um pote de farinha colocado sobre o balcão atrás de mim explodiu.

O aposento se agitou com as pessoas correndo para procurar abrigo. Os seguranças mergulharam em direção à cozinha ou à porta de entrada, se empilhando na passagem estreita. Ouviu-se outro estalido e um dos jovens guarda-costas tropeçou, caindo imóvel no piso. Ele foi arrastado pela porta da sala por seus companheiros, desaparecendo de minha vista.

— Mas o que está acontecendo? — perguntei, o coração ameaçando explodir em meu peito.

— Atirador.

Oh, Deus! Eu tremia contra o corpo de Jeremiah, que me puxou com força para mais perto de si. Ouvi um *toc* alto dentro da ilha e dei um pulo, mas nenhuma bala passou por nós. Bem atrás, um dos seguranças irrompeu de sua posição junto à porta e se dirigiu em nossa direção. Outro estalo se ouviu e o segurança girou, dando meia-volta e desabando pesadamente de costas perto de nossa cobertura. A surpresa e o medo brilharam brevemente em seus olhos antes que seu rosto ficasse frouxo, e a consciência assustadora e doentia de que eu tinha acabado de assistir a uma pessoa morrer era demais para suportar.

— Respire! — ordenou Jeremiah, e eu deixei escapar o ar que não tinha percebido que prendera. Ele esticou a mão, verificou a pulsação no pescoço do segurança e pegou o pequeno fone. — Ethan, relatório!

— Alguém sabotou o sistema elétrico, incluindo os geradores de emergência. — A voz de Ethan estava fraca e metálica, mas eu estava perto o suficiente de Jeremiah para ouvir. — Nós estamos trabalhando para resolver isso agora. Qual é a situação por aí?

— Um atirador de elite nos prendeu na cozinha — disse Jeremiah entre dentes. — Preciso daquele vidro opaco como cobertura para sair.

Houve uma pausa.

— Entendido. Randy diz que a energia voltará em dois minutos.

Jeremiah amaldiçoou, deixando cair o comunicador no colo.

— Dois minutos — repetiu e assentiu. — Poderia muito bem ser para sempre.

— Fazer uma visita a você é sempre um prazer, maninho.

A voz de Lucas parecia alegre e Jeremiah virou a cabeça para encarar o irmão, mas o homem da cicatriz não estava nem olhando para nós. Toda sua atenção estava dirigida para Anya, ainda deitada de bruços no meio da sala, apertando a barriga que sangrava e gemendo baixinho. Lucas tinha de alguma forma conseguido derrubar a pesada mesa de café e uma das cadeiras para se esconder, mas nenhuma delas lhe proporcionava muita proteção. Anya esticou um braço em direção a ele, soluçando baixinho, enquanto a outra mão pressionava o ferimento de bala na barriga.

— Eu estou chegando, querida.

Lucas fez um rápido movimento com a cabeça, espiando brevemente por cima de sua proteção e agachando-se de novo, e um instante depois uma bala abriu um buraco na parede atrás dele. Ele xingou, então olhou de lado e agarrou uma almofada nas proximidades.

— Isso realmente seria mais fácil sem as algemas, mano — gritou.

Jeremiah vasculhou os bolsos e jogou um chaveiro pequeno até o outro lado da sala, para pousar atrás da mesa de café.

— O que você está fazendo? — perguntou Jeremiah.

— Provavelmente me matando — respondeu Lucas, rapidamente liberando seus punhos. Ele fez uma pausa para tomar fôlego e olhou de volta para Jeremiah. — Deseje-me sorte — acrescentou, e em seguida jogou a almofada de lado, para a área aberta junto a ele.

A almofada explodiu, lançando pedaços de seu enchimento que voaram por toda a parte, mas Lucas já estava em movimento, agarrando Anya e puxando-a para seu esconderijo. Outro estalido passou pela janela, e Lucas assobiou, mas ele já estava de volta atrás de sua barreira e tinha conseguido arrastar Anya com ele para trás da longa mesa. Duas balas em rápida sucessão atingiram a mesa de madeira que protegia Lucas e Anya, fazendo estampidos altos, mas nenhuma delas pareceu atravessar o móvel.

Tomando cuidado para se manter escondido, Lucas mudou de posição para inspecionar o ferimento no estômago de Anya. A julgar pela expressão sombria em seu rosto, eu poderia dizer que a coisa estava feia. Anya soluçava suavemente, com uma mão flutuando acima de sua barriga, enquanto a outra segurava firme o braço de Lucas. Do outro lado, na entrada, os gritos de Georgia tinham alcançado níveis verdadeiramente operísticos.

— Mãe, cale a boca! — gritou Jeremiah. Os gritos pararam.

Eu me perguntei se o motivo de ela ter parado de berrar era medo por sua vida ou temor pela dos filhos, mas logo em seguida concluí que aquele não era o momento de pensar nisso.

— Fique comigo, Anya — murmurou Lucas, tirando cuidadosamente sua camisa e pressionando-a sobre a ferida.

— Eu sinto muito — sussurrou Anya, a mão ensanguentada vibrando fracamente no ar. Lágrimas escorriam pelo seu rosto até alcançar o cabelo, e a tristeza que se via em seus olhos era desoladora. — Eu devia saber, eu nunca desejei...

— Shh, não fale. Você vai ficar bem.

A mentira era óbvia, porque mesmo de longe eu podia ver a quantidade de sangue jorrando do ferimento e aumentando a palidez no rosto da mulher russa.

— Eu jamais devia ter dado atenção a ele, eu só queria que você fosse feliz...

— Você vai ficar bem — disse Lucas, mas a realidade da situação era cada vez mais evidente em seu olhar desesperado. Suas mãos abandonaram a camisa encharcada de sangue pressionada contra o estômago da loira para tocar seu rosto. — Quem disse para você fazer isso? Preciso de um nome. Anya, fique aqui comigo.

Ela não lhe respondeu quando sua respiração se tornou ofegante. Seu corpo ficou cada vez mais frouxo, a mão livre caiu sobre o peito.

— Eu lhe dei tudo — sussurrou ela, a respiração cada vez mais ofegante e irregular. — Não se esqueça de mim.

— Anya... — disse Lucas, alisando o cabelo dela para trás. — Fique comigo, Anya. Ei, você nunca me levou para aquela cidadezinha de onde você veio. Como é o nome dela mesmo?

Anya, no entanto, não parecia ter ouvido essa pergunta, seu rosto pálido perdendo energia a cada minuto.

— Fiz tudo... — repetiu ela, olhando para o nada. A mão escorregou da cruz ortodoxa que pendia logo abaixo do pescoço, ela deu um último suspiro entrecortado. — Eu vendi minha alma...

O rosto de Lucas se contorceu.

— Anya, fique comigo. Anya!

Mas ela já havia partido.

A respiração de Lucas saiu em um soluço irregular, e então ele bateu no piso de cerâmica da cozinha com um punho sangrento e soltou uma série de palavrões. Uma bala chocou-se contra a madeira da mesa atrás dele, mas ele não se abalou. Lucas parecia irritado, mas as máscaras todas tinham caído. Eu vi a profunda derrota nos traços marcados de seu rosto.

Na morte, o corpo pálido de Anya parecia tão pequeno e jovem... Eu nunca quis ver aquela mulher morta, mesmo depois de conhecê-la em seus piores momentos. Saber sobre a menina que fora um dia e então ver a jovem chorando no chão, tudo isso tinha apagado o que restara de sentimentos ruins com relação à loira russa. Suas palavras finais tinham sido um verdadeiro soco no estômago, e eu só podia imaginar que as coisas eram ainda piores para Lucas. *Quem sabe ele não merece isso? Não sei.* Esse pensamento era cruel, mas não pude evitar ficar imaginando o que ele teria pedido para a menina russa fazer em seu nome, manipulando os óbvios sentimentos que ela tinha por ele, sem se importar em correspondê-los. *Será que o amor significa tão pouco para esta família?*

As luzes da cozinha se acenderam quando a eletricidade voltou, mas o revestimento do vidro da parede dos fundos permaneceu desligado.

— Liguem o vidro de segurança! — gritou Jeremiah, segurando-me firmemente contra ele.

Um segundo mais tarde, alguém apertou o botão e o vidro embaçado apareceu de novo, o oceano desaparecendo de vista. O atirador, no entanto, não tinha concluído seu trabalho: as balas continuaram a perfurar o vidro opaco, principalmente centradas em torno da localização de Lucas e Anya.

Aparentemente, o atirador não gostou de ser feito de bobo.

— Vamos — disse Jeremiah suavemente, empurrando meus pés e impulsionando-me para a porta de entrada, que ficava a menos de dez metros de distância.

Ele me protegeu com seu corpo enquanto percorríamos a curta distância em direção à relativa segurança do saguão principal da casa. Lucas veio atrás de nós não muito tempo depois, com as mãos sangrentas penduradas rigidamente ao lado do corpo.

Georgia estava na extremidade do saguão principal, com um dos seguranças garantindo que ela não saísse dali. A expressão frenética em seu rosto se derreteu assim que viu os dois filhos passando pela porta da sala de jantar, mas empalideceu logo que notou o sangue nas mãos de Lucas. Arrancando seu braço com força das mãos do guarda-costas, ela se dirigiu para o filho mais velho, o queixo se abrindo e se fechando impotente diante do choque, apenas para vê-lo erguer a mão e detê-la.

— O sangue não é meu — disse ele.

Não havia nenhuma emoção em sua voz. A morte de Anya devia tê-lo desgastado totalmente.

A incerteza ficou estampada no rosto da senhora, claramente em dúvida sobre o que fazer. Fiquei imaginando qual seria sua atitude, talvez tentar reconstruir aquele relacionamento com um abraço, mas sua personalidade venceu. O queixo foi erguido quando a máscara arrogante se reposicionou firmemente no lugar, e então ocorreu a mim que os membros daquela família escondiam certas partes de si do mundo, como se demonstrar alguma emoção verdadeira fosse permitir que outras pessoas as usassem contra eles. Talvez isso tenha acontecido no passado.

Ethan entrou pela porta da frente, cercado por outro segurança que ostentava um celular perto do ouvido.

— Conseguimos fazer o gerador voltar a funcionar, mas vai demorar algum tempo até que se possa consertar a bagunça que foi feita nas linhas de força principais — disse ele. — Há três feridos lá fora, a emergência está a caminho.

— Temos baixas aqui também, com pelo menos um morto. Leve os feridos para o andar de cima e garanta que todos recebam a atenção adequada. — Jeremiah colocou suas mãos em meus ombros e me empurrou na direção de Ethan. — Cuide dela e de meu irmão, não temos tempo a perder.

— Senhor?

— Precisamos encontrar aquele atirador antes que desapareça novamente — Jeremiah voltou os olhos para mim. — Você: fique com Ethan e faça tudo o que ele mandar.

Tive que me esforçar para liberar seu braço. O desejo de tentar enviá-lo de volta para a segurança da casa era muito forte, mas de alguma forma eu sabia que isso não iria impedi-lo de fazer o que precisava fazer. Ele precisava disso, precisava estar de volta às trincheiras caçando o inimigo. O fato de ser o alvo do atirador não importava a Jeremiah, eu conseguia enxergar isso em seus olhos. Então, em vez de protestar, engoli meus medos e disse:

— Prometa-me que vai ficar em segurança.

Suas maneiras se suavizaram ao ouvir minhas palavras, não sei se por alívio ou qualquer outra coisa. Ele depositou um beijo sobre minha testa enquanto os seguranças feridos eram levados para dentro de casa.

— Eu voltarei para você, prometo — murmurou e então saiu pela porta.

— Leve-os lá para cima — ordenou Ethan, e os outros guardas subiram as escadas com os feridos.

— Mas que ótimo... — reclamou Lucas, olhando rigidamente para o chão. — Agora eu tenho o Capitão América dando uma de babá para cima de mim. Era só o que...

Ethan girou na minha frente, seu punho explodindo no rosto de Lucas e enviando o homem ao chão totalmente desnorteado.

— Havia anos que eu queria fazer isso — confessou Ethan em voz baixa.

Fiquei olhando para o homem da cicatriz em estado de desânimo.

— Mas será que você realmente tinha que fazer isso? — indaguei eu, dando um passo à frente para ver se Lucas estava bem. — Ele não era uma ameaça e...

Uma mão pesada envolveu minha cabeça, pressionando um pano sobre minha boca. Assustada, tentei lutar, abrindo a boca para gritar, mas, em vez disso, respirei um aroma adocicado. Quase imediatamente a sala começou a girar, e eu ouvi Ethan murmurando um suave "sinto muito por isso" enquanto minhas pernas cediam e eu era depositada no chão.

Escutei essa frase demais por hoje, foi meu último pensamento antes de perder a consciência.

Meu sonho foi estranho: eu não poderia dizer, mesmo no contexto de uma fantasia de meu inconsciente, se eu estava voando ou caindo através do ar. As nuvens me chicoteavam enquanto eu passava por elas, o chão estava tão distante quanto visto da janelinha de um avião. Tinha alguma coisa em meus braços, talvez a razão de minha queda, mas eu não estava com medo. O chão se aproximava rapidamente, mas ainda assim eu me sentia totalmente satisfeita com a situação, embora não tivesse a mínima ideia do porquê.

A sensação real de que alguém estava vasculhando meus bolsos me despertou desse estado de sonolência. Uma vertigem súbita fez minha cabeça flutuar, acho que como reflexo daquele sonho, e antes que eu percebesse que nós estávamos nos movendo, já estava deitada de lado. Minhas mãos estavam atadas em meu colo, meus pés também presos, e eu me encontrava precariamente empoleirada no banco de trás de um carro desconhecido. Quando tentei me sentar, descobri que além de tudo estava presa com os cintos de segurança, as tiras grossas me puxando de volta para o couro quente.

Um homem no banco do motorista falava a um telefone em sua mão grossa. Imaginando que ele ainda não soubesse que eu já estava acordada, examinei os arredores, tentando piscar para espantar a sonolência. Tudo em volta estava coberto de couro preto, daquele tipo caro e com textura, e cheirava a novo, mas o carro em si não me era familiar. O banco de trás era bastante estreito, com muito pouco espaço para as pernas, tanto que eu estava enrolada em mim mesma para não ficar batendo dos lados, então imaginei que fosse um carro esporte. O gemido de um motor acostumado a andar em alta velocidade confirmou essa suspeita, mas não me deu muito mais detalhes. Eu me virei para olhar através da janela para o céu nublado lá fora. O couro rangeu debaixo de mim, atraindo a atenção do motorista. Meu coração saltou ao reconhecer o rosto familiar.

— Ethan?

Ele se virou para a frente, olhando para a estrada de novo. Jogou o celular no banco do passageiro e então percebi que era o meu, o aparelho que Jeremiah tinha me dado depois que quebrei o antigo em Paris.

— A garota já está acordada?

Meus olhos se arregalaram quando ouvi a outra voz. Olhei para o banco do passageiro à frente, mas não havia mais ninguém no carro. A voz não tinha vindo de nenhuma direção, e Ethan não pareceu surpreso, embora sua mandíbula se apertasse.

— O efeito do sedativo passou rápido demais — respondeu Ethan.

Sua voz era rouca, furiosa, soando como se ele não quisesse ter respondido.

Meu celular pousado no banco da frente explodiu em sons, surpreendendo Ethan visivelmente.

— O que foi isso? — perguntou aquela voz desencarnada, o aborrecimento transparecendo em seu tom suntuoso.

— O telefone da garota.

Ethan pegou o telefone e olhou para a pequena tela.

— É Jeremiah — acrescentou ele, sem rodeios.

Meu coração começou a bater acelerado ao ouvir aquele nome. Com o peito apertado, mordi meu lábio para evitar que começasse a gritar.

— Atenda — comandou a voz. — Coloque no viva-voz.

Ethan fez isso e depositou o aparelho em seu colo. Mas, antes que ele pudesse dizer qualquer coisa, eu exclamei:

— Jeremiah!

— Lucy? Onde você está?

Alguma coisa fria dentro de minha alma se derreteu ao ouvir o som daquela voz. Ele soava forte e seguro, e eu precisava desesperadamente de toda aquela segurança.

— Estou no banco de trás de um carro — respondi, odiando o tom desesperado de minha voz, mas ansiosa para contar tudo o que eu pudesse. — É algum carro esporte com todos os bancos de couro preto. Não consigo ver nada a não ser o céu nublado pela janela. Estou com Ethan... — Parei, sem saber direito como dar a notícia sobre meu sequestro.

Meus olhos encontraram o olhar pétreo de Ethan, e então o homenzarrão suspirou:

— Sinto muito por isso, Jeremiah.

— Ethan? — rosnou ele.

Talvez se eu pudesse ver o rosto de Jeremiah seria capaz de decifrar a emoção que ouvi naquela simples palavra... Surpresa, raiva, traição, decepção... Mas naquele momento só havia a palavra e a procura por respostas.

— Eles estão com Celeste. — Um profundo pesar tingiu a voz do homem, vi sua boca curvar-se para baixo.

Jeremiah soltou um palavrão.

— Desde quando?

— Não sei, mas eu recebi o telefonema enquanto você discutia com sua família. Você sabe que eu faria qualquer coisa para protegê-la.

— Quer dizer que você armou tudo isso? — Mesmo pelo telefone, a ira na voz de Jeremiah borbulhava. — Você deixou que três homens morressem porque...

— Não! — explodiu Ethan. — Isso não foi culpa minha. Eu não sabia de nada até que recebi o telefonema e as luzes se apagaram antes de eu desligar o telefone. Juro pela honra que ainda me resta que não estou por trás desse ataque!

— Você pede que eu confie em você depois de raptar minha... — Jeremiah interrompeu a sua frase, e depois perguntou: — Para onde está indo?

— Fazer a troca.

— Mas que porra, Ethan!

— Você faria o mesmo por ela, não se preocupe em me desmentir — dizendo isso, Ethan lançou um olhar para mim no banco de trás, e então deu uma risada áspera. — Essa coisa toda é como em Kosovo...

Houve uma pausa do outro lado da linha, então Jeremiah rosnou novamente:

— Porra, Ethan!

— E quando isso acabar, não culpe a Celeste. Tudo isso foi decisão minha. — Ethan pegou o telefone. — Estou desligando agora. Adeus, Jeremiah.

— Ethan, espere.

Ethan encerrou a chamada, olhando para o telefone na sua mão.

— Jogue o telefone pela janela.

Eu me sobressaltei com a voz bajuladora bem ao lado de minha cabeça, e vi Ethan fazer o que lhe foi dito, baixando o vidro da janela e atirando o celular para fora. Olhei para cima e percebi que a voz vinha dos alto-falantes. Parte de mim estava aliviada com o fato de não haver outra pessoa no carro com a gente, mas eu tinha a sensação desanimadora de que muito em breve encontraria essa voz em pessoa.

— O que aconteceu em Kosovo? — perguntou a voz, em tom de conversa.

— Um informante nos traiu — respondeu Ethan com a voz neutra. — Nós não percebemos até o dia em que nosso alvo sequestrou a esposa e a família do homem e ele nos entregou para salvá-las.

— E eles todos sobreviveram?

— Não — foi a resposta direta.

— Coitado, embora talvez tenha sido um final apropriado para seus crimes. Traição realmente é o mais desagradável dos pecados, você não acha?

Os dedos de Ethan presos ao volante estavam brancos por causa da tensão que ele aplicava, mas o homem não respondeu à óbvia provocação.

— E o que você vai fazer com a garota? — perguntou Ethan, depois de uma breve pausa.

— Mate-a, e depois mate seu amigo quando ele vier resgatá-la.

Eu gemi e apertei meus olhos, as lágrimas escorrendo por entre meus cílios. Quando eu os abri novamente, vi que Ethan estava me olhando pelo espelho retrovisor.

— E se eu não entregar a garota para você?

— Bem, então vou matar sua deliciosa esposa. Hum... Acho que depois... Ela é mesmo muito gostosinha, claro, para quem gosta de ruivas...

As mãos de Ethan torceram o volante do carro.

— Ora, seu filho de uma...

Houve uma agitação na outra extremidade da linha e, em seguida, uma mulher gritou de dor. Celeste. Com o som, Ethan desviou o carro da estrada, gritando:

— Pare!

A gritaria parou, mas o soluço baixinho ao fundo era quase tão angustiante.

— Se você não quer que sua mulherzinha preciosa fique com mais marcas — afirmou a voz, não mais divertida —, você vai parar de me chamar desses nomes. Está claro?

— Claríssimo — disse Ethan, mas seu perfil denotava sombrio desespero.

Meu coração batia forte, ameaçando saltar do peito. Minha respiração tornou-se instável e rápida.

— Ethan, por favor... — sussurrei, a garganta se apertando com o pensamento que estava crescendo dentro de mim: *eu não quero morrer!*

— Cala a boca da garota! — ordenou o assassino.

Eu me contorci, desesperada para escapar, quando Ethan pegou um pano branco do banco do passageiro e estendeu o braço para mim. Seu longo braço me alcançou facilmente, mas eu lutei, prendendo a respiração e retorcendo o corpo todo na tentativa de escapar daqueles cintos de segurança. Mas Ethan tinha uma paciência de Jó, e logo manchas dançavam na minha visão quando minha fonte de oxigênio rapidamente esgotou-se. Soltei um suspiro, o aroma adocicado da droga avançando em direção a meus pulmões. Segundos depois, caí na inconsciência.

Dessa vez, não houve sonhos.

21

Não sei por quanto tempo fiquei apagada dessa vez, mas os frequentes solavancos que o carro dava foram o que inicialmente me retirou do torpor induzido pelas drogas. No entanto, só quando paramos completamente recobrei plena consciência, com a súbita falta de movimentos me acordando. Houve então o som de uma porta de carro sendo aberta e o banco sendo puxado, em seguida minhas pernas foram agarradas. Lutei de maneira involuntária ao ser retirada do veículo e atirada sobre um ombro, mas meus movimentos débeis não surtiram nenhum efeito. O ar frio circulava para fora da água e eu imediatamente comecei a tremer, a roupa fina que estava usando não se mostrava páreo para a rajada úmida do inverno.

— Você consegue ficar de pé? — a voz de Ethan trovejou ali perto.

Meu estômago agitou-se, as náuseas ameaçando me dominar, mas consegui emitir um fraco "sim". O mundo começou a girar novamente, mas Ethan foi gentil, encostando-me de pé na lateral do carro. Eu cambaleei, colocando a mão no carro esporte brilhante em busca de apoio, e me obriguei a olhar em volta. Gaivotas voavam acima de nós, seus gritos lamentosos ecoando pelo ar. As ondas do mar se quebravam ritmicamente ali perto, mas não consegui enxergar a costa oposta por causa do nevoeiro que se formara sobre as águas. Edifícios de fábricas estavam alinhados ao longo da estrada à beira-mar, bloqueando nossa visão daquele lado. A estrada era estreita e sinuosa, a neblina serpenteando sobre o asfalto irregular, mas vi outro carro a alguns metros, apontado ameaçadoramente em nossa direção.

— É o...

Notei algo pelo canto do olho e virei a cabeça, apenas para ver uma arma na mão de Ethan. Minha respiração acelerou, mas ele captou meu olhar e balançou a cabeça de leve, mantendo a arma apontada para o chão e escondida atrás de meu corpo.

— Onde está minha mulher? — gritou ele para o assassino, que ainda estava, obviamente, ouvindo tudo lá do carro.

A porta do veículo nas proximidades se abriu, confirmando meus medos. Uma figura esguia, com cabelos muito vermelhos, cambaleou para fora do carro quando a porta se fechou atrás dela.

— Ethan? — chamou Celeste, sua voz parecendo metálica ouvida à distância.

— Celeste, eu estou aqui! — gritou Ethan de volta. Pude sentir a tensão vazar de seu corpo enquanto Celeste virava a cabeça para nosso lado. Ela veio cambaleando em nossa direção, e só então pude ver que ela estava vendada e também tinha as mãos algemadas atrás das costas.

— Espere até que ela chegue perto de vocês — disse o assassino, sua voz oleosa escorrendo através do sistema de som do carro e fazendo minhas mãos se fecharem em punhos. Mordi meus lábios quando um sólido clique soou atrás de mim, sem dúvida Ethan preparando sua arma. Meu queixo começou a tremer e eu cerrei os dentes, determinada a ser forte num momento como aquele. *Mas, oh, é tão difícil...*

— Talvez este seja um bom momento para mencionar que a sua esposa está com uma bomba presa nela.

Ouvi uma curta ingestão de ar. O aperto que Ethan mantinha sobre meu braço se intensificou. O tom satisfeito que eu podia ouvir na voz polida do assassino ficou ainda mais evidente quando ele continuou a falar:

— E se você está pensando em realizar qualquer ato de heroísmo, lembre-se de que a primeira vítima nesse conflito será sua amada esposa. Então, por favor, atire longe essa arma que está escondendo atrás da Srta. Delacourt antes que meu dedo fique um pouco mais... nervoso.

Ethan, apreensivo, imediatamente ergueu sua mão para o ar, acima de minha cabeça, brandindo a arma que ele segurava, e então a atirou para dentro do carro.

— Venha, querida, você está quase chegando — gritou Ethan para a ruiva.

Meu coração se condoeu com a mulher, que vinha tropeçando cegamente em direção ao marido, usando apenas o som da voz dele para se direcionar. Por duas vezes, quase caiu, o que era uma situação perigosa, tendo em vista que estava com as mãos presas às costas, mas nas duas ela conseguiu se reequilibrar.

— Quão rápido você acha que pode levar sua esposa para longe do meu alcance? — uma superioridade bastante presunçosa escorria dos alto-falantes do carro. — Vamos inventar um jogo novo: a bomba que está presa em sua mulher é acionada por sinal de rádio ou por celular? Você só pode dar um palpite. E nem pense em usar seu carro para escapar, ele também pode ter sido preparado por mim para explodir... — Uma risada sombria veio dos alto-falantes. — Qual a distância que vocês vão ter que percorrer para garantir sua segurança se tudo isso aqui der errado ou se eu decidir ser um grande filho da puta?

Ethan rugiu, seu corpo vibrando com o som, mas sua voz estava forte e segura quando voltou a chamar a esposa. As respostas dela vinham cheias de medo e, quando chegou mais perto, Ethan deu a volta onde estávamos e a pegou em seus braços. Vi uma marca vermelha no alto de uma das bochechas e aquilo que parecia uma pequena queimadura de cigarro em um ombro, mas, no geral, ela parecia estar bem. O soluço alto da ruiva rasgou a tensão acumulada enquanto o homenzarrão calvo a esmagava contra seu corpo, beijando o topo de sua cabeça por um longo momento antes de tirar a venda dos olhos e a levantar em seus braços.

Eu soube o momento exato em que Celeste me viu porque ela engasgou.

— O que a Lucy está fazendo aqui? — exigiu saber, a voz ficando subitamente mais forte.

Os olhos dela caíram sobre as algemas que prendiam minhas mãos, subindo então para o rosto do marido e lhe dando um olhar penetrante, o medo substituído por confusão.

— Meu dedo está ficando impaciente sobre este botão — a voz apressada do assassino saiu através dos alto-falantes. Uma expressão de horror se estampou no rosto da ruiva.

— Não! — deixou escapar Celeste. — Você não pode deixar Lucy aqui!

Quando Ethan não respondeu e apenas se virou em direção a um beco próximo, os protestos de Celeste se tornaram uma gritaria e ela começou a se debater nos braços do marido. Mas aquela mulher miúda não tinha chances, as mãos estavam algemadas nas costas e não havia nenhuma maneira de Ethan a deixar escapar. Fiquei assistindo enquanto os dois desapareciam, os passos largos do homem levando-os para longe rapidamente. Uma forte dormência caiu sobre mim quando percebi que estava completamente sozinha naquele lugar, provavelmente prestes a morrer. Mas... Como minha vida tinha chegado a esse ponto?

Do lado oposto de onde eu estava, a porta do motorista do outro carro se abriu e um homem saiu. Ele estava vestido casualmente, com apenas uma jaqueta de couro fino para protegê-lo do ar gelado que vinha do mar. Suas calças batiam preguiçosamente por causa da brisa quando ele começou a caminhar em minha direção, o som de seus passos chegando a meus ouvidos cada vez com mais nitidez. Apesar do dia nublado, ele usava óculos de sol com armação estreita que se encaixava bem em seu rosto. Uma parte alheia de meu cérebro notou que ele era quase bonito, daquele tipo que fica na dele, o "cara legal" que você nunca nota realmente. Tendo em vista os acontecimentos até então, eu duvidava que algum dia esqueceria o rosto desse homem, caso eu sobrevivesse.

Eu mantive minha posição quando ele se aproximou, encostando-me no carro para buscar um apoio. Minhas pernas estavam bambas, ameaçando me fazer despencar por causa do medo que eu sentia, mas eu o encarei e tentei imitar o olhar impassível de Jeremiah. Não foi pouca coisa, sobretudo quando ele por fim se deteve perto o suficiente para poder tocar em mim. Ele me examinou silenciosamente e eu notei a crueldade de seu olhar, minha respiração se acelerou, mas eu não estava disposta a recuar.

— É um fato raro eu encontrar um de meus alvos cara a cara — disse ele finalmente, arqueando uma das sobrancelhas. — Claro, também é um fato raro que um de meus alvos me veja e viva para contar a história. Verdade seja dita, eu prefiro desta forma, ficar observando o rosto de uma pessoa nos momentos finais. — Ele riu, o som oco de sua voz sem nenhum sinal de alegria verdadeira. — Também é claro que você nunca foi meu alvo até sobreviver ao meu veneno. Menina ardilosa, essa...

O sorriso artificial no rosto do assassino não alcançava seus olhos, o que despertou um tremor em mim. Seus olhos eram mortos, poças escuras sem vida. Eu me esforcei para me manter sob controle, apertando os lábios para não deixar escapar nenhum som. Estava determinada a não implorar e a não pedir, mas a perspectiva de morrer me deixava fraca demais e me agarrei ao retrovisor do carro para não cair.

— Não me entenda mal, não é que eu não aprecie esse nosso tempo juntos — o assassino olhou o relógio —, mas temos menos de dez minutos antes que a cavalaria chegue. Seis, se eles tiverem um método qualquer de rastrear vocês que eu desconheça. Essas fábricas formam um labirinto, é difícil sair dele mesmo com um mapa em mãos. — Esticando a mão para suas costas, ele puxou uma arma preta, acariciando o cano com a mão livre e sem tirar os olhos de mim. Ele me viu olhando e encolheu os ombros. — Sabe, foi um duro golpe para meu ego profissional quando ambos sobreviveram à minha tentativa de envenenamento. Esse vai ser um truque que não usarei mais, porém, mesmo assim, preciso corrigir meus erros.

Eu mantive meus olhos no homem, tentando desesperadamente controlar minha respiração. Uma dúzia de cenários passava pela minha cabeça, e eu tentava descobrir qual deles era o mais efetivo para fugir dali: uma luta corpo a corpo, sair correndo, mergulhar fundo no mar... Mas em cada um desses cenários, eu saía perdendo. Isso era ruim. A confiança tranquila no rosto dele me disse tudo o que eu precisava saber: suas habilidades de caça eram muito maiores do que as minhas de fuga, especialmente ali, em campo aberto. Uma dormência evidente começara a se espalhar por meu corpo enquanto eu o observava preparando sua arma. *Então, vai ser assim? Sou apenas isca para atrair Jeremiah para a morte?*

Um tubo estreito apareceu em uma das mãos do homem, e ele casualmente o conectou ao cano da pistola, girando-o para fixar. O assassino inclinou a cabeça para um lado e me estudou.

— Você é muito corajosa — comentou ele. — A maioria dos meus alvos estaria implorando por suas vidas agora mesmo.

Eu faria isso se achasse que valeria a pena. O vento se levantou da água do mar, as ondas quebrando nas paliçadas de madeira abaixo de nós, balançando o chão sob meus pés. Meu próprio tremor cessou com a percepção paralisante de que eu estava prestes a morrer.

— Prefiro fazer as coisas cara a cara, como estamos agora — continuou ele —, mas a maioria das pessoas sai correndo e eu tenho de matá-las com um tiro nas costas. Negócio chato, que quase tira a dignidade e o prazer do serviço. — Ele levantou a arma e a apontou para o meu rosto. — Não se preocupe, querida, você vai rever seu amado bilionário daqui a pou...

Algo assobiou passando rente ao meu ouvido e o assassino virou de lado, caindo no chão. Fiquei ali de pé, olhando em silêncio e paralisada enquanto ele se debatia no chão, gemendo de dor e segurando o ombro, então o bom senso inundou meu corpo de volta com um sentimento de vingança. Girei o corpo para fugir, mas ainda não tinha dado um passo sequer quando uma mão agarrou meu tornozelo e eu caí no chão. Consegui me recuperar da surpresa, esfolando meus joelhos pela primeira vez desde que era criança ao me arrastar pelo chão, imensamente grata a Ethan por ter prendido minhas mãos na frente do corpo. No entanto, guinchei quando agarraram meus cabelos e fui puxada para trás e por cima do assassino, até me encontrar totalmente em cima de seu corpo.

— Aquele filho da puta... — murmurou ele, e não entendi sobre o que estava falando até que um pequeno dispositivo apareceu em sua mão.

O objeto tinha dois pequenos botões, um azul e outro vermelho, e se parecia muito com uma chave de carro eletrônica. Eu percebi, horrorizada, que aquilo provavelmente era o dispositivo que iria detonar a bomba presa em Celeste.

— Não!

Agarrei a mão dele, lutando para pegar o controle. Alguma coisa tinha obviamente dado muito errado: ou Ethan o tinha traído, ou a cavalaria havia chegado mais cedo do que o previsto, mas isso realmente não tinha importância. O fato é que eu não podia permitir que ele apertasse aquele botão. Tudo o que eu conseguia ver diante de meus olhos era a expressão de pânico de Celeste na hora em que ela me viu, seus gritos para não me deixar ali, mesmo com Ethan a levando embora, e eu não podia pensar em permitir que ela morresse. Pelo menos não sem lutar.

O assassino não esperava minha resistência, e eu quase consegui arrancar o controle de sua mão, mas ele revidou. Um de seus braços estava totalmente inutilizado, o sangue derramando-se de um grande ferimento no ombro, por isso a luta estava quase empatada entre minhas mãos algemadas e seu braço machucado. Também percebi rapidamente que ele me usava como escudo contra um novo disparo do atirador e não queria perder essa proteção, mesmo assim enrolou uma de suas pernas em minha cintura e me empurrou para baixo, tentando arrancar o dispositivo de minhas mãos.

Um vislumbre de triunfo passou pelo meu rosto quando consegui pegar o pequeno aparelho de plástico e afastá-lo de sua mão, mas antes que eu pudesse atirar o dispositivo na água, um cotovelo explodiu na lateral de meu rosto. A dor se espalhou por todo o crânio e eu, atordoada, hesitei por um segundo, o suficiente para a mão dele ficar em cima da minha, tentando arrancar o controle de meus dedos. Com um zumbido nas orelhas, tentei segurar o pequeno aparelho, mas outra cotovelada, dessa vez no meio do peito, expulsou para longe o ar de meus pulmões. Atordoada, lutava para respirar e vacilei por tempo o bastante para ele arrancar o controle de minhas mãos. A raiva e o triunfo contorciam o rosto do assassino, e eu assisti impotente ao momento em que ele apertou o botão vermelho.

Nada aconteceu.

Ele piscou, então olhou para os controles. Seu dedo deslizou novamente sobre o botão vermelho, mas o que ele esperava, evidentemente, não se materializou, pelo que pude ler em sua expressão.

— Bem, foda-se — disse ele, os ombros caindo em sinal de derrota.

Joguei minha cabeça para trás, levando meu crânio contra seu nariz e sua boca. O impacto me atordoou novamente, mas o aperto dele afrouxou e eu rolei para o lado, o mais longe que pude. Nossos olhos se encontraram quando seu braço bom levantou-se, apontando a arma diretamente para mim.

Então, a parte de trás de sua cabeça explodiu, e ele caiu de volta para o asfalto.

Com o corpo inteiro tremendo, eu lutava para respirar, mas não conseguia afastar os olhos daquela visão macabra. A histeria ameaçou me invadir, soluços forçando-se através de meus lábios enquanto eu lutava para ficar de pé, o peito doendo onde a cotovelada havia me acertado. As lágrimas, porém, não vieram, uma dormência generalizada tomou conta de mim e tudo que eu podia fazer era olhar para o rosto impassível do assassino, o buraco no seu crânio, e... aquele amontoado sangrento atrás da cabeça. *Acho que vou vomitar.*

Não sei por quanto tempo fiquei ali, olhando aquela poça de sangue diante de mim, até que ouvi pneus de carros se aproximando de onde nós estávamos. Entorpecida demais para me mexer, fiquei assistindo quando sedãs escuros e SUVs se moviam, cercando-nos na estreita passagem. Pessoas vestindo aqueles uniformes escuros tão familiares, e que eu tinha visto por quase uma semana, saíram dos veículos, espalhando-se pelo local. Ninguém dos que estavam a serviço de Jeremiah se aproximou de mim, embora um dos homens tenha gentilmente recolhido o controle remoto que havia deslizado da mão do assassino quando ele foi baleado. Por mais que eu quisesse lhes dizer alguma coisa, contar-lhes o que era aquilo, não consegui levantar meus olhos do rosto do homem morto, sua expressão de espanto congelada para sempre.

Um som estranho, parecido com o de uma ventania, se aproximou e eu finalmente virei minha cabeça, para ver um helicóptero aparecer através da névoa sobre a água. Um homem alto estava de pé em um dos trens de pouso e, assim que o veículo se aproximou do solo, pulou, pousando sem esforço e correndo em linha reta na minha direção. O longo rifle traspassado sobre seu ombro batia por causa de seu andar a galope. Quando se aproximou, caiu de joelhos e imediatamente me pegou em seus braços.

Meu corpo tremia, de maneira incontrolável e selvagem, e um soluço explodiu, abrindo caminho para fora, quando finalmente cedi às emoções que tinham sido guardadas por tanto tempo. Agarrei-me a Jeremiah quando ele me pegou com suavidade, me mantendo pressionada firmemente contra seu corpo, e fui carregada para uma das SUVs que estavam à espera.

A volta para casa transcorreu em silêncio, pelo que serei eternamente grata. Jeremiah me manteve em seu colo, suas mãos acariciando minhas costas e meus braços em um ritmo que ajudou a me acalmar. Não havia nenhuma demanda em seu toque, quem sabe uma pitada a mais de proteção possessiva, não sei, mas eu de fato necessitava desesperadamente dessa forma de segurança. A dormência de antes tinha desaparecido, mas eu estava cansada demais para chorar ou gritar. Tudo que eu queria era enroscar-me com segurança num sofá em uma sala escura, longe de tudo e de todos, e tentar esquecer as últimas horas.

Meu cérebro, porém, insistia em reviver aquelas cenas horríveis: o guarda morrendo na minha frente na cozinha da casa, os momentos finais de Anya, os lamentos de Celeste quando ela foi levada para um lugar seguro e o qual me foi negado, a cabeça do assassino explodindo em um mar de sangue. Quando encontrei uma gota daquilo que pensei que fosse sangue em uma das mangas de minha camisa, enquanto estava na SUV com Jeremiah, quase enlouqueci tentando tirar a roupa contaminada. Apenas a voz profunda de Jeremiah, suas mãos poderosas habilmente afastando as camadas mais machucadas de mim, me impediu de cair na histeria em que eu tanto desejava me abandonar.

Qualquer esperança de um pouco de solidão, no entanto, foi frustrada quando vi os veículos que se enfileiravam na frente da mansão, rostos desconhecidos e uniformes montando guarda na entrada. Eu choraminguei quando a porta do carro de Jeremiah se abriu, não querendo fazer parte de mais um desses circos, e apenas me agarrei a seu pescoço quando ele me levou para fora do veículo. Seus lábios roçaram meu ouvido quando perguntou, seu hálito quente em minha pele:

— Você consegue andar sozinha?

A vontade de responder que não, para ficar em segurança encostada contra o corpo dele pelo maior tempo possível, foi uma forte tentação. Eu balancei a cabeça, no entanto, uma faísca de independência começando a incitar-me para tomar o controle de mim mesma. Jeremiah, porém, não me liberou por vários segundos ainda, enquanto caminhávamos no meio da multidão desconhecida, e gentilmente me deixou sozinha depois de passarmos pela porta da casa. Vacilei por um instante, mantendo minha mão presa em seu braço, mas ele não pareceu se importar com isso.

— Mas quem são essas pessoas? — finalmente perguntei, limpando a garganta.

Minha voz soou grossa até para meus próprios ouvidos, provavelmente devido ao meu choro mais cedo.

— Eles são funcionários do governo, estão aqui para levar meu irmão preso.

Os lábios de Jeremiah formavam uma linha fina em meio ao seu rosto. Eu não conseguia adivinhar se ele aprovava isso ou não, mas a ideia de Lucas passar um tempo na cadeia era de fato desanimadora. No saguão, o homem com a cicatriz olhava para um saco para cadáveres ali perto, com um olhar cansado estampado no rosto. Os olhos de Lucas seguiram o corpo quando dois homens com o uniforme do serviço funerário o levantaram e o levaram para fora. Então ele olhou para mim. O alívio brilhou rapidamente em seu rosto.

— Estou feliz que você esteja bem, minha querida — disse ele, com um leve aceno de cabeça. — Já houve muitas baixas no desastre de hoje.

— Obrigada por sua ajuda — respondi, suspirando. — Eu gostaria que as coisas não tivessem terminado desse jeito para você...

— Foi o risco que corri ao vir até aqui. — Lucas deu de ombros, um dos lados de sua boca se levantando em uma espécie de sorriso. — Mas aprecio sua preocupação. É... Uma coisa meiga...

Fiz uma careta, tentando entender se aquela declaração tinha sido um elogio ou um insulto, e esse meu dilema pareceu diverti-lo.

— Adeus, minha gentil dama — disse ele, enquanto os agentes de terno o puxavam para fora da casa. — Espero que possamos voltar a nos ver em breve.

Jeremiah deu um passo para o lado, bloqueando a passagem através da porta.

— Mano... — começou a dizer, mas Lucas balançou a cabeça.

— Não! — disse Lucas. — Não quero ouvir isso, não importa se você estiver se desculpando ou me condenando, não quero ouvir. A verdade está aí e agora cada um de nós tem que viver com as consequências de nossos próprios atos.

Os irmãos olharam um para o outro por um momento, dois perfis que se combinavam recortados contra a fraca luz do lado de fora da casa. Finalmente, Jeremiah saiu do caminho, e Lucas foi levado em silêncio para a viatura que o esperava. Eu observei, um tanto decepcionada, enquanto o carro que levava ele e os vários agentes se dirigia para o portão principal.

Jeremiah procurou em volta do saguão de entrada.

— Onde está minha mãe? — perguntou a um guarda que estava próximo.

— As autoridades tomaram um breve depoimento dela e, em seguida, disseram que ela estava livre para ir embora, senhor.

Os lábios do executivo se apertaram por um breve instante, e ele deu um suspiro. Eu franzi a testa, porque esperava mais daquela mulher odiosa, mas supus que os hábitos de toda uma vida eram difíceis de abandonar. Pus uma mão no braço de Jeremiah e logo fiquei tensa quando reconheci outra figura familiar que vinha caminhando em nossa direção.

Ethan trazia um olhar cauteloso em seu rosto, mas, para minha surpresa, não usava algemas. Celeste não estava à vista e, embora eu quisesse muito saber se ela estava bem, me mantive em silêncio.

— Fico feliz em ver que você está bem — disse o homem calvo para mim.

Eu me aproximei de Jeremiah, a suspeita e a desconfiança ecoando em meu cérebro. Apesar de saber por qual motivo ele tinha me sequestrado, de conhecer a situação absurda na qual ele havia sido colocado, eu não me via em condições de perdoar suas ações. E ver aquele homem naquele momento só trouxe de volta as lembranças horríveis de um pano sobre minha boca, o aroma enjoativo da droga para dormir infiltrando-se pela minha garganta e o terror de vê-lo me abandonar ao meu próprio destino.

— Obrigado — disse Jeremiah do meu lado, seu braço me puxando mais apertado contra seu corpo. Seu corpo permaneceu rígido enquanto ele se dirigia ao guarda-costas. — As coisas poderiam ter saído muito diferentes sem sua ajuda.

Ethan assentiu com a cabeça.

— Eu consegui encontrar um freezer pesado dentro de um dos prédios ali perto. Ele bloqueou o sinal por tempo suficiente para que eu pudesse desarmar a bomba que estava presa em Celeste. — Seu olhar se voltou para mim. — Me disseram que devo agradecer a você pelo atraso extra no disparo.

Confusa, eu me virei para olhar para Jeremiah. *Ele ajudou? Como?*

— A referência a Kosovo — explicou Jeremiah, respondendo à minha pergunta silenciosa. — Nosso informante na missão nos levou a uma armadilha, nos dando falsas informações que levaram à morte de vários de nossos companheiros. Entretanto, ele teclou as novas coordenadas pelo celular, para que pudéssemos completar a missão de qualquer maneira. — Seu olhar poderoso nunca deixou de estudar o enorme guarda-costas. — Estou feliz que o resultado tenha sido melhor dessa vez.

Ethan encolheu os ombros, mas seus olhos se apertaram em um estremecimento.

— Celeste não está feliz com a forma como eu lidei com a situação. — Ele olhou para mim. — Ter deixado você para trás com o assassino pode ter custado meu casamento.

Parte de mim queria desesperadamente confortá-lo... Eu, mais do que ninguém, vi quanto ele adorava a esposa, mas não consegui soltar nenhuma palavra de conforto de meus lábios. Tudo ainda estava muito fresco em minha memória, muitas lembranças ruins e sensações com as quais eu deveria lidar antes de me sentir confortável na presença daquele homem. E acho que ele percebeu isso, porque vi o pesar em seu rosto.

— Gostaria de ter pensado em outra forma... — disse ele, olhando para mim.

E antes que eu pudesse esboçar qualquer reação, Jeremiah deu um passo adiante. Seu braço já estava em movimento e seu punho explodiu no queixo de Ethan com um estalo poderoso. O homem calvo cambaleou para trás, caindo no chão, e Jeremiah se ergueu sobre a figura prostrada.

— Você está demitido.

Um protesto se alojou na minha garganta enquanto eu olhava alternadamente para os dois. Um momento silencioso se passou entre os dois, e então Ethan assentiu:

— Eu esperava algo pior.

Jeremiah se adiantou, estendendo a mão, e ajudou Ethan a se levantar.

— Você ainda tem meu respeito, mas não posso me dar ao luxo de confiar em você novamente — ele disse, afastando-se. — Pegue suas coisas no barracão e saia da propriedade em meia hora; depois tratamos de encerrar nossa sociedade.

Ethan assentiu com sobriedade e então se virou para mim:

— Se isso vale alguma coisa, sinto muito pela forma como agi.

— Sua esposa foi sequestrada — respondi, surpreendendo-me. — Você fez o que achou que tinha que fazer e conseguiu alertar a cavalaria para me resgatar. — Eu me esforcei para encontrar as palavras para continuar, ainda em conflito sobre os acontecimentos do dia. *Meu Deus... Eu estou mesmo perdoando aquele homem*? — Espero que você e Celeste possam resolver as coisas — concluí sem muita convicção, incapaz e sem muita vontade de absolvê-lo, naquela hora. A presença dele ainda me deixava nervosa, e me aproximei mais de Jeremiah. Ethan viu meu movimento e a tristeza brilhou em seus olhos.

— Cuide dele — Ethan disse, a declaração me pegando de surpresa, e então se virou e caminhou em direção à porta.

Ergui os olhos para Jeremiah, que observava a porta por onde seu velho amigo tinha acabado de passar. Ele deve ter sentido meu olhar, porque virou a cabeça para me ver. Meus lábios se abriram quando fui atingida novamente pela impressão de que ele era realmente lindo e levantei minha mão para acariciar seu rosto. Uma enorme mão escorregou e cobriu a minha, e ele deu um beijo suave na palma, o que enviou fagulhas por todo meu corpo. Sem pensar direito, atirei meus braços em volta de seu pescoço e escondi minha cabeça em seu peito, sufocando os soluços que estavam querendo se formar. *Eu estou segura.*

E eu sabia, sem sombra de dúvida, que estava irrevogável e loucamente apaixonada por aquele homem diante de mim. A emoção explodiu através de meu corpo, me deixando tonta com a sensação de que eu estava louca de paixão por aquele homem bruto, mas gentil, que eu tinha conhecido havia apenas poucos dias. Mesmo meu lado racional, a parte que tinha protestado contra essa tola noção antes, concordava em silêncio.

O braço de Jeremiah cobriu meus ombros e ele beijou o alto de minha testa ao mesmo tempo que outro guarda passou pela porta. Olhei meio de lado e percebi que o jovem parecia meio nervoso.

— Eu... Senhor...

— Sim, Andrews? — respondeu Jeremiah, mantendo-me ainda firmemente presa contra seu corpo.

Andrews engoliu em seco, parecendo relutante em falar.

— Os... Há... Os agentes do governo acabam de chegar ao portão principal, senhor — disse ele finalmente, colocando as mãos atrás do corpo e ficando em pé, em posição de sentido. A postura militar parecia dar-lhe mais confiança. — Eles estão aqui para buscar seu irmão.

Eu pisquei, confusa, e olhei para Jeremiah. Seu rosto ficou pálido por um momento, então ele começou a xingar.

Abaixando a cabeça contra o tronco de Jeremiah, eu escondi o sorriso provocado pelo truque engendrado por Lucas, maravilhada com os acontecimentos daquele dia.

22

As amarras em torno de meus pulsos estavam bem apertadas, o couro frio me segurando completamente. Eram amarras flexíveis, projetadas para não causar nenhum tipo de incômodo, mas eu permanecera com elas durante a noite toda e a maior parte da manhã. Havia um pouco de desconforto, mas eu estava tão presa a outras sensações que nem dava muita atenção a isso. A luz se infiltrava através de pequenas fendas nas pesadas cortinas, mas o quarto continuava escuro e isolado, o refúgio perfeito para o que estávamos fazendo.

Os lábios de Jeremiah viajaram pela minha espinha, os dentes roçando minha pele nua enquanto ele se movia para trás sobre meu corpo. Os dedos deslizaram sobre meus quadris, traçando o contorno de meus seios contra o colchão. Minha respiração foi cortada quando seu joelho deslizou por entre as minhas pernas e eu senti seu duro comprimento ao longo de minha coxa. Uma de suas mãos me alisou o cabelo, desviando-o para o lado, enquanto choviam beijos ao longo de meu pescoço e até a minha orelha, os dentes puxando delicadamente a cartilagem. Meus quadris subiram em súplica silenciosa, ele beliscou minha orelha e satisfez minha necessidade, penetrando facilmente dentro de mim.

Eu suspirei, meus olhos revolvendo fechados. Nosso amor tinha sido frenético e apaixonado antes, mas, horas mais tarde, o tesão tinha sido aplacado e era muito mais fácil desfrutar um do outro e nos divertir. Jeremiah insistiu para que eu continuasse presa à cabeceira, sujeita a todos seus desejos e vontades, e não me ocorreu por um segundo sequer negar. Sua autoridade e dominação me ajudavam a afastar para longe as más recordações; eu estava segura, protegida em seus braços, e concentrada naquilo que me permitia desfrutar do prazer daquele momento.

Ele vasculhou alguma coisa, seus quadris continuando a mover seu membro duro para dentro e para fora de mim, em longas e certeiras estocadas, então o pequeno vibrador que eu usava foi ligado novamente. Deixei escapar um suspiro ofegante enquanto seu braço deslizou abaixo de minha cintura, me levantando nos joelhos. As unhas desceram ao longo de minhas costas no momento em que ele metia ainda mais forte, e agarrei a cabeceira da cama para conseguir mais apoio.

— Tão linda — murmurou ele, as mãos acariciando minhas costas e as nádegas. — Tudo em você é um tesão.

Mordi meus lábios, suas palavras um bálsamo para a alma, e pressionei minha bunda para trás, querendo mais. Ele cresceu dentro de mim, puxando um grito estrangulado de meus lábios. Dedos cavaram a pele do quadril, uma âncora enquanto ele me penetrava repetidamente, nosso coito não mais apenas um momento de lazer. Agarrei-me com força à cabeceira de madeira, gemidos e gritos desavergonhados sendo puxados de minha garganta. O minúsculo vibrador, posicionado de uma maneira perfeita que não interferisse no acesso dele, enviava ondas através de meu corpo a cada impulso e me levava cada vez mais alto, em direção a mais um orgasmo. Outros brinquedos estavam depositados na mesa ao lado da cama: açoites, penas, pênis artificiais e vários outros itens que eu não sabia muito bem como se chamavam, mas Jeremiah não estava mais interessado em jogos; nenhum outro brinquedo foi usado, exceto as amarras e o vibrador, ambos mais do que suficientes, em minha opinião. Eu estava dolorida e esgotada, mas continuava tão insaciável quanto o homem dentro de mim.

Seus impulsos ficaram mais erráticos, um sinal claro de que ele estava prestes a gozar. Meu corpo cansado se enrijeceu também, preparando--se para outro orgasmo. Senti sua respiração ao longo de meu pescoço, a barba áspera em seu queixo raspando ao longo de um ombro. Sua mão serpenteou entre minhas pernas e empurrou o pequeno vibrador mais perto de meu corpo, em frente ao centro latejante de prazer. Com um gemido, gozei mais uma vez. Cada gota de tesão foi drenada de meu corpo, minha testa desabando sobre meus braços enquanto meu corpo tremia, a pele formigando por causa da overdose de êxtase que eu tive durante toda aquela noite.

Jeremiah desabou em cima de mim, esgotado como eu, seu peso pressionando-me ainda mais no colchão. Eu não me importava com isso. Ao contrário, estava muito agradecida pelo contato. Finalmente, ele se mexeu e foi desatar as amarras, liberando meus pulsos daquela restrição. Girei meu corpo até ficar de costas, olhando para aquele tronco musculoso. Meus pulsos doíam, mas não me importei, enquanto corria minhas mãos ao longo de seu ventre rígido e descia por seus braços.

Ele me devorou com os olhos, o olhar me acariciando como a seda. No fundo de seus olhos, vi um anseio profundo, a evidência de uma necessidade escondida, e o amor floresceu em meu coração. Eu o puxei pelos ombros, trazendo-o para cima de mim, e ele veio de bom grado, esticando-se por todo meu corpo de forma que eu pudesse envolver meus braços em torno dele. Seu corpo forte e quente fez minha alma cantar. Fechei os olhos enquanto acariciava as suas costas. O fato de estar livre de minhas amarras, entretanto, deixou que minha mente passeasse, e, mesmo que eu não quisesse deter-me sobre os recentes eventos, eles ainda passavam em minha mente.

Muita coisa havia acontecido naqueles últimos dois dias, mas o que eu achava mais preocupante era a investigação sobre Jeremiah. Os agentes do governo que tinham vindo buscar Lucas não ficaram muito felizes ao saber que ele tinha escapado, e tampouco ao serem informados sobre o problema adicional do sequestro ocorrido naquele mesmo dia. As acusações de que Jeremiah tinha permitido a fuga do irmão eram insignificantes quando comparadas com a tempestade criada pela morte de algumas pessoas. A utilização do helicóptero particular sobre áreas públicas, ironicamente, era o principal problema que mantinha seus advogados ocupados. Nós tínhamos, pelo menos até aquele momento, sido absolvidos das mortes na propriedade de Jeremiah e ao longo do canal perto do mar, mas a violação de espaço aéreo restrito poderia ser suficiente para mandar Jeremiah para a cadeia.

As empresas Hamilton também sofreram um duro golpe quando Celeste se demitiu do cargo de diretora de operações logo depois de seu sequestro. Jeremiah não quis falar sobre isso e eu achei melhor não me intrometer, mas ouvi o suficiente de uma de suas conversas ao telefone para concluir que ela não gostou nem um pouco de não saber de nada sobre aquela confusão e de ter colocada em perigo, mesmo que indiretamente. A situação da ruiva com seu marido ainda era um mistério, mas eu torcia para que ela o perdoasse. O tempo e o espaço tinham me ajudado a refletir melhor: Ethan tinha sido colocado entre a cruz e a espada e escolheu salvar a pessoa que ele mais amava. Eu odiava pensar o que faria se estivesse em uma situação semelhante.

Naquilo que considerei uma ironia do destino, eu estava finalmente realizando muitas das funções de uma assistente pessoal de Jeremiah, atendendo telefonemas, recebendo mensagens e ajudando em suas atividades do dia a dia. Surpreendeu-me quanto eu gostava do trabalho em ritmo acelerado. Jeremiah acabava redirecionando as chamadas para mim e eu ajudava a montar sua agenda diária, acompanhando quem precisava do quê. Para ser honesta, ele meio que me jogou numa armadilha, mas, de fato, eu precisava de alguma coisa para me distrair. Acho que ele sabia disso. Toda vez que eu andava num ritmo mais devagar, ou terminava todos meus afazeres, naqueles momentos quando eu tinha um tempo livre e me permitia pensar em outra coisa que não o trabalho, invariavelmente vinha um vislumbre de uma imagem ou de uma lembrança perturbadora: a ferida na cabeça do assassino, o corpo frio de Anya sendo levado, o cano da arma com silenciador do bandido. Nessas ocasiões, a única coisa que conseguia fazer era me embaraçar ao começar a chorar, pois a cada dia lidar com essas lembranças ficava mais fácil. O trabalho, pelo menos, afastava meus pensamentos de coisas desagradáveis.

A mão de Jeremiah deslizou sob minha cabeça, erguendo-a da posição em que estava, enterrada em seu peito. Ele olhou para mim, seus olhos procurando os meus. Traçou com um dedo o contorno de minha sobrancelha, os dedos tocando de leve minha pele enquanto seguia o contorno de meu rosto, descendo pelo queixo até o pescoço. Suas carícias embalaram meus pensamentos, e eu fechei os olhos, entregando-me a mais esse simples prazer.

— Você anda pensando demais — murmurou ele, seu peito tremendo com as palavras. — Agora, neste momento, quero apenas que você sinta.

Dei um suspiro e abri os olhos, meus pensamentos me puxando para fora de onde estava.

— Nós estamos em segurança? — perguntei, empurrando meu rosto em sua mão e beijando o nó de seus dedos. — Você sabe de quem Anya estava falando, quem foi a pessoa que a convenceu a contratar aquele assassino?

Essa era uma discussão que já havíamos tido, e eu sabia que Jeremiah estava bem consciente da ameaça que continuava em algum lugar lá fora. As últimas palavras de Anya antes de o atirador disparar, mencionando um homem cujo nome ela nunca revelou, eram uma nuvem escura no horizonte. Eu podia sentir essa nuvem lançando uma sombra em cima de mim, mas me preocupava mais com Jeremiah. Ele não parecia tão decidido a encontrar essa misteriosa figura quanto em me manter amarrada àquela cama. Eu me lembrei de uma conversa anterior que tive com Ethan no hospital, quando o antigo segurança falou sobre o modo como o executivo descartava todos os tipos de perigo. Jeremiah já havia desconsiderado sua mãe como suspeita, apesar das novas informações e de ela ter fugido sem dizer uma só palavra. Sua indiferença para com a ameaça potencial me incomodou, e eu não poderia dizer se era excesso de confiança ou se ele estava fazendo isso para me proteger — eu esperava que fosse a segunda alternativa.

— Nós vamos resolver isso — replicou ele, beijando minha testa. — Você vai ficar segura, eu prometo.

Para uma pergunta familiar, uma reposta familiar. Sua paciência era frustrante, especialmente naquela hora, em que eu precisava de respostas. *Mas só se passaram uns poucos dias,* censurei a mim mesma. *Você não pode esperar resultados imediatos num caso que não tem pistas...* Ainda assim, eu odiava ser deixada à margem das coisas, incapaz de ajudar de alguma maneira.

Eu empurrei insistentemente um ombro, e Jeremiah rolou de lado, puxando-me com ele, de forma que logo me vi em cima de seu corpo, abraçando sua cintura. Mesmo cansada como estava, consegui me levantar e ficar olhando para seu rosto tão bonito. Ele também ficou olhando para mim, o fogo que existia nele extinto por ora, e o rosto tão aberto como eu nunca tinha visto antes. Suas mãos subiram e alisaram meus seios, e então desceram para descansar em meus quadris enquanto esperava por mim.

Tudo em meu ser cantava ao observar o que estava debaixo de meu corpo. Uma garota podia viver para sempre e nunca se cansar disso. Segui a linha de seus músculos, então me inclinei de forma que meus seios se apertaram contra o peito dele. Pressionando seus lábios nos meus em um beijinho leve, eu lhe dei um meio sorriso enquanto suspirava:

— Eu te amo.

— Não.

Meu mundo parou. Por um instante, pensei que estava caindo, mas nada mudou. Sentei-me depressa, a confusão correndo através de mim enquanto eu olhava para a repentina expressão pétrea no rosto daquele homem debaixo de mim. Minha boca quis trabalhar, tentando pensar em alguma coisa para dizer, mas era como se meu cérebro tivesse parado. As mãos de Jeremiah se prenderam em minha cintura e, como seu eu não pesasse nada, me ergueram e me colocaram ao lado, então ele se sentou, balançando os pés fora da cama. Eu pisquei, a ficha começando a cair, e fiquei olhando enquanto ele ficava de pé e pegava sua roupa.

Olhei de volta para a cama, tentando desesperadamente manter minha respiração estável. *Estúpido, muito, muito estúpido isso que eu fiz.* Meus punhos se fecharam em torno da fronha do travesseiro enquanto eu segurava minhas emoções, tentando conseguir aquele estoicismo que sempre tinha visto no rosto dele.

— Por quê?

Essa foi minha pergunta, incapaz de pensar em outra questão. Houve uma pequena falha na minha voz no fim da palavra, mas forcei meus olhos, agradecida por não ter derramado nenhuma lágrima.

Ele me ignorou por vários segundos, abotoando rapidamente a camisa, depois vestindo as calças, tudo sem olhar para mim. Finalmente, virou-se para me encarar, seu rosto mais fechado e mais indiferente do que eu jamais tinha visto até então. A mudança drástica em relação há apenas um minuto antes era como uma sentença de morte em meu coração.

Ele deve ter visto a aflição estampada em meu rosto, porque se sentou na cama ao meu lado.

— Eu não acho... — começou a falar e então fez uma pausa no pensamento. — Eu prefiro que você mantenha qualquer menção ao amor longe de nosso relacionamento por ora.

— Por quê?

Eu repeti minha pergunta, dessa vez com mais força. Eu estava desmoronando lentamente por dentro e me manter equilibrada estava se tornando cada vez mais difícil, mas eu precisava de uma resposta.

Jeremiah me estudou, um exame clínico que era destituído de qualquer traço da ternura que eu tinha experimentado em suas mãos havia poucos minutos.

— Vamos pensar sobre isto logicamente — finalmente disse. — Você me conhece há cerca de duas semanas. Você acha que isso é tempo suficiente para se construir qualquer tipo de ligação emocional?

Ele estava sendo racional, expressando argumentos que eu mesma tinha usado comigo mesma quando a palavra de quatro letras surgiu na minha mente pela primeira vez, e uma parte de mim ainda concordava com ele. Mas a cada palavra que Jeremiah pronunciava, as rachaduras em meu coração se tornavam mais fundas, expandindo-se, multiplicando-se e aprofundando-se mais rapidamente.

— Eu não estou pedindo que você diga a mesma coisa — finalmente consegui falar, mas essas palavras rasgaram minha alma.

— Pode ser que não... — retrucou ele —, mas... — ele segurou meu rosto e eu me encolhi — ... por que estragar o que temos com clichês como este?

A dor brotou intensa, mas eu mantive meu rosto firme. Afinal de contas, tinha aprendido com o melhor professor de todos. Quando estiquei meu braço para tocá-lo, ele se levantou, talvez um pouco rápido demais, e se retirou para um canto do quarto. Pegando o telefone, disse:

— Agora que você foi liberada das investigações preliminares, está livre para sair de casa. Com a presença da polícia, acho que estamos a salvo de mais ataques, ao menos por enquanto. Um dos guardas pode ser seu motorista e escoltá-la para onde você quiser. Apenas peço que informe sobre seu paradeiro.

Uma dor pungente se espalhou por mim quando ele atravessou o quarto em direção à porta. Lá, fez uma pausa, olhando para a fechadura de bronze. Eu pensei por um momento que ele daria a volta para falar comigo de novo, talvez dando mais explicações sobre sua atitude, mas simplesmente girou a maçaneta e saiu. O trinco fechou com uma finitude de romper a alma, mas a insensibilidade havia se apoderado de meu coração.

Mal senti que eu saía da cama e com movimentos automáticos me vesti com as roupas ainda espalhadas pelo chão. Deixei para me limpar no banheiro por último, uma manobra de retardamento para não me mostrar ao resto do mundo, mas quando finalmente saí do quarto, caminhando pelo restante da casa, apenas o silêncio me cumprimentou. Desde o dia que cheguei àquela mansão, a casa e o terreno lá fora sempre estiveram repletos de pessoas, geralmente seguranças e outros funcionários. Como o perigo tinha passado, por enquanto, essas pessoas tinham voltado para suas atividades rotineiras, e a súbita ausência de almas na casa refletia o vazio doloroso dentro de mim.

Desci as escadas e desviei da cozinha. Comer não me parecia uma boa ideia; na verdade, quase nada parecia conveniente àquela altura, então fui até a porta de entrada e dei uma olhada lá fora. O ar estava frio, quase amargo, ou pelo menos era assim que se parecia para mim. O clima ameno que tivemos por um tempo havia se transformado em invernal. Flocos de neve se espalhavam pela grama, e eu nem me importei que meu nariz fosse imediatamente picado pelo vento gelado. Uma limusine preta estava parada bem em frente à enorme porta de entrada da mansão, o escapamento soltando uma nuvem de vapor no ar gelado. Eu não poderia imaginar que pertencia a Jeremiah. Com certeza, ele já teria ido embora, fazia vários minutos que tinha saído. Tinha sugerido antes que eu poderia deixar a propriedade. *Será que chamou esse carro para mim?*

Eu tinha me mantido longe de locais públicos, ficando em casa e sem sair da propriedade, mesmo após a tentativa de sequestro. Continuava pensando que poderia ainda haver alguém lá fora mirando sua arma para nós, ou alguém que estava disposto a contratar pessoas para fazer seu trabalho sujo. Naquele momento, porém, olhando para aquela limusine, não dei a mínima... Se eu levasse um tiro no coração, a dor não seria maior do que a que eu já estava sentindo. Saí da casa e me dirigi para o carro, abrindo a porta e escorregando para o banco. O interior do veículo estava aquecido, uma marcante diferença em relação ao ar lá de fora, e na parte da frente do carro, vi a cabeça escura do motorista.

— Para onde, Srta. Delacourt?

— Para fora daqui — murmurei distraidamente.

Percebendo a distância que o som teria que viajar dentro daquela limusine, eu me preparei para repetir minha resposta, mas o carro acelerou, dirigindo-se para os portões. Não me dei ao trabalho de olhar para fora da janela, pelo contrário, fiquei observando minhas mãos, imersa em meus pensamentos.

E se Jeremiah estivesse certo? E se meus sentimentos fossem prematuros? E se fosse cedo demais para serem considerados genuínos? Era bem razoável que Jeremiah se afastasse daquele jeito por eu ter agido precipitadamente, afinal, ainda havia muitas variáveis desconhecidas na equação. Pelo menos, foi assim que o lado racional de meu cérebro viu a situação: um homem como Jeremiah deve ter problemas semelhantes com essa coisa de agir depressa demais em um relacionamento.

A limusine parou brevemente no portão, e os guardas rapidamente acenaram para nos deixar passar. Olhei pela janela de trás, observando os grandes portões de perto novamente, tentando ignorar o aperto que esmagava meu peito. E realmente, era apenas uma parte de nosso relacionamento com a qual ele teve problema. Uma palavra tão boba, no fim das contas... Eu vi a forma como ele me olhava, a maneira como me tocava e me segurava... *Olha aqui, Lucy,* pensei, *você realmente precisa desses clichês melosos? "Amor" é apenas uma palavra!*

Certo?

Um soluço brotou lá de dentro, surpreendendo-me com a profundidade repentina da emoção. Minha mão subiu para cobrir a boca, determinada como estava para sufocar essa tristeza interior inexplicável, mas não consegui deter os soluços que me estremeciam ou as lágrimas que apareceram abruptamente e escorriam rosto abaixo. *É apenas uma palavra,* pensei de novo, mas a dor não queria passar. Eu sabia muito bem o que era o amor, eu cresci em uma casa em que ele fluía livremente. *Ora, eu não tenho uma ideia melhor de como era amar, melhor do que Jeremiah?*

— Está tudo bem aí atrás, senhora?

— Está tudo ótimo! — respondi, minha voz grossa. Porém, de repente, eu não consegui mais segurar. — Meu coração foi partido hoje — admiti —, mas estou tentando superar isso...

— Ah — respondeu o motorista. — Bem, esse meu irmão sempre foi um idiota.

Eu estava prestes a vasculhar minha bolsa em busca de um lenço de papel quando entendi as palavras do homem. Levantei a cabeça, tristeza e desgosto momentaneamente esquecidos, enquanto olhava para a nuca do condutor através da pequena divisória que nos separava. Um chapéu cobria sua cabeça, e o espelho retrovisor fora dobrado de uma maneira que tornava impossível ver seu rosto.

— Lucas?

— Em carne e osso.

Ele tirou o chapéu, descobrindo o cabelo escuro. Quando se virou a fim de olhar para mim, vi que estava maquiado, supostamente para passar despercebido pelos guardas do portão. Sua pele estava mais clara, o nariz parecia maior do que eu me lembrava, mas a cicatriz proeminente em sua bochecha revelou sua identidade mais do que qualquer outra coisa. Ele me observou rapidamente.

— Você parece péssima.

Suas palavras cutucaram o pouco orgulho feminino que ainda restava e eu me endireitei no banco, olhando para ele através das lágrimas. Concentrar-me naquele assunto era muito mais fácil do que lidar com a montanha-russa emocional em que eu estava.

— O que você está fazendo? — perguntei, lutando para parecer corajosa.

Lucas encolheu um ombro.

— Aparentemente, estou sequestrando você. Achei que, entre todas as pessoas que conheço, você seria a primeira a reconhecer esse fato.

Fiquei olhando para Lucas por um momento, espantada, e então gemi alto. Afundando no banco do carro, recostei minha cabeça contra o couro frio, cansada demais até para lutar e discutir. Lucas me olhava pelo espelho retrovisor, mas não dei a mínima para isso; tudo o que eu queria era não pensar, não relembrar minha última conversa com Jeremiah.

Deixe-me adivinhar: você disse ao meu irmão a tão temida frase de três palavras, não é?

Eu não me incomodei em responder a essa pergunta, em vez disso fiquei olhando para o teto da limusine. Duas tentativas de sequestro em uma semana... *Realmente, sou uma garota muito popular...* Esse pensamento não era muito divertido, no entanto. O que eu queria era apenas ficar sozinha para remoer meu sofrimento em paz.

Lucas não pareceu nem um pouco intimidado por meu silêncio.

— Meu irmão é um idiota — continuou ele. — A qualquer momento ele vai perceber o que fez e...

O pequeno telefone no painel do carro tocou de repente, me assustando. Lucas riu.

— Deve ser ele, provavelmente.

Fiquei encarando o telefone, amargurada. Pensar naquele lindo e gelado rosto, que eu tinha visto poucos momentos atrás, fez meu já dolorido coração se partir ainda mais. *Por quê?* Era isso que eu queria gritar! Isso era mais do que simplesmente um ego ferido. Eu precisava de uma resposta, definitivamente. Os últimos vinte minutos não fizeram nenhum sentido.

Lucas estendeu a mão e apertou um botão no painel. O toque parou em uma nota plana, e eu lancei ao homem de cabelos escuros um olhar assustado, mas dúbio.

— Não se preocupe, *ma chérie* — disse-me ele. — A esta altura, meu irmão já deve ter descoberto o motorista drogado e está certamente mobilizando suas tropas, digamos assim.

Sem palavras, vi quando ele parou em outra área do estacionamento, perto de uma limusine branca. Um motorista estava parado ao lado da porta dianteira, um sujeito grande de aparência assustadora, usando óculos escuros e com tatuagens em todos os nós dos dedos. Lucas saiu do carro em que estávamos e caminhou até a porta de trás, abrindo-a e enfiando a cabeça dentro.

— Você vem?

Minha boca trabalhou silenciosamente, ainda tentando entender o que estava acontecendo.

— Por quê? — perguntei por fim.

Era a mesma pergunta que eu tinha feito a Jeremiah, carregada das mesmas dúvidas e ansiedades.

— É provável que eu precise de sua ajuda com uma coisa — disse o homem de cabelos escuros — ou que eu finalmente tenha descoberto a fraqueza do meu irmão. — Então, seu olhar suavizou-se enquanto eu voltava a afundar no banco do carro. — Ou talvez eu queira ajudá-la. Eu sabia o que iria acontecer no momento em que coloquei os olhos em você. — A simpatia fluía de sua voz. — Meu irmão guarda tudo lá dentro, enquanto você anda com seu coração aberto para todo mundo ver. Jeremiah te rejeitou assim que você mencionou o amor. Tendo em vista que nossos pais são provavelmente os únicos exemplos, sua resposta é tão surpreendente assim?

— Foi isso que aconteceu com Anya? — perguntei, olhando para os olhos de Lucas. — Ele a encaminhou para você da mesma maneira?

Lucas empalideceu, a pergunta inesperada atingindo-o em cheio.

— Não foi bem assim — respondeu, depois de lutar para se recompor. — Eles nunca tiveram nada mais do que uma relação profissional, mas acho que Anya queria algo mais. Isso fez com que minha sedução fosse mais fácil... Mas chega de falar de meu passado. Diga-me uma coisa: alguma vez você disse não a meu irmão?

Eu corei, olhando para ele, mas a verdade súbita de suas palavras me atingiu em cheio. Lucas deve ter visto a minha reação, porque continuou:

— Jeremiah está habituado a ter as coisas a seu modo, e isso inclui manipular os outros para alcançar seus objetivos. Uma habilidade importante nos negócios, talvez não tanto em um relacionamento; a emoção da caçada é o que faz a conquista final ser muito mais doce. Foi muito difícil para meu irmão caçar você?

Enquanto suas palavras afundavam em meu coração, Lucas fez um sinal para dentro de nosso carro.

— Esta limusine está sendo monitorada. Se ficarmos aqui por muito mais tempo, ele vai nos encontrar. E assim que Jeremiah estiver aqui, você será dele de novo para fazer as coisas do jeito que ele quiser. Onde está o desafio nisso?

Engoli em seco, o coração ainda sangrando enquanto uma dor fria se impregnava em mim. Lucas inclinou-se para dentro, oferecendo-me sua mão. O olhar em seu rosto era travesso, mas vi piedade e um desejo familiar em seus olhos.

— Vamos fazê-lo correr atrás de nós, que tal?

SOBRE A AUTORA

Sara Fawkes é autora best-seller do *USA Today*. Sua influência romântica veio de suas leituras escondidas dos livros de Johanna Lindsay que sua mãe tinha na gaveta da penteadeira. Ela escreve desde garotinha (até guarda os livros que fez sozinha, ainda na pré-escola) e adora criar histórias com personagens que se envolvem em inúmeras confusões, mas que terminam felizes para sempre. Amante de viagens e motociclista aventureira, seu sonho é vender tudo que tem e conhecer o mundo sobre duas rodas, escrevendo nos cafés de cada país que ela visitar. Enquanto isso, Sara mora na Califórnia com seus animais de estimação e, quando não está escrevendo, adora tocar sua rabeca e reformar motocicletas velhas e carros.

Leia também:

Apocalipse Z: o princípio do fim

As lições de Chico Xavier

Beije-me onde o sol não alcança

Bem profundo

Coleção Essencial: Allan Kardec

Coleção Essencial: Maquiavel

Mulheres inteligentes, relações saudáveis: o livro que toda mulher deveria ler antes de se relacionar

O tempo entre costuras

Once upon a time: uma antologia de contos de fadas

Este livro foi composto em Adobe Garamond Pro e Requiem Text
e impresso pela Intergraf para a Editora Planeta do Brasil em julho de 2017.